Jane Austen (1775-1817), nacida en Steventon, Inglaterra, ocupa un lugar destacado en la historia de la literatura inglesa. Interesada especialmente en la psicología de los personajes y en las relaciones humanas, cultivó el gusto por el retrato íntimo y el estudio de la vida doméstica, apoyándose en un estilo depurado y en una indudable perfección técnica. Es autora de seis novelas, todas ellas publicadas en Penguin Clásicos: *Sentido y sensibilidad* (1811), *Orgullo y prejuicio* (1813), *Mansfield Park* (1814), *Emma* (1815), *La abadía de Northanger* (1818) y *Persuasión* (1818).

JANE AUSTEN

Persuasión

Traducción de
M. ORTEGA Y GASSET

EDICIÓN CONMEMORATIVA
DEL BICENTENARIO DE LA PUBLICACIÓN

PENGUIN CLÁSICOS

Papel certificado por el Forest Stewardship Council®

Título original: *Persuasion*

Primera edición con esta presentación: mayo de 2018
Décima reimpresión: octubre de 2023

PENGUIN, el logo de Penguin y la imagen comercial asociada son marcas registradas
de Penguin Books Limited y se utilizan bajo licencia.

Printed in Spain – Impreso en España

ISBN: 978-84-9105-277-7
Depósito legal: B-3.123-2018

Compuesto en Anglofort, S. A.

Impreso en Liberdúplex
Sant Llorenç d'Hortons (Barcelona)

PG 5 2 7 7 B

1

Sir Walter Elliot, señor de Kellynch Hall, en el condado de Somerset, era un hombre que jamás leía para entretenerse otro libro que la *Crónica de los baronets*; en él hallaba ocupación para sus horas de ocio y consuelo en las de abatimiento; allí se llenaba su alma de admiración y respeto al considerar el limitado resto de los antiguos privilegios; cualquier desazón originada en asuntos domésticos se convertía fácilmente en piadoso desdén cuando su vista recorría la serie casi interminable de los títulos concedidos en el último siglo y, por fin, ya que otras páginas no le resultaban lo bastante atractivas, allí podía leer su propia historia con renovado interés. La página por la que siempre abría su libro favorito comenzaba así:

ELLIOT DE KELLYNCH HALL

Walter Elliot, nacido el 1 de marzo de 1760, se casó el 15 de julio de 1784 con Elizabeth, hija de James Stevenson, señor de South Park, en el condado de Gloucester; de esta mujer —que murió en 1830— tuvo a Elizabeth, nacida el 1 de junio de 1785; a Anne, nacida el 9 de agosto de 1787; un hijo, nacido muerto, el 5 de noviembre de 1789, y a Mary, que vio la luz el 20 de noviembre de 1791.

Esto era lo que explicaba el texto, tal y como había salido de las manos del impresor. Pero sir Walter lo modificó añadiendo, para su conocimiento y el de su familia, después de la fecha del nacimiento de Mary, las palabras siguientes: «El 16 de diciembre de 1810 contrajo matrimonio con Charles Musgrove, señor de Uppercross, en el condado de Somerset», y anotó con toda exactitud el día del mes en que perdió a su esposa.

Seguía después, en estilo llano, la historia del encumbramiento de la antigua y respetable familia; cómo se estableció primeramente en Cheashire; la honrosa mención que se hacía de ella en la genealogía de Dugdale; el desempeño a las órdenes del *sheriff*; la representación de la ciudad ostentada en tres Parlamentos sucesivos; méritos de lealtad y acceso a la dignidad de baronet en el primer año del reinado de Carlos II, con todas las Marys y Elizabeths con quienes los Elliot se unieron en matrimonio: todo ello, que llenaba dos hermosas páginas, concluía con las armas y la divisa; luego decía: «Casa solariega, Kellynch Hall, en el condado de Somerset», y debajo figuraban estas palabras, escritas de puño y letra de sir Walter: «Presunto heredero, William Walter Elliot, biznieto del segundo sir Walter.»

La vanidad lo era todo en el carácter de sir Walter Elliot, tanto en lo referente a su persona como a su rango. En su juventud había sido muy bien parecido, y a los cincuenta y cuatro años aún era todavía un hombre apuesto. Pocas mujeres estimarían su propia figura más que él la suya, y no habría ayuda de cámara de un lord que se mostrase más satisfecho del lugar que le correspondía en la sociedad. En su opinión, el don de la belleza sólo era inferior a la suerte de ser baronet, de modo pues que su persona, que reunía ambas ventajas, era el objeto constante de su devoción y respeto más fervientes.

Su presencia y su linaje requerían un amor acorde a

ellas, y aun una esposa de condición superior a la que él mismo merecía. Mrs. Elliot había sido una mujer excelente, delicada y tierna, a quien, después de acceder al honor y la vanagloria de ser la esposa de sir Elliot, nada hubo que reprocharle. A fuerza de ser dulce y complaciente y de disimular los defectos de su esposo, conservó el respeto de éste durante diecisiete años, y aunque no puede decirse que fuera completamente feliz, halló en el cumplimiento de sus deberes, en sus amigos y en sus hijos motivo suficiente para amar la vida y para que no le fuera indiferente el separarse de ellos al perderla. Tres hijas —las dos mayores, de dieciséis y catorce años respectivamente— eran un legado demasiado querido para abandonarlo al cuidado de un padre engreído y necio. Tenía una amiga íntima, a quien el profundo afecto que le profesaba la había llevado a vivir cerca de ella, en el pueblo de Kellynch, y era en la discreción y ternura de esta amiga en lo que Mrs. Elliot había confiado para que sus hijas adelantaran en su instrucción y persistieran en las virtudes que había procurado inculcarles.

Esta amiga *no* se casó con sir Walter, aunque lo anterior haya inducido a pensarlo. Habían transcurrido trece años desde la muerte de Mrs. Elliot, y siendo vecinos y allegados, si viuda era una, viudo era el otro.

El que Mrs. Russell, mujer de carácter firme y circunstancias sumamente apropiadas, no hubiese pensado en volver a casarse a pesar de tener aún edad para ello no es tema para hablar en público, pues la gente suele, sin razones serias, mostrar más su descontento cuando una mujer se casa otra vez, que cuando no lo hace. Lo que sí requiere explicación es la permanencia en la viudez de sir Walter. Sépase, pues, que, como buen padre, después de fracasar en uno o dos intentos desatinados, se enorgullecía de continuar viudo por amor a sus hijas. Por una de ellas, la mayor, habría renunciado a cualquier cosa, aunque, a decir verdad, todavía nada lo había puesto a prueba. Elizabeth había asumido, a sus diecinueve años, todos los derechos de su madre así como lo que esto implicaba. Como era muy bonita y moralmente parecida a su padre, siempre ejerció gran influencia en la casa, y ambos se entendieron a las mil maravillas. Las otras dos muchachas gozaban de menor predicamento. Mary había adquirido una importancia ficticia por haberse convertido en esposa de Mr. Charles Musgrove; pero Anne, dotada de un espíritu sensible y de un carácter dulce, lo que la habría hecho admirable para todo el que supiera apreciar la realidad, no representaba nada para su padre ni para su hermana mayor; su consejo no pesaba, sus solicitudes siempre eran desatendidas. En una palabra, no era más que Anne.

Para Mrs. Russell, sin embargo, era la más querida y estimada, la favorita. Aunque amaba a las tres hermanas como si fuesen sus hijas, sólo Anne le recordaba a la amiga muerta.

Pocos años antes Anne Elliot había sido una muchacha agraciada, pero su belleza se marchitó pronto, y si en el apogeo de ésta era muy poco lo que el padre encontraba en ella digno de admiración —los delicados rasgos y los ojos negros de la muchacha eran muy distintos de los de él—, menos había de hallarlo ahora que estaba delgada y melancólica. Nunca había abrigado grandes esperanzas de leer alguna vez el nombre de ella en otra página de su obra predilecta, pero ahora ya no tenía ninguna. Todas las ilusiones de una unión matrimonial adecuada estaban depositadas en Elizabeth, ya que la de Mary no pasó de ser un enlace con una antigua familia rural, respetable y de considerable fortuna, pero a la que claro está ella había llevado todo el honor, sin recibir ninguno a cambio. Sólo Elizabeth se casaría, tarde o temprano, ventajosamente.

No es poco frecuente que una mujer luzca a los veintinueve años más hermosura que a los veinte, y puede decirse que, salvo en el caso de mala salud o de que se padezca alguna clase de ansiedad, en esa época de la vida apenas si se ha perdido encanto. Esto ocurría con Elizabeth, que aún era la hermosa miss Elliot de trece años antes; y bien merecía ser disculpado sir Walter al olvidar su edad, o, por lo menos, no debía juzgársele como chiflado por considerar que él y Elizabeth eran tan juveniles como siempre, al contemplarse en medio de la ruina de fisonomías que lo rodeaba, porque, en realidad, a las claras se veía que todos sus parientes y conocidos se iban haciendo viejos. El rostro huraño de Anne; el de Mary, áspero; los de sus vecinos, que iban de mal en peor, y las patas de gallo que invadían las comisuras de los ojos de Mrs. Russell fueron durante mucho tiempo causa de desaliento para él.

Elizabeth igualaba a su padre en lo que a vanidad se refiere. Trece años la vieron como señora de Kellynch Hall, presidiendo y dirigiéndolo todo, con un dominio de sí misma y una decisión que no correspondían a su temprana edad. Durante trece años ella había hecho los honores, organizado las tareas de la servidumbre, ocupado el puesto preferente en la carroza y marchado inmediatamente detrás de Mrs. Russell al abandonar todos los salones y comedores de la comarca. Los hielos de trece inviernos sucesivos la habían visto presidir todos los bailes de cierta importancia que se habían celebrado en la vecindad; y los retoños de trece primaveras habían brotado al marchar ella a Londres con su padre, por unas cuantas semanas, a disfrutar, como hacían todos los años, del gran mundo. Todo esto lo recordaba; a sus veintinueve años no deseaba sufrir inquietudes ni recelos, y se consideraba tan hermosa como siempre, pero sentía que el tiempo pasaba peligrosamente, y hubiera dado cualquier cosa por que en el término de uno o dos años algún baronet solicitara debidamente su mano. Sólo en ese caso podría tomar de nuevo el libro de los libros con el mismo regocijo que en su juventud; pero ahora no le hacía gracia. Eso de tener siempre ante los ojos la fecha de su nacimiento, sin acariciar otro proyecto de matrimonio que el de su hermana menor, hacía del libro un tormento, y más de una vez, al dejarlo su padre abierto sobre la mesa, ella lo había cerrado, alejándolo de sí de un empujón.

Había sufrido, además, un desencanto, del que aquel dichoso libro y especialmente la historia familiar eran su recordatorio permanente. El presunto heredero, el mismo William Walter Elliot, cuyos derechos el padre había reconocido de manera tan generosa, la había desdeñado.

Persuadida desde muy niña de que, en el caso de no tener ningún hermano, William sería el futuro baronet, se había hecho a la idea de que se casaría con él, y tal era el proyecto de su padre. No lo habían conocido en la infancia, y sólo al poco tiempo de morir Mrs. Elliot sir Walter empezó a relacionarse con él. Los primeros avances fueron acogidos con cierta frialdad, pero aun así el padre persistió en su propósito, atribuyendo la actitud del muchacho a la inexperiencia propia de la juventud. Por fin, en una de las excursiones primaverales a Londres logró que se hiciera la presentación. Por entonces el joven se hallaba estudiando leyes; Elizabeth lo encontró muy agradable, y se confirmaron los planes primitivos. Fue invitado a Kellynch Hall, y se habló de él y se lo esperó durante todo el año, pero no se presentó. En la primavera siguiente se lo vio otra vez en la ciudad; se lo animó, se lo invitó nuevamente, se lo esperó, pero tampoco vino. Las primeras noticias que hubo de él fueron que se había casado. En lugar de conducir su suerte por el camino que le marcaba su condición de heredero de la casa de Elliot, había comprado su independencia uniéndose a una mujer rica que le era inferior en nacimiento.

Esto contrarió a sir Walter, quien en su calidad de jefe de la casa, juzgaba que debería haber sido consultado; tanto más cuanto que le había tendido la mano de un modo notorio. «Porque por fuerza debió de vérselos juntos una vez en Tattersal y dos en la tribuna de la Cámara de los Comunes», observaba sir Walter. Manifestó, en fin, su reprobación, sin querer confesarse profundamente ofendido. Elliot, por su parte, ni siquiera se molestó en explicar su conducta, y se mostró tan poco deseoso de que la familia volviera a ocuparse de él como indigno de ello era considerado por sir Walter; de este modo cesó entre ellos toda relación.

Aun después de pasados algunos años Elizabeth se sentía molesta por aquel desdichado episodio con Elliot, ya que lo había amado por sí mismo, por ser heredero de su padre y porque, para el orgullo familiar, era el único partido digno de la primogénita de sir Walter Elliot. De la A a la Z, no existía baronet a quien con tanta complacencia pudiera reconocer como un igual. Así pues, tan despreciable había sido el comportamiento de él, que aunque a la sazón —verano de 1814— vestía ella luto por su esposa, no lo consideró merecedor de ocupar de nuevo sus pensamientos. Y si no hubiera sido más que aquel matrimonio, que por no haber dejado descendencia podía considerarse como fugaz contratiempo, las cosas no habrían pasado de ahí, pero el caso era que algunos buenos amigos les habían referido el modo irrespetuoso en que hablaba de ellos y el desprecio que sentía no sólo hacia sus orígenes, sino hacia todos los honores que por derecho le correspondían, lo cual era imperdonable.

Tales eran las preocupaciones de miss Elliot, las inquietudes que amenazaban su vida, la monotonía y la elegancia, las alegrías y naderías que constituían toda su vida. Tales eran los atractivos de una existencia campesina desprovista de incidentes, y que llenaban las horas de ocio, ya que ni siquiera en su casa realizaba actividad alguna, y no por falta de habilidad e ingenio.

Y ahora, otra preocupación venía a sumarse a las demás. Los asuntos de dinero tenían muy preocupado a su padre. Ella comprendía que para que sir Walter pudiese obtener dinero de sus propiedades era preciso que ahuyentase de su mente las abultadas cuentas de sus proveedores y los amargos presagios de Mr. Shepherd, que era su agente. La posesión de Kellynch era productiva, pero también insuficiente para mantener el régimen de vida que imponían los prejuicios del propietario.

En vida de Mrs. Elliot hubo moderación, orden y economía, gracias a los cuales no se gastaba más de lo que la renta daba de sí; pero con aquélla se había marchado el buen sentido, y desde entonces los desembolsos superaban los ingresos. No podía gastar menos, sostenía sir Walter, de lo que su posición y su buen nombre le exigían. Pero si bien no se creía merecedor de reproche, debía tener en cuenta, por fuerza, que no sólo crecían sus deudas, sino que oía tanto hablar de ellas, que ni aun parcialmente podía evitar que su hija estuviese al corriente de la situación económica por la que atravesaban. Durante la última estancia en la ciudad algo había hablado del asunto con ella, e incluso llegó a decirle: «¿Podemos reducir nuestros gastos? ¿Se te ocurre algo que podamos suprimir?» Y Elizabeth, justo es decirlo, en los primeros momentos de alarma femenina se puso a meditar acerca de qué hacer al respecto, y mencionó la conveniencia de economizar en dos aspectos: cortar algunos gastos innecesarios de caridad y renunciar a cambiar el mobiliario del salón; a esto se agregó luego la absurda ocurrencia de suprimir el regalo que se hacía a Anne todos los años. Estas medidas, sin embargo, fueron insuficientes para atajar el mal, y finalmente sir Walter hubo de confesar a su hija a cuánto ascendía la deuda. En esta ocasión a Elizabeth no se le ocurrió nada eficaz para hacer frente a la misma. Tanto ella como su padre se sentían agobiados, desgraciados, y no atinaban con el medio de reducir sus gastos sin rebajar su dignidad ni prescindir de comodidades que tenían por indispensables. Sir Walter sólo disponía ya de una parte muy pequeña de sus propiedades, y aunque estaba dispuesto a hipotecar cuanto fuera necesario, jamás accedería a vender. No. Nunca ultrajaría hasta ese punto su honor y su buen nombre. La propiedad de Kellynch constituiría un legado tan completo e íntegro como él lo había recibido. Los dos confidentes, Mr. Shepherd, que vivía en la ciudad inmediata, y Mrs. Russell, fueron llamados para solicitar su consejo, y padre e hija confiaban en que a alguno de los dos tal vez se le ocurriese un modo de sacarlos del atolladero y limitar los gastos sin afectar con ello el tren de vida que llevaban.

2

Mr. Shepherd, que como abogado que era se mostraba siempre prudente, encomendó a otra persona la misión de proponer aquellas soluciones que a sir Walter pudieran resultarle desagradables. Se negó en redondo a expresar su parecer y pidió que se le consintiera delegar en el excelente criterio de Mrs. Russell, de cuyo proverbial buen sentido era lícito esperar una solución que, por lo acertada, sin duda acabaría adoptándose.

Mrs. Russell se preocupó profundamente del asunto y adujo muy serias consideraciones. Era una mujer que no daba respuestas inmediatas, sino que las meditaba a conciencia, y la gran dificultad con que tropezaba para indicar una solución en este caso provenía de dos principios contradictorios. Como persona íntegra y escrupulosa, tenía un alto sentido del honor, pero como era afectuosa y sensible, deseaba ahorrar disgustos a sir Walter y atender a la honorabilidad de la familia, reconociendo en sus ideas aristocráticas todo lo que en razón de su alcurnia se le debía. Era bondadosa, caritativa, afectuosa, de conducta irreprochable, de convicciones estrictas en lo que al decoro se refería y merecedora, por sus formas sociales, de ser considerada como arquetipo de buena crianza. Tenía un espíritu cultivado, era razonable y ponderada, y aunque abrigaba ciertos prejuicios respecto al linaje, otorgaba al rango y el concepto social un significado que llegaba a disimular las flaquezas de los que disfrutaban de aquéllos. Si bien su difunto esposo sólo había sido un caballero, ella reconocía sin ambages la dignidad de baronet, y aparte de las razones de amistad antigua, vecindad solícita y amable hospitalidad, y la circunstancia de ser marido de su adorada amiga y padre de Anne, compadecía a sir Walter por la sencilla razón de que se trataba de él.

No tenían más remedio que hacer economías; respecto a eso no cabía duda. Pero ella deseaba que se hicieran con el menor sacrificio para Elizabeth y su padre. Trazó planes, efectuó cálculos exactos y detallados, y llegó incluso a consultar a Anne, a quien nadie reconocía derecho a interesarse en el asunto. Y no sólo eso, sino que aceptó en cierta medida su parecer al confeccionar el proyecto de restricciones que se sometió a la aprobación de sir Walter. Todas las modificaciones que Anne proponía atendían la honorabilidad en detrimento de las meras apariencias. Ella quería medidas de rigor, un cambio radical y la cancelación rápida de las deudas, mostrando una indiferencia absoluta hacia aquello que no fuese equidad y justicia.

—Si logramos persuadir a tu padre de todo esto —decía Mrs. Russell—, será mucho lo que pueda hacerse. Si acepta estas normas, en siete años la deuda quedaría saldada por completo. Espero que podamos convencer a Elizabeth y a tu padre de que la respetabilidad de la casa de Kellynch Hall no se resentirá por estas reducciones y de que la verdadera dignidad de sir Walter Elliot estará muy lejos de sufrir detrimento a los ojos de la gente sensata por obrar como hombre de principios. Muchas familias honorables se han visto en la misma situación. El caso, por lo tanto, no es nada singular, y por ello tal vez sea tan doloroso tomar ciertas determinaciones. Tengo fe en el éxito, pero debemos obrar de manera tan firme como serena, porque, al fin, el que contrae una deuda no tiene más remedio que pagarla, y aunque mucho se debe a las convicciones de un caballero y a un jefe de familia como tu padre, se debe mucho más a la condición de un hombre honrado.

Éste era el principio que Anne quería imbuir en su padre. Estimaba como deber ineludible acabar con las demandas de los acreedores tan pronto como lo permitiera un discreto sistema de economía, y no veía en ello menoscabo de la dignidad alguno. Este criterio debía ser aceptado y considerado como una obligación. Confiaba en la influencia de Mrs. Russell, y en cuanto al grado de severa abnegación que su conciencia le dictaba, pensaba ella que una enmienda a medias supondría un esfuerzo mayor que un cambio absoluto. Conocía lo bastante a Elizabeth y a su padre para comprender que les dolería tanto privar a su carruaje de un par de caballos como de los dos, y lo mismo pensaba del resto de restricciones que componían la lista de Mrs. Russell.

La acogida que recibieron las rígidas medidas propuestas por Anne, poco importa. El caso fue que Mrs. Russell fracasó en su intento. ¡Aquello no podía ser! ¡Suprimir de un golpe todas las comodidades de la vida: viajes a Londres, caballos, criados, mesa! ¡Limitaciones y privaciones por todos lados! ¡Vivir sin el decoro que aun un caballero cualquiera se permite! No; antes abandonaría sir Walter la residencia de Kellynch Hall que verse reducido a tan humilde estado.

¡Dejar Kellynch Hall! Tal fue la insinuación que Shepherd, a quien la situación de sir Walter afectaba directamente y que estaba convencido de que nada se conseguiría sin un cambio de morada, recogió de inmediato. Ya que la idea había partido de quien tenía derecho a sugerirla, no sentía escrúpulo en confesar que su opinión iba por ese lado. Comprendía que sir Walter no alteraría su modo de vida en una casa sobre la que pesaban antiguos fueros de linaje y deberes de hospitalidad. En cualquier otro lugar podría vivir según su propio criterio y establecer sus normas de acuerdo con la clase de existencia que quisiera llevar.

Sir Walter saldría de Kellynch Hall. Después de algunos días de vacilaciones y dudas quedó resuelto adónde iría, así como el modo en que se efectuaría este cambio tan importante.

Tres soluciones se propusieron: Londres, Bath y otra casa en la comarca. Esta última era la preferida por Anne. Tenía en mente una casita de los alrededores que le permitiese disfrutar a menudo de la compañía de Mrs. Russell, no alejarse de Mary y ver de vez en cuando los prados y bosques de Kellynch. Pero su destino había de imponerle, una vez más, algo contrario a sus deseos. Bath le disgustaba, y en su opinión no le convenía; pero viviría en Bath.

La primera idea de sir Walter había sido mudarse a Londres. Pero Shepherd, que no lo consideraba una decisión acertada, se las ingenió para convencerlo de que era preferible instalarse en Bath. Aquel era un buen sitio para una persona de su condición social, y, además, supondría un dispendio mucho menor. Por otra parte, Bath tenía sobre Londres dos ventajas importantes: no se hallaba muy distante de Kellynch, pues sólo los separaban cincuenta millas, y Mrs. Russell tenía por costumbre pasar en ella una parte del invierno. Esto complació mucho a Mrs. Russell, cuyo primer dictamen había sido favorable a Bath, y tanto sir Walter como Elizabeth llegaron a la conclusión de que nada perderían en importancia ni comodidad por establecerse en aquel lugar.

Mrs. Russell no tuvo más remedio que contrariar los deseos de Anne, que conocía perfectamente. Habría sido pedir demasiado a sir Walter que descendiera a ocupar una vivienda más humilde en las cercanías de su residencia actual. La misma Anne habría sufrido más tarde mortificaciones superiores a las que imaginaba. Además, habría sido muy de temer el profundo pesar de sir Walter, y en cuanto a la aversión de Anne hacia Bath, podía considerarse una manía cuyo origen había que buscarlo, en primer lugar, en el hecho de que tras la muerte de su madre había pasado tres años como interna en un colegio de allí, y, en segundo, en que aquel invierno que pasó con ella su ánimo era extraordinariamente melancólico. En suma, que Mrs. Russell se decidía por Bath como lo más conveniente para todos. La salud de su amiga quedaba garantizada, pues en los meses de calor se la llevaría a su casita de Kellynch. Sería un cambio favorable para el cuerpo y para el alma. Anne apenas si salía de su casa. Se la veía constantemente deprimida y era preciso animarla ensanchando el círculo de su trato social. Tenía que darse a conocer. La oposición de sir Walter a trasladarse a otra casa de las cercanías se basaba, entre otras cosas, en el hecho de que no sólo tendría que dejar su propia vivienda, sino que la vería en otras manos, lo cual constituía una prueba que morales incluso más fuertes que la de sir Walter no habrían podido soportar. Había que renunciar a Kellynch Hall, pero era un secreto que no debía salir de su círculo más íntimo.

Sir Walter no soportaba la degradación que suponía el que se supiera que dejaba su casa. Sólo una vez Shepherd había pronunciado la palabra «anuncio», pero no se atrevió a repetirla. Sir Walter aborrecía la nueva idea de ofrecer su casa, en cualquier forma que fuese; prohibía de modo terminante el que se insinuase que ésa era su intención, y sólo en el caso de ser solicitada por algún pretendiente excepcional, bajo condiciones que él impondría y como gran favor, accedería a dejarla.

¡Con qué facilidad surgen las razones para apoyar

aquello que nos es agradable! Mrs. Russell encontró una excelente para alegrarse de que sir Walter Elliot y su familia abandonasen aquellas tierras. Elizabeth había trabado últimamente amistad con una persona que Mrs. Russell no veía con buenos ojos. Se trataba de una hija de Mr. Shepherd, que acababa de regresar a casa de su padre después de un funesto matrimonio, con el añadido de dos hijos. Era una joven inteligente que conocía el arte de agradar, o por lo menos de agradar en Kellynch Hall; y hasta tal punto se había ganado el afecto de Elizabeth, que más de una vez se hospedó en la casa, a pesar de que Mrs. Russell, que consideraba inconveniente aquella relación, había aconsejado precaución y reserva.

La verdad era que Mrs. Russell ejercía escasa influencia sobre Elizabeth, y que la amaba porque quería amarla más que porque lo mereciera. Nunca recibió de ella sino atenciones superficiales. Nada que fuese más allá de la mera cortesía. Jamás logró de ella la concesión de un deseo. Varias veces intentó con empeño que se incluyera a Anne en las excursiones a Londres; proclamó abiertamente la injusticia y el mal efecto de aquellos arreglos egoístas en los que se prescindía de ella; algunas veces, las menos, ofreció a Elizabeth consejo y ayuda, pero todo fue en vano. Elizabeth seguía su camino, y en nada se opuso de manera más tenaz Mrs. Russell que en lo que se refería a su amistad con Mrs. Clay, desviando su cariño de una hermana que tanto lo merecía, para depositar su afecto y su confianza en otra persona con la que no debería haber pasado de una relación formal. Mrs. Russell consideraba que esta relación era peligrosa tanto por la desigual posición de las amigas como por el carácter de Mrs. Clay, y el alejamiento de Elizabeth supondría para ésta una selección natural de las amistades apropiadas, lo que era de la mayor importancia.

3

—Permítanme observar —decía una mañana Mr. Shepherd en Kellynch Hall, al tiempo que dejaba a un lado el periódico— que las circunstancias obran en nuestro favor. Esta paz hará que nuestros ricos oficiales de marina regresen a tierra. Todos necesitarán dónde vivir. Es una ocasión inmejorable para elegir inquilino; y uno muy serio, por cierto. Durante la guerra se han hecho buenas fortunas. Si tropezáramos con algún rico almirante, sir Walter...

—Sería un hombre de suerte, Shepherd; es lo único que se me ocurre decir —replicó sir Walter—. Kellynch Hall sería una buena presa para él, la mejor de todas, mejor dicho. No habrá hecho muchas semejantes, ¿eh, Shepherd?

Mr. Shepherd rió la agudeza, como comprendió que era su obligación, y repuso:

—Debo hacer notar, sir Walter, que a la gente de la Armada se le dan bien los negocios. Tengo algún conocimiento de su modo de negociar, y puedo afirmar que en ese sentido profesan doctrinas liberales, lo cual los convierte en unos inquilinos sumamente deseables. Por lo tanto, sir Walter, ruego que me permita indicar que si, contra nuestro deseo, trascendiese algún rumor, lo que siempre es de temer, pues ya se sabe lo difícil que resulta para algunas personas sustraer sus actos y proyectos a la curiosidad de los otros, la posición social tiene sus quiebras, y si lo que yo me propongo a nadie le importa ni nadie lo considera digno de atención (pues no olvidemos que sir Walter atrae las miradas de muchos, miradas que no puede rehuir), no me extrañaría, digo, que, a pesar de nuestra cautela, llegara a saberse una parte de la verdad, y en tal supuesto iba a insinuar que ya que han de venir proposiciones, procederán sin duda de algún opulento jefe de la Armada, especialmente digno de ser atendido; e iba a añadir que llegado el momento yo podría presentarme aquí en menos de dos horas y evitar a usted la molestia de dar una respuesta.

Sir Walter se limitó a sacudir la cabeza; luego se puso de pie y, mientras caminaba por la estancia, dijo con sarcasmo:

—Pocos caballeros hay en la Armada, pienso yo, que no se maravillarían de vivir en una casa como ésta.

—Mirarían alrededor, sin duda, y bendecirían su buena suerte —intervino Mrs. Clay, que se hallaba presente porque nada le hacía tanto bien como una visita a Kellynch—; pero opino, como mi padre, que para esta casa no habría mejor inquilino que un marino. He conocido muchos de esa profesión, y puedo asegurar que además de su generosidad, son personas honestas y de excelentes modales. Si usted dejara aquí estos valiosos cuadros, sir Walter, estarían completamente seguros. ¡Cuidarían con igual esmero tanto lo que hay dentro como fuera de la casa...! Estoy segura de que sus bosques y jardines se conservarían tan bien como ahora. No tema usted, miss Elliot, que pueda ocurrir lo contrario.

—En cuanto a eso —replicó con desdén sir Walter—, suponiendo que me decidiese a dejar mi casa, no he decidido nada respecto de las propiedades próximas a ella. No es mi intención favorecer de un modo particular a un inquilino. Por supuesto que le permitiría entrar en el parque, lo cual es un honor que ni oficiales de la Armada ni ninguna otra clase de hombres están habituados a disfrutar. Pero las condiciones que impondré en lo que atañe al uso de los terrenos de recreo es otra cosa. No me hago a la idea de que un desconocido se acerque a mis jardines, y aconsejaría a miss Elliot que tomara sus precauciones en lo concerniente al suyo. Me encuentro muy poco inclinado, se lo aseguro, a hacer ninguna concesión extraordinaria al inquilino de Kellynch Hall, tanto si es marino como si es soldado.

Después de una breve pausa, dijo suavemente Mr. Shepherd:

—Para tales casos hay costumbres establecidas entre el dueño y el arrendatario. Créame, sir Walter, que su interés se halla en buenas manos. Confíeme el cuidado de impedir que cualquier inquilino llegue a arrogarse más derechos de los que sean de justicia. Me atrevo a afirmar que sir Walter Elliot no pone en sus propios asuntos la mitad de celo que pone John Shepherd.

—Pienso yo que un miembro de la Armada —terció entonces Anne—, que tanto ha hecho por nosotros, tiene por lo menos igual derecho que cualquier otra persona a gozar de las ventajas y comodidades que una casa puede ofrecer. No olvidemos que los marinos ya trabajan bastante en nuestro provecho.

—Exacto, exacto. Lo que dice Anne es muy cierto —dijo Mr. Shepherd.

—Ciertamente —agregó su hija.

Pero sir Walter replicó de inmediato:

—No niego que esa profesión tenga su utilidad, pero deploraría que un amigo mío perteneciese a ella.

—¡Cómo! —respondieron todos, sorprendidos.

—Sí; me disgusta esa carrera porque tengo dos cosas fundamentales que objetarle; primero, que es un medio de elevar a posiciones inmerecidas a personas de humilde nacimiento, de que obtengan honores con los que sus padres y abuelos jamás soñaron. Y segundo, que destruye de manera terrible la juventud y el vigor. Un marino envejece antes que cualquier otro hombre; lo he observado personalmente. En esa clase de vida toda persona está expuesta a la insolencia de un advenedizo, por no hablar del peligro de sufrir achaques prematuros. La primavera pasada me hallaba en la ciudad cuando cierta tarde vi a dos hombres que son ejemplo palpable de lo que digo; me refiero a lord St. Ives, cuyo padre fue un simple pastor que no tenía ni un trozo de pan que llevarse a la boca, y cierto almirante Baldwin, hombre de la peor catadura que pueda imaginarse. El rostro de éste, del color de la caoba, tosco y peludo, estaba surcado de arrugas; tenía nueve pelos grises a un lado de la cabeza, y sólo una mancha de polvos en la coronilla. «¡En el nombre del Cielo! ¿Quién es este vejestorio?», pregunté a sir Basil, un amigo mío que se encontraba allí. «Es el almirante Baldwin», respondió, y añadió: «¿Qué edad le echa usted?» «Sesenta o sesenta y dos años», respondí. «Cuarenta», contestó sir Basil, «y ni uno más». Figuraos mi estupefacción. No olvidaré fácilmente al almirante Baldwin. Jamás he visto ejemplar más miserable de lo que produce la vida en el mar, aunque, en mayor o menor medida, a todos los marinos les ocurre lo mismo. Siempre recibiendo golpes, aguantando la inclemencia de todos los climas y sufriendo la furia de los temporales, hasta que se quedan que no se los puede mirar. Más le valdría recibir al principio un buen golpe en la cabeza que llegar a la edad del almirante Baldwin.

—No exagere, sir Walter —exclamó Mrs. Clay—. Es usted demasiado severo. Un poco de compasión para esos pobres hombres. No todos nacemos para ser bellos. Es verdad que el mar no embellece, que los marinos envejecen pronto y que, según he notado, pierden enseguida el aspecto juvenil. Pero ¿no ocurre lo mismo en las otras profesiones? Los militares en servicio activo no tienen mejor suerte, e incluso, en las ocupaciones más sedentarias, la fatiga que produce el trabajo rara vez defiende la fisonomía del hombre contra las injurias del tiempo. Los afanes del abogado, a quien consumen las preocupaciones inherentes a sus pleitos; el médico, que se levanta en medio de la noche y va a ver a un enfermo sin importar el tiempo que haga; hasta el pastor... —Calló por un instante para meditar qué diría del pastor—. Hasta el pastor, ya saben ustedes, se ve obligado a penetrar en lugares infectos y a exponer su salud. En una palabra, estoy convencida de que todas las profesiones son honrosas y útiles en la ocasión oportuna. Sólo aquellos que no dependen de nadie, que haciendo vida normal son dueños de su tiempo, que se entregan a sus propios afanes y que viven de lo suyo, libres del tormento de tener que ganar más, les es dado gozar de los beneficios de la salud y la buena presencia. Todos los otros hombres, en mi opinión, pierden algo de su personalidad al rebasar la primera juventud.

No parecía sino que Shepherd, en su deseo de convencer a sir Walter de que alquilase la casa a un oficial de la Armada, había sido favorecido con el don de la presciencia; porque la primera solicitud que se presentó fue la de un tal almirante Croft, a quien conoció poco después en las sesiones de la Audiencia de Taunton, y del cual había recibido indicaciones por medio de su corresponsal en Londres. Por las referencias que se apresuró a llevar a Kellynch, el almirante Croft, natural del condado de Somerset, dueño de una considerable fortuna, había llegado a Taunton con el propósito de ver algunas casas anunciadas, que no fueron de su agrado. Al oír por casualidad —como había predicho Shepherd, los asuntos de sir Walter no podían quedar en el secreto —algo acerca de que era posible que Kellynch Hall fuese ofrecida en alquiler, y al enterarse luego de que Mr. Shepherd conocía al propietario, fue a ver a éste con el objeto de adquirir datos concretos, y en el curso de una grata y prolongada conversación mostró por el lugar todo el entusiasmo que podía esperarse de alguien que sólo lo conocía de referencia. Y por los informes que dio luego a Mr. Shepherd de sí mismo, se reveló como un hombre digno de la mayor confianza y de ser aceptado como inquilino.

—Bueno, ¿y quién es el almirante Croft? —preguntó sir Walter con tono de desconfianza.

Mr. Shepherd le garantizó que pertenecía a una familia de caballeros, y mencionó el pueblo de que era oriundo. Después de un breve silencio, Anne exclamó:

—Es un contraalmirante. Tomó parte en la batalla de Trafalgar y pasó después a las Indias Orientales, donde ha permanecido algunos años.

—Entonces lo considero de confianza, aunque tenga la cara anaranjada como las bocamangas y los vivos de las libreas de mi casa.

Mr. Shepherd aseguró al instante que el almirante Croft era un hombre sano, cordial y de buena presencia; algo atezado, claro está, por los vendavales, pero no mucho; un perfecto caballero en sus principios y costumbres; nada exigente en cuanto a condiciones, sólo deseaba una vivienda cómoda, y cuanto antes. Por otra parte, era perfectamente consciente de lo que podía valer una casa amueblada como aquélla; preguntó también algunas cosas acerca de sir Walter, dijo que a veces cogía la escopeta, pero que nunca mataba. En suma, se trataba de un excelente caballero.

Mr. Shepherd echó mano de toda su elocuencia al señalar los pormenores relativos a la familia del almirante, que hacían de éste un inquilino ideal. Era casado y sin hijos, lo cual suponía la situación más perfecta que podía imaginarse. Porque una casa, observaba Mr. Shepherd, no marcha bien sin una mujer, hasta el punto que no sabía si el decorado y el mobiliario corrían mayor riesgo donde no existiera una o donde hubiese muchos niños. Un matrimonio sin hijos era la mejor garantía para la conservación de un mobiliario. En Taunton había conocido a la esposa del almirante, pues presenció la conversación que mantuvieron acerca del negocio.

—Y parecía ser una mujer de expresión correcta, simpática, discreta —continuó—. Hizo más preguntas acerca de la casa que el mismo almirante, y se mostró mucho más versada en esta clase de tratos. Me enteré, además, de que ni ella ni su marido son extraños a la comarca, pues es hermana de un caballero que vivió entre nosotros; ella misma aseguró ser hermana de un señor que habitó en Monkford hace algunos años. ¿Cuál es su nombre, Dios mío? No puedo recordarlo, a pesar de haberlo oído hace tan poco tiempo. Penelope, hija mía, ¿quieres ayudarme a recordar el nombre del caballero que vivió en Monkford, el hermano de Mrs. Croft?

Pero Mrs. Clay estaba conversando con miss Elliot, y no oyó el requerimiento paterno.

—No se me ocurre a quién puede usted referirse, Shepherd —dijo sir Walter—; desde los tiempos de Trent, el viejo gobernador, no recuerdo que haya residido en Monkford caballero alguno.

—¡Vaya cosa más extraña! A este paso hasta me olvidaré de cómo me llamo. Les aseguro que conocía a ese caballero; lo vi unas cuantas veces. Vino a consultarme cuando pilló a un labriego robando manzanas de su huerto. Por cierto que ambas partes llegaron a un acuerdo, aunque en contra de mi parecer. ¡Es muy raro, en verdad!

Tras un momento de silencio, Anne apuntó:

—Me parece que se refiere usted a Wentworth.

—¡Wentworth, eso es! Como sir Walter recordará, Mr. Wentworth rigió hace un tiempo, y durante dos o tres años, el priorato de Monkford. Seguro que lo recuerda usted.

—¿Wentworth? Sí, ya, Mr. Wentworth, el sacerdote de Monkford. Es que usted me despistaba con eso de «caballero». Yo creía que se refería usted a algún propietario. Mr. Wentworth no era nadie, me acuerdo perfectamente. Un hombre sin parientes, que no tenía ninguna relación con la familia de Strafford. Muchas veces me pregunto cómo es posible que apellidos de la nobleza se hagan tan corrientes.

Shepherd comprendió que esta conexión de los Croft de nada le servía con sir Walter, y no volvió a mencionarla, concentrando sus esfuerzos en enumerar el resto de circunstancias favorables: su edad, el ser una familia reducida, su fortuna, el elevado concepto que de Kellynch Hall se habían formado y su empeño por tener el privilegio de alquilarla. Presentó las cosas de manera que pareciese que para aquel matrimonio no existía felicidad mayor que la de ser inquilinos de sir Walter Elliot y que estaban dispuestos a aceptar todo cuanto éste les exigiera.

El éxito coronó el intento, pues si bien sir Walter desconfiaba de cualquiera que quisiese ocupar aquella casa, y consideraba esto un privilegio a pesar de las condiciones leoninas del contrato, acabó por autorizar a Shepherd a que cerrase el trato, confiriéndole poderes para trasladarse a Taunton, donde aun se hallaba el almirante, hablar con éste y fijar el día en que debían ver la casa.

Aunque sir Walter no era muy listo, tenía suficiente experiencia del mundo para hacerse cargo de que era difícil que se le ofreciera un inquilino a quien pudieran ponerse menos reparos que al almirante Croft. Hasta aquí llegaba su entendimiento; y en cuanto a su vanidad, encontraba cierta satisfacción en la posición del marino, que correspondía a un nivel conveniente, ya que, sin descollar demasiado, era bastante elevada. Pensaba que decir: «He dejado mi casa al almirante Croft», sonaba muy bien. Mucho mejor que a un simple señor —salvo media docena en todo el territorio—, pues esto siempre necesitaba alguna aclaración supletoria. Un almirante ostenta una representación propia, y al mismo tiempo no tiene derecho a mirar por encima del hombro a un baronet. En todos los tratos y negociones siempre tenía sir Walter que resultar favorecido.

Sin dar cuenta a Elizabeth nada podía hacerse, pero el deseo de ésta por cambiar de lugar era ya tan vehemente, que se consideró feliz al saber que había una persona interesada en alquilar Kellynch Hall, así es que no emitió palabra que pudiera contribuir a deshacer el acuerdo.

Se otorgó a Shepherd los poderes necesarios, y tan pronto como todo quedó ultimado, Anne, que había escuchado atentamente, abandonó la estancia en busca del alivio de la brisa, y mientras paseaba en su arboleda predilecta, dejó escapar un suspiro y susurró para sí:

—Unos meses más, y *él* tal vez pasee por este mismo lugar.

4

Aunque las apariencias sugieran conjeturas malicio-sas, *él* no era Wentworth, el antiguo ocupante del prio-rato de Monkford, sino un hermano suyo, el capitán Frederick Wentworth, quien, ascendido a comandante después de la acción de Santo Domingo, y aprovechan-do un breve período de excedencia, había llegado a So-merset en el verano de 1806. Como no vivían sus pa-dres, buscó un hogar en Monkford, y allí permaneció medio año. Frederick era por aquel tiempo un joven apuesto e inteligente, animoso y brillante, y Anne una muchachita bella y modesta, gentil, delicada y sensible. Con la mitad de los atractivos que cada uno poseía ha-bría bastado para que ni él tuviera que declarar su amor ni ella tuviese que buscar a otro a quien amar; pero tal coincidencia de circunstancias favorables era imposible que fallara. Poco a poco fueron conociéndose, y no tar-daron en enamorarse profundamente. Difícil sería decir cuál de los dos consideraba más perfecto y admirable al otro, o cuál había sido más feliz, si ella al escuchar sus declaraciones y proyectos, o él al ver que eran acep-tados.

Siguió un período de extraordinaria felicidad, pero fue muy breve. Pronto vinieron los disgustos. Al en-terarse sir Walter, no negó su consentimiento de un modo rotundo y categórico, ni amenazó con que aquello jamás habría de realizarse, pero dio la negativa expresando un gran asombro, una gran frialdad, guardando un gran silencio e insinuando la firme resolución de no hacer nada por su hija. Consideraba aquel compromiso desproporcionado y humillante, y Mrs. Russell, con actitud más prudente y conciliadora, y rindiéndose a un sentimiento de orgullo más justificable, lo consideró como el mayor de los infortunios.

¡Anne Elliot, con todos sus reclamos de cuna, belleza y discreción, comprometerse a los diecinueve años con un muchacho que no tenía a nadie más que a sí mismo, sin otras esperanzas de progreso que las que ofrecía una de las carreras más azarosas, sin parientes, sin contar siquiera con el apoyo de un padre que garantizase su prosperidad! ¡Era impensable! ¡Anne Elliot, una mujercita tan joven, a la que tan pocos conocían, arrancada de su casa por un extraño sin posición ni fortuna, o arrastrada a una vida de fatigas y obligaciones que sin duda acabarían por destruir su juventud! No podía ser. La intervención de la amistad y los consejos de quien la amaba como una madre y asumía las obligaciones de ésta habrían de impedirlo.

El capitán Wentworth no era hombre de fortuna. Es verdad que en su carrera la suerte lo había favorecido, pero nada había conservado, pues había gastado con liberalidad lo que con liberalidad había obtenido. Confiaba, sin embargo, en ser rico pronto. En la plenitud de su vida y lleno de entusiasmo, presentía que no tardaría en tener un barco y hallarse en situación de llegar a donde deseaba. Siempre había sido hombre de suerte, y seguiría siéndolo. Y expresaba esta certeza de modo tan entusiasta y vehemente, que a Anne le bastaba con ello. Pero Mrs. Russell no pensaba lo mismo del temperamento fogoso y las atrevidas fantasías de Wentworth. Sólo veía en ello la expresión de un carácter terco y peligroso, y si le gustaban muy poco las personas temerarias, las imprudentes la horrorizaban. En fin, que no veía con buenos ojos aquel compromiso.

La oposición fundamentada en estas convicciones era demasiado poderosa para que Anne se sintiese con ánimo suficiente para combatirla. A pesar de su juventud y de su carácter dócil y sumiso, cabía la posibilidad de que osara desafiar a su padre, quien contaba con el firme apoyo de Elizabeth. Pero la intervención amable y tenaz de Mrs. Russell, a quien Anne tanto amaba y en quien confiaba ciegamente, acabó por persuadirla de que aquel noviazgo era una cosa disparatada, improcedente y de muy dudoso éxito. Al darlo por terminado, sin embargo, no atendió a un sentimiento de espontánea cautela, pues si en lugar de consultar a su bondad hubiera pedido consejo a sus propios anhelos, difícilmente lo habría dejado. La creencia de que su abnegada y prudente resolución redundaba sobre todo en beneficio del muchacho era el único consuelo para el dolor que le causaba aquella ruptura definitiva. Y cierto es que necesitaba que la consolasen, porque le era muy difícil apartar de su pensamiento las quiméricas explicaciones que él se habría forjado al percibir la sinrazón de semejante proceder, y no podía olvidar la amargura y las lágrimas del amante ofendido y abandonado.

Mediaron pocos meses entre el comienzo y el desenlace de aquellas relaciones, pero el dolor de Anne fue mucho más duradero. La melancolía del amor contrariado ensombreció las ilusiones de su juventud, y como efecto definitivo de aquel sacrificio pasional su lozanía se esfumó y huyó para siempre la alegría de su espíritu, hasta entonces animoso y optimista.

Siete años habían transcurrido desde el final de aquella breve historia de amor desventurado, y si el tiempo parecía haber actuado sobre el capitán como remedio eficaz, hasta el punto de borrar en su alma incluso el cariño que había sentido por ella, para Anne sólo fue un pobre consuelo. Fuera de un corto viaje a Bath después de la separación, le faltó la eficaz medicina que supone un cambio de ambiente y el trato con otras personas distintas de las que componían su círculo social. Nadie pasó por Kellynch que resistiera la comparación con el Frederick Wentworth que ella guardaba en su memoria. Ningún nuevo amor, única solución decisiva a su edad, pudo satisfacer las exigencias de su sensibilidad. Cuando tenía veintidós años fue requerida para cambiar su apellido por el de un muchacho que poco después encontró más favorable acogida en su hermana menor; y Mrs. Russell lamentó el hecho, porque Charles Musgrove era el primogénito de un señor cuyo predicamento social sólo podía compararse en la comarca con el de sir Walter, además de ser bondadoso y poseer un físico atractivo. Es cierto que soñó algo mejor Mrs. Russell cuando Anne sólo contaba diecinueve años, pero ya con veintidós le habría complacido verla libre del injusto trato a que era sometida en la casa paterna y establecida definitivamente cerca de ella. Pero en esta ocasión Anne no cedió a consejo alguno, y aunque Mrs. Russell, siempre satisfecha de su discreción, no se arrepentía de lo que había hecho en el pasado, comenzaba a sentirse presa de una ansiedad, rayana en la desesperanza, originada en el deseo de que un hombre independiente y generoso condujera a la muchacha a un estado para el que se hallaba especialmente dotada por sus cálidos afectos y sus inmejorables aptitudes domésticas.

Ni una ni otra sabían si sus opiniones persistían o habían cambiado respecto al punto fundamental de la conducta de Anne, porque ninguna de las dos volvió a mencionar el asunto; pero lo cierto es que a los veintisiete años Anne pensaba de manera muy distinta que a los diecinueve. No culpaba a Mrs. Russell ni se reprochaba el haberse dejado persuadir, pero estaba segura de que si alguna joven que se hallara en circunstancias análogas venía a pedirle consejo, jamás le daría uno que la hiciera desdichada. Estaba convencida de que, a pesar de la oposición de su familia, de las zozobras propias de la carrera de él, de todos los probables temores, retrasos y tribulaciones, habría sido más feliz prolongando el noviazgo que sacrificándolo. Y eso a pesar del sinnúmero de contrariedades y dilaciones presumibles y aun de aquellas que excediesen a toda previsión; pero sin referirse al giro que hubiera tomado su destino, que, según se veía, podría haber sido más afortunado de lo que todos imaginaban. Las vehementes esperanzas del capitán Wentworth se vieron plenamente confirmadas. Su entusiasmo y su habilidad parecían haber previsto y dirigido su próspero camino. Poco después de terminado el noviazgo consiguió un empleo, y cuanto había soñado que iba a ocurrir, se cumplió punto por punto. Se distinguió en su trabajo, obtuvo un ascenso, y gracias a varias capturas sucesivas logró hacer una fortuna considerable. Todo de cuanto Anne disponía para saber estas cosas eran las listas navales y las noticias aparecidas en algunos periódicos; pero no dudaba de que fuera rico, y, considerando su constancia, no tenía razón para sospechar que se hubiera casado.

¡Cuánto habría podido decir Anne Elliot en favor de una inclinación tan firme y temprana, de una confianza optimista en el porvenir y en contra de esas precauciones excesivas que parecen desdeñar el esfuerzo y la fe en la ayuda providencial! Obligada a conducirse prudentemente en su juventud, con la edad se hacía cada vez más romántica: ésa era la consecuencia lógica de una iniciación antinatural.

Entre todas estas circunstancias, impresiones y recuerdos no soportaba oír que la hermana del capitán Wentworth viviría probablemente en Kellynch Hall sin que antiguos sufrimientos reviviesen en ella; y fueron necesarios muchos paseos solitarios y muchos suspiros para disipar la inquietud que aquellos pensamientos despertaban en ella. Muchas veces se dijo a sí misma que era una tontería, antes de conseguir calmarse lo suficiente para que no le resultase un tormento oír a su lado las continuas discusiones acerca de los Croft y sus asuntos. Afortunadamente venía en su ayuda la aparente indiferencia de las tres únicas personas que conocían el secreto de su pasado, y que adrede o inconscientemente evitaban mencionarlo. Comprendía los motivos que para ese olvido tenía Mrs. Russell, mucho más nobles que los de Elizabeth y su padre, podía considerar lícita la tranquilidad de sus propios sentimientos, y sabía que era muy conveniente, por lo que pudiera sobrevenir, que todos considerasen el episodio como algo remoto y perdido en el tiempo. Y por si acaso llegaban los Croft a vivir en Kellynch Hall, se consolaba pensando que aquellos que estaban al corriente de lo ocurrido no dirían una sola palabra acerca de ello. Por parte de Frederick, sólo el hermano, con quien había vivido, tenía conocimiento del breve noviazgo, y ella confiaba en que este hombre, por vivir lejos del país y ser bondadoso, además de soltero, no diría nada a nadie.

La hermana de Frederick, Mrs. Croft, residía por entonces en el extranjero, en compañía de su marido, y su propia hermana, Mary, se hallaba interna en un colegio; finalmente, el orgullo de unos y la delicadeza de otros impedirían seguramente que trascendiese lo ocurrido.

Con esta certeza, Anne esperaba que el trabar conocimiento con los Croft, lo que probablemente sería antes de lo previsto por estar aún en Kellynch Mrs. Russell, y Mary a sólo tres millas de allí, no daría ocasión a ningún contratiempo.

5

En la mañana señalada para que el almirante y su esposa visitasen Kellynch Hall, Anne consideró que eso no impedía que hiciese su paseo casi diario a casa de Mrs. Russell, si bien al regresar se lamentó de haber perdido la ocasión de conocerlos.

La entrevista resultó satisfactoria para las dos partes y el trato se decidió por completo. Ambas damas estaban dispuestas a llegar a un entendimiento, de modo que cada una sólo vio en la otra la más correcta amabilidad; y en cuanto a los caballeros, se comportaron de modo tan jovial y se mostró tan confiado y generoso el almirante, que no tardó en ganarse la simpatía de sir Walter, a quien Mr. Shepherd ya había informado que el marino lo consideraba un dechado de virtudes.

Los Croft aprobaron la casa, los terrenos y el mobiliario, así como las condiciones del contrato, y como todo se hallaba en regla, el secretario de Mr. Shepherd empezó a trabajar sin que tuviese que modificar una palabra de lo que «esta escritura manifiesta...».

Sir Walter declaró sin vacilación que jamás había visto un marino que tuviese mejor aspecto que el almirante, y llegó a afirmar que si su propio ayuda de cámara se encargara de ordenarle la cabellera no se avergonzaría de que lo viesen con él en cualquier sitio. Por su parte, el almirante dijo a su esposa, cuando al marcharse cruzaban el jardín:

—Me parece, querida, que hemos hecho un buen trato, a pesar de todo lo que nos han contado en Taunton. El baronet no será capaz de hacer arder el Támesis, pero no parece mal hombre.

Los Croft pensaban instalarse en Kellynch a finales de septiembre, y puesto que sir Walter había dispuesto el traslado a Bath para agosto, se imponía hacer los preparativos cuanto antes.

Mrs. Russell estaba convencida de que la opinión de Anne no sería requerida a la hora de elegir la casa que iban a tomar, y como le disgustaba separarse tan pronto de la muchacha, hizo lo posible por que se quedara, prometiendo que después de Navidad iría con ella a Bath; pero un asunto que la obligaba a abandonar Kellynch por unas semanas le impidió hacer la invitación tan de firme como deseaba. Anne temía el caluroso clima de septiembre en la blanca y deslumbradora Bath, pero como tampoco le gustaba pasar los melancólicos meses de otoño en el campo, decidió que no deseaba quedarse.

Algo ocurrió, sin embargo, que impuso un cambio en sus proyectos. Mary, siempre indispuesta, lamentándose todo el tiempo, y acostumbrada a llamar a Anne en cuanto le ocurría la menor cosa, no se encontraba bien. Como ya daba por seguro que así seguiría durante todo el otoño, le suplicaba, o, mejor dicho, le exigía que fuese a su casa de Uppercross, y que en vez de trasladarse a Bath, le hiciese compañía mientras la necesitara.

—No sabría hacer nada sin Anne —dijo Mary.

—Mejor es que Anne se quede —contestó Elizabeth—, ya que no hace ninguna falta en Bath.

Vale más verse solicitada como necesaria, aunque de modo poco serio, que ser rechazada como algo que no sirva para nada. De modo que Anne, encantada de que la creyesen de alguna utilidad y feliz de que se le ofreciera un deber que cumplir en su querida comarca, optó por quedarse.

La invitación de Mary allanó todas las dificultades de Mrs. Russell, y a consecuencia de ello se convino en que Anne no fuese a Bath hasta que su amiga pudiera acompañarla y que distribuyera su tiempo entre la casa de Uppercross y la de Kellynch.

Todo iba perfectamente hasta que Mrs. Russell se echó a temblar cuando advirtió el dislate que entrañaba una parte del plan fraguado en Kellynch Hall, que consistía en invitar a Mrs. Clay a Bath con sir Walter y Elizabeth para que ayudase a ésta en los quehaceres que le esperaban. Mrs. Russell se mostró profundamente afectada con la adopción de tal medida. La sorprendía, la apenaba, la llenaba de espanto, y la afrenta que para Anne suponía el que considerasen tan útil a Mrs. Clay mientras que de ella nadie en la casa requería ayuda alguna, constituía una sensible agravación.

Anne se sintió tan ofendida por esta decisión y comprendió lo imprudente de la determinación con tanta perspicacia como Mrs. Russell. Dotada de una gran capacidad de observación y conociendo perfectamente el carácter de su padre, de lo cual con frecuencia se lamentaba, comprendía que aquella relación podía acarrear consecuencias funestas para la familia. No pensaba que por el momento se le ocurriese a su padre una cosa semejante. Mrs. Clay tenía la cara moteada de pecas, un diente medio salido y unas muñecas muy gruesas, sobre todo lo cual el baronet hacía frecuentes observaciones, en ausencia de ella, por supuesto; pero se trataba de una mujer joven, de aspecto en conjunto agradable, y poseía por su agudo entendimiento e insinuantes modales, atractivos mucho más peligrosos que los que pudiera atesorar una figura francamente agraciada. Anne se alarmó de tal manera ante aquel riesgo,

que no dudó en intentar dárselo a entender a su hermana. Tenía poca esperanza en el éxito, pero creía que Elizabeth, quien de producirse la temida visita sería mucho
más de compadecer que ella misma, al menos no tendría
razón para reprocharle el no habérselo advertido.

Habló al fin con Elizabeth, pero ésta se mostró muy
ofendida; no se explicaba que hubiera concebido tan
absurda sospecha, y aseguró indignada que cada uno
sabría ocupar la posición que le correspondía.

—Mrs. Clay jamás olvida quién es, y como conozco
sus ideas mejor que tú, te aseguro que en lo que al matrimonio respecta son sumamente discretas, pues de-
saprueba cualquier desigualdad de condición y linaje de
manera más enérgica que la mayoría de la gente. Y en
cuanto a mi padre, creo que si en todo este tiempo no se
ha casado por afecto hacia nosotras, no es lícito que
sospechemos de él ahora. Si Mrs. Clay fuese bonita, tal
vez fuese imprudente de mi parte solicitar su compañía,
y no porque recele de mi padre, que por nada del mundo haría un matrimonio desigual, sino por lo que pudiera sufrir. Pero la pobre Mrs. Clay, que nunca debe
de haber parecido guapa, bien puede estar aquí sin que
haya nada que temer. ¡Cualquiera diría que nunca has
oído hablar a mi padre de sus defectos personales,
cuando lo has oído cincuenta veces! ¡Ese diente y esas
pecas! Y eso que a mí esto último no me parece tan desagradable como a él. Yo conocí un rostro al que las
pecas no desfiguraban; pero él las abomina. Seguro
que lo has oído hablar de las pecas de Mrs. Clay.

—No creo que haya defecto físico que la simpatía
no acabe por hacer tolerable.

—Pienso de otra manera —replicó enseguida Elizabeth—, y creo que un carácter agradable puede oscurecer
el encanto de los rasgos bellos, pero nunca disimular los
feos. De todos modos, como tengo en este asunto mayores garantías que nadie, es inútil que me lo adviertas.

Anne, cumplido aquel deber, se alegraba de haber pasado el trance y juzgaba eficaz su cometido, pues Elizabeth, aunque resentida por lo que consideraba una desconfianza excesiva e incluso maliciosa, estaría más alerta en lo sucesivo.

El último servicio de la carroza de cuatro caballos fue el de conducir a Bath a sir Walter, a Elizabeth y a Mrs. Clay. La comitiva partió de un humor magnífico. Sir Walter dedicó amables muestras de cortesía a aquellos de sus arrendatarios que habían recibido indicaciones de ir a despedirlo. Al mismo tiempo, Anne partía, desolada, rumbo a la casa donde había de pasar la primera semana. No encontró a su amiga de mejor ánimo que ella. Mrs. Russell estaba muy afectada por la desmembración de la familia, pues estimaba la respetabilidad de los Elliot tanto como la suya propia, y la comunicación diaria que mantenía con ellos había llegado a constituir un hábito. Era muy triste ver abandonados aquellos parajes, y más aún considerar que pasaban a otras manos. Con objeto de sustraerse a la soledad y la melancolía de aquella aldea ya tan distinta y de marcharse antes de que llegaran el almirante y su mujer, decidió dejar su casa en cuanto tuviera que llevar a Anne. Partieron juntas, y la joven quedó en la casa de Uppercross, donde Mrs. Russell hizo su primera escala.

Uppercross era un pueblecito que hasta cinco años antes había conservado las características típicas del antiguo estilo inglés. Sólo dos casas había en él de mejor apariencia que las de los labriegos y pequeños terratenientes: la del señor, de altas paredes, grandes verjas y añosos árboles, desprovista de todo aliño moderno, y la del párroco, encerrada en un cuidado jardín con su parra y su frondoso peral, que servían de marco a las puertaventanas. Pero después del matrimonio del joven señor la primitiva granja se había elevado a la categoría de vivienda campestre; así que la casa de Uppercross, con su balaustrada, sus ventanas de estilo francés y otros detalles, podía cautivar las miradas del viajero tanto como el aspecto respetable de la Casa Grande, que se alzaba a un cuarto de milla.

Anne había estado allí con frecuencia. Conocía los senderos de Uppercross tan bien como los de Kellynch. Tan unidas se hallaban las familias de ambas casas y tal era su costumbre de entrar y salir a todas horas de las respectivas viviendas, que al llegar casi le sorprendió encontrar sola a Mary. Eso sí, era de lo más corriente que ésta se hallase a solas y se sintiese mal y enfadada. Aunque de mejor condición que la hermana mayor, Mary no tenía el entendimiento de Anne ni su apacible y sincero modo de ser. Mientras se encontraba bien, dichosa y mimada, se mostraba de buen humor, pero la indisposición más ligera la sumía en el abatimiento. No soportaba la soledad, y como había heredado una buena parte del engreimiento de los Elliot, era muy dada a añadir a cualquier otro motivo de disgusto el de considerarse abandonada y maltratada. En cuestión de belleza no podía compararse a ninguna de sus hermanas; ni en sus mejores años alcanzó honor más elevado que el de ser una «guapa muchacha». En aquel momento estaba sentada en el sofá del saloncito, cuyo mobiliario, en tiempos elegante, se hallaba deslucido por la influencia de cuatro veranos y la labor demoledora de dos inquietos pequeñuelos. Al entrar Anne, Mary exclamó:

—¡Al fin has llegado! Empezaba a creer que nunca más te vería. Me encuentro tan mal que apenas tengo fuerzas para hablar. ¡No he visto a nadie en toda la mañana!

—¡Cuánto lamento hallarte así! —repuso Anne—. El lunes me enviaste tan buenas noticias...

—Sí, saqué fuerzas de flaqueza, como hago siempre, pero no estaba bien. Creo que jamás en mi vida me he sentido tan mal como esta mañana. No debería quedarme sola. Imagina que sufro un ataque de repente y no tengo fuerzas siquiera para hacer sonar la campanilla. Mrs. Russell apenas si debe de haber salido de su casa, pues en todo el verano sólo ha venido tres veces.

Anne hizo los comentarios de rigor, y preguntó a Mary por su marido.

—Charles ha salido a cazar. No lo he visto desde las siete. Se empeñó en marcharse, a pesar de decirle lo mal que estaba. Prometió no tardar, pero ya es cerca de la una y aún no ha regresado. Te aseguro que llevo toda la mañana sin ver a nadie.

—¿Han estado los niños contigo?

—Mientras he podido tolerar el alboroto, sí; pero son tan traviesos que me hacen más daño que provecho. Al pequeño Charles es inútil reprenderlo, y Walter se va haciendo tan revoltoso como su hermano.

—Bueno, mujer, verás cómo pronto te pondrás bien —dijo Anne alegremente—. Ya sabes que mis visitas obran el milagro de curarte. ¿Cómo están los vecinos de la Casa Grande?

—No puedo decirte nada de ellos. Hoy no he visto más que a Mr. Musgrove, que acaba de pasar y de hablarme por la ventana, sin bajar del caballo; y aunque le he explicado que me encontraba muy mal, ninguno ha venido a verme. Está claro que no convenía a los planes de las señoritas Musgrove, y ya sabes que ellas nunca modifican su itinerario.

—Tal vez las veas antes del mediodía. Todavía es temprano.

—No me hace ninguna falta, te lo aseguro. Charlan y ríen demasiado para mi gusto. ¡Ay, Anne, qué mal me siento! Has sido cruel conmigo por no venir el jueves.

—Pero, querida Mary, recuerda las tranquilizadoras noticias que me diste de tu salud. En tu nota te mostrabas muy optimista; decías que te hallabas perfectamente y que no me necesitabas con urgencia. Por ello decidí permanecer hasta el último instante al lado de Mrs. Russell, por quien tanto cariño siento; y no sólo eso, sino que estaba muy ocupada en Kellynch.

—Pero, querida, ¿qué podías tener que hacer?

—Muchas cosas que en este momento no consigo recordar. Sin embargo, te diré algunas. He hecho un catálogo, por duplicado, de los libros y cuadros de papá. He recorrido el jardín varias veces con Mackenzie, para indicarle qué plantas de Elizabeth debía llevar a casa de Mrs. Russell. Además, tenía que preparar mi propio equipaje, pues ignoraba qué se dispondría acerca de los carros; y otra cosa, Mary, ésta mucho más triste: despedirme de nuestros vecinos, pues se me dijo que así lo deseaban. Todo eso lleva mucho tiempo.

—Bien, bien —dijo Mary, y, tras una pausa, añadió—: Pero, mujer, no me has preguntado nada de la comida de ayer en casa de Pooles.

—¡Ah! ¿De modo que fuiste? No te lo he preguntado pues creí que te habrías visto obligada a declinar la invitación.

—Ya lo creo que fui. Ayer estaba muy bien; no he sentido nada hasta esta mañana. Habrían encontrado muy extraña mi ausencia.

—Me alegro de que lo pasaras bien, y supongo que habrá sido una agradable reunión.

—Nada de particular. Ya sabía en qué consistiría la comida y a quién me encontraría allí. Además, ¡es tan incómodo no disponer de coche! Mr. y Mrs. Musgrove me llevaron en el suyo, y ¡fuimos tan apretados...! ¡Son tan gordos y ocupan tanto sitio...! Además, Mr. Musgrove se sienta delante. De modo que fui en el asiento trasero, estrujada entre Henrietta y Louisa. Probablemente a eso se deben mis molestias de hoy.

Un poco más de paciencia y forzada alegría por parte de Anne curaron a Mary casi por completo. Pronto se halló en disposición de incorporarse en el sofá, y empezó a considerar que tal vez fuese posible abandonarlo a la hora de comer. De pronto, como si hubiese olvidado su postración, se puso de pie y fue al otro extremo de la estancia, donde se entretuvo en arreglar un ramo de flores. Después comió un poco y, por fin, llegó a sentirse tan aliviada que propuso salir a dar una vuelta.

—¿Dónde iremos? —preguntó cuando ya estaban preparadas—. Porque imagino que no querrás ir a la Casa Grande antes de que ellos vengan a verte.

—No tengo el menor inconveniente en hacerlo —replicó Anne—. Nunca se me ocurriría reparar en esos detalles de cortesía tratándose de personas a quienes conozco tan bien como Mrs. Musgrove y sus hijas.

—No obstante, están obligadas a visitarte enseguida. El que seas mi hermana así lo exige. Sin embargo, podemos ir a sentarnos un rato con ellos y luego dar un paseo al volver.

Anne siempre había juzgado imprudente todo entrometimiento de esta especie, pero renunció a oponerse, convencida de que, si bien ocasionaba mutuas quejas y molestias, ninguna de las dos familias podía pasar sin él. De modo que partieron hacia la Casa Grande, donde permanecieron media hora sentadas en el saloncito decorado a la antigua usanza con su pequeña alfombra y su suelo lustroso. Las niñas de la casa habían ido recargando poco a poco la estancia con un piano, un arpa, floreros y mesitas por doquier. ¡Ay, si los originales de aquellos viejos retratos que pendían del friso, si aquellos caballeros envueltos en pardo terciopelo, si aquellas señoras en atavío de satén azul se hubieran percatado de lo que estaba ocurriendo allí y se hubieran dado cuenta de aquella subversión del orden y la compostura! Las mismas figuras parecían mirar llenas de asombro.

Los Musgrove, como su vivienda, atravesaban un período de transición cuyo objetivo tal vez fuese el mejoramiento. El padre y la madre se ajustaban a la antigua tradición británica, mientras que los miembros jóvenes de la familia se inclinaban por las nuevas modas. Mr. y Mrs. Musgrove eran muy buenas personas, cariñosos y hospitalarios, no muy educados y nada elegantes. Los hijos ostentaban ideas y formas más modernas. La familia era numerosa. Después de Charles, que era el hijo mayor, venían Henrietta y Louisa, de diecinueve y veinte años respectivamente, que fueron quienes aportaron de un colegio de Exeter todo el bagaje de conductas y detalles en boga, y se dedicaban, como tantas otras señoritas, a vivir a la moda, felices y alegres. A sus vestidos no había reproche que hacerles; sus rostros eran bastante bonitos; su modo de ser, franco y afable; sus ademanes, desenvueltos y simpáticos; eran dignas y afectuosas en su casa y estimadísimas fuera de ella. Anne las consideraba los seres más dichosos que conocía. Sin embargo, por esa grata sensación de superioridad que solemos experimentar y que nos impulsa a ahuyentar todo anhelo de un cambio posible, Anne ni por un instante habría cambiado su más fino y cultivado entendimiento por todos los placeres de que aquellas jóvenes disfrutaban, y si algo les envidiaba, era aquella armonía tan perfecta, aquella conformidad mutua, aquel afecto recíproco tan sincero, que ella jamás había conocido en sus relaciones fraternales.

Fue recibida con gran cordialidad. Anne no observó en la familia de la Casa Grande nada que sirviera de pretexto a la menor crítica. Transcurrió la media hora en agradable charla, y no se sorprendió de que al partir las Musgrove se les unieran a instancias de Mary.

6

No era preciso que Anne fuese de nuevo a Uppercross para cerciorarse de que un cambio de medio, aunque sólo suponga desplazarse tres millas, puede impli-
car una transformación total de conversaciones, ideas y
pareceres. Siempre que visitaba la Casa Grande recibía
esa impresión y lamentaba que su propia familia no tomase buena nota de la poca importancia que los Musgrove daban a cuestiones que los Elliot consideraban de
la mayor importancia. Pero a estas experiencias aun tenía que añadir una nueva lección al comprobar cuán insignificantes somos fuera de nuestro círculo íntimo;
porque al llegar, como llegaba ella, sumida en la preocupación por lo que ocurría en las dos casas de Kellynch, había esperado alguna mayor curiosidad e interés que los que demostraba esta observación que, por
separado, le hicieron Mr. y Mrs. Musgrove:

—¿De modo, Anne, que sir Walter y Elizabeth se han
marchado? ¿Y en qué parte de Bath piensan ir a vivir?

Y esto lo preguntaron sin prestar la menor atención
a la respuesta. Después, las muchachas añadieron lo
siguiente:

—Supongo que iremos a Bath para el invierno; pero
piensa, papá, que si vamos hemos de alojarnos en buen
lugar; nada de tu plaza de la Reina.

Y Mary completó el cuadro diciendo:

—Pues yo me quedaré muy bien mientras todos os divertís en Bath.

Esto le sirvió para guardarse de cualquier futuro desengaño y agradecer el don de contar con una amiga tan sinceramente afectuosa como Mrs. Russell.

Mr. Musgrove y su hijo, entregados a sus respectivos ejercicios de conservar y destruir, distribuían el tiempo entre sus perros, sus caballos y sus periódicos, en tanto que las mujeres se ocupaban de los detalles de la casa, de los vecinos, de sus vestidos, del baile y de la música. Anne reconocía como muy natural que toda organización social, por pequeña que fuese, dictara sus propios temas de conversación, y confiaba en que no tardaría mucho en llegar a ser un elemento digno de aquella a que había sido trasplantada. Y con la perspectiva de pasar un mínimo de dos meses en Uppercross, le importaba mucho ajustar sus fantasías e ideas a las de la familia que la acogía.

En realidad, no le causaban temor aquellos dos meses. Mary no era tan huraña ni poco afectuosa como Elizabeth, ni tan inaccesible a su influjo; de los otros moradores de la casa, ninguno se mostraba reacio a su presencia. Se llevaba bien con su cuñado, y los niños, que la amaban, constituían para ella un motivo de interés, de distracción y de sana actividad.

Charles Musgrove era atento, agradable y superior a su mujer, sin duda, en intelecto y carácter; pero no poseía el secreto de la sugestión, ni amenidad ni gracia suficientes para hacer de aquel pasado en que él y Anne aparecían enlazados, un motivo de preocupación. Y eso que Anne pensaba, como Mrs. Russell, que un matrimonio más adecuado lo habría mejorado notablemente y que una mujer de verdadero entendimiento habría podido sacar de su condición moral mejor partido, sobre todo en lo que a costumbres y aficiones se refería.

Porque lo cierto es que sólo parecían entusiasmarlo los deportes, y fuera de ellos malgastaba el tiempo sin recoger el beneficio de los libros ni de nada. Tenía un humor excelente, en el que no hacía mella el tedio frecuente de su esposa, hacia la que mostraba paciencia infinita, con gran asombro de Anne, y en general, si bien menudeaban las discusiones —en las que ella intervenía más de lo que deseaba, requerida por ambas partes—, podían ser considerados como una pareja feliz. En lo que siempre convenían era en la necesidad de tener más dinero y en la esperanza de obtener algún regalo de Mr. Musgrove. Sin embargo, en ésta como en otras discusiones Charles llevaba la mejor parte, pues mientras Mary consideraba una grave humillación el que la dádiva no se produjera, él defendía a su padre diciendo que tenía otras mil cosas en que emplear su dinero y el derecho indiscutible a gastarlo en lo que le diera la gana.

La teoría que Charles profesaba en lo que se refería a la educación de sus hijos era mucho más acertada que la de su mujer, y la práctica no era tan mala. «Yo los manejaría muy bien si no fuera por la intervención de Mary», lo oía decir Anne con frecuencia, y lo creía firmemente. Pero cuando escuchaba quejarse a Mary de esta forma: «Charles consiente a los chicos de tal manera que no puedo lidiar con ellos», no sentía el menor impulso de decir: «Tienes razón.»

Una de las sensaciones menos agradables que le producía su estancia en aquella casa era la de ser tratada por todos con excesiva confianza y estar demasiado en el secreto de los motivos de enfado recíproco que surgían entre ambas familias. Como todos sabían que ejercía una gran influencia sobre su hermana, a menudo le rogaban, o insinuaban, que la empleara más allá de lo que estaba en su mano.

—¿Por qué no tratas de convencer a Mary de que no está enferma? —le decía Charles.

Y Mary, con tono compungido, le confesaba:

—Estoy convencida de que si Charles me viese morir aun pensaría que no tenía nada. Creo, Anne, que, si quisieras, podrías persuadirlo de que estoy realmente mal, mucho peor de lo que demuestro.

También solía decir:

—Me molesta mandar a los chicos a la Casa Grande, aunque su abuela siempre requiere su presencia, porque los mima en exceso. Además, les da tantos dulces que es raro que no vuelvan indispuestos o más revoltosos que cuando se fueron.

Mrs. Musgrove aprovechó la primera oportunidad de hablar a solas con Anne para indicarle:

—¡Ay, querida! ¡Cuánto me gustaría que mi nuera usara con los chicos el método que usted aplica! ¡Se portan con usted de un modo tan distinto! Están muy consentidos. Es una verdadera lástima que no pueda modificar usted los hábitos educativos de su hermana. Son los niños más sanos y hermosos que existen, pero la esposa de Charles no tiene ni idea de cómo debe tratarlos. ¡Dios mío, qué revoltosos se ponen a veces! Le digo a usted que esto me quita el deseo de verlos en mi casa con frecuencia. Sospecho que mi nuera está bastante disgustada porque no les hago venir más a menudo, pero usted comprenderá que es muy desagradable tener aquí a los niños y verse obligada a regañarlos constantemente. Y «no hagas esto» y «no hagas lo otro», o darles más dulces de lo que les conviene sólo para mantenerlos un poco a raya.

En cierta ocasión, Mary le hizo la siguiente confidencia:

—Mrs. Musgrove juzga a sus criadas tan formales, que sería un crimen ponerla sobre aviso; pero no exagero nada si te digo que tanto el ama de llaves como la lavandera, en vez de ocuparse en sus quehaceres, andan todo el día correteando por el pueblo. Dondequiera que vaya, me las encuentro, y cada vez que entro en el cuarto de los chicos, las veo allí. Gracias a que Jemina es la mujer más comedida y segura del mundo, que si no, ya la habrían echado a perder; porque, según me dice, siempre están incitándola para que vaya a pasear con ellas.

Al respecto, Mrs. Musgrove insinuaba por su parte:

—Tengo por costumbre no entrometerme en los asuntos de mi nuera, porque sé que sería inútil; pero debo decirle a usted, Anne, ya que puede hacer que las cosas se enderecen, que no tengo muy buen concepto de la niñera de Mary. Oigo de ella historias muy extrañas, siempre está yendo y viniendo, y sé por mí misma que es una mala influencia para el resto de los criados. Sé muy bien que su hermana, Anne, responde de ella como de sí misma. Pero le aconsejo a usted que permanezca ojo avizor, y que si nota algo que no esté bien me lo haga saber.

Abrigaba Mary otro motivo de resentimiento, la causa del cual era que Mrs. Musgrove no le asignaba el puesto que le correspondía cuando iba a comer con otras familias en la Casa Grande, pues no había motivo para que la tratasen con tanta desconfianza, como para privarla del lugar que le era propio. Y cierto día en que Anne paseaba sola con las hijas de Mr. y Mrs. Musgrove, una de ellas le dijo, después de haber hablado acerca del linaje, de las familias de linaje y de la excesiva trascendencia que al linaje se otorga:

—No tengo el menor reparo en llamar a usted la atención sobre las absurdas ideas de Mary acerca de su significación social, porque sé lo indiferente que es usted a esas cosas; pero me gustaría que alguien hiciera notar a su hermana que sería un signo de discreción el que no se obstinase tanto, y, sobre todo, que no se adelantara siempre para ocupar el puesto de mamá. Nadie le niega el derecho de prioridad, pero sería mejor que no insistiese tanto en conservarlo; y no es que a mamá le importe, sino que muchos ya lo han criticado.

¿Cómo iba Anne a atemperar esas diferencias? Todo lo que podía hacer era escuchar con paciencia, suavizar asperezas, solicitar tolerancia a ambas partes y procurar que su hermana prestase atención a sus consejos.

Aparte de esto, su etancia en Uppercross fue sumamente agradable, y su estado de ánimo mejoró por el cambio de lugar y de ambiente. Las indisposiciones de Mary fueron disminuyendo gracias a su compañía y el trato diario con la otra familia. Esta comunicación era muy frecuente, pues se veían todas las mañanas y a menudo también por las tardes. Pero pensaba que no iría todo tan bien si no fuese por la extremada corrección de Mr. y Mrs. Musgrove, y por el continuo charlar, reír y cantar de sus hijas. Anne tocaba el piano mucho mejor que éstas, pero como no tenía voz, ni conocía la técnica del arpa, ni contaba con unos padres tiernos que, sentados a su lado, se creyeran obligados a extasiarse, nadie reparaba en su habilidad sino por mera cortesía o porque contribuía al esparcimiento de los otros, de lo cual ella se daba cuenta perfectamente. Sabía muy bien que cuando tocaba a nadie agradaba más que a sí misma; pero esta impresión no era nueva en ella. Desde que tenía catorce años y perdiera a su adorada madre, nunca había disfrutado de lo que significaba ser escuchada o alabada por una persona de verdadero gusto. En el arte de la música estaba acostumbrada a encontrarse sola en el mundo, y en cuanto a la parcialidad de los Musgrove respeto del talento musical de sus hijas y la indiferencia con que miraban lo que hiciera cualquier otra persona, más la complacía, como señal de ternura, que mortificaba su amor propio.

Los Musgrove recibían muchas visitas y celebraban más fiestas y reuniones que cualquier otra familia en la comarca. Eran muy populares, y como a Henrietta y

Louisa les encantaba bailar, raras eran las tardes que no acababan en un baile improvisado. Cerca de Uppercross vivían unos primos cuya situación era menos desahogada y que habían hecho de la casa de los Musgrove su centro de diversión. Venían a cada momento y tomaban parte en juegos y bailes. Anne, que prefería tocar el piano en esas ocasiones, interpretaba contradanzas y otras melodías. Esta disposición de su parte contribuía más que nada a que sus dotes musicales fueran reconocidas por Mr. y Mrs. Musgrove, y era causa frecuente de un elogio como éste: «¡Bien, Anne, muy bien! ¡Bendito sea Dios, cómo vuelan esos deditos!»

De este modo pasaron tres semanas. Llegó el día de san Miguel, y el corazón de Anne voló de nuevo a Kellynch. Aquel hogar ya era de otros. ¡Aquellas preciosas estancias y todo cuanto encerraban, aquellos jardines y arboledas empezaban a recrear otros ojos! Durante el día 29 de septiembre no pensó en otra cosa, y por la tarde, al fijarse Mary en la fecha, Anne recibió una grata impresión de ternura al oírle decir:

—Querida ¿no es hoy cuando los Croft pensaban instalarse en Kellynch? Me alegro de no haberlo recordado antes. ¡Cómo me entristece!

Una vez que los Croft hubieron tomado posesión de su nueva casa, era preciso visitarlos. Mary lamentaba tener que hacerlo. Nadie imaginaba lo mucho que esto la hacía sufrir. Pero no quedó tranquila hasta convencer a Charles de que la llevase lo antes posible, y cuando regresó lo hizo en un estado de agradable excitación. Anne se alegró sinceramente de que en el coche no hubiera habido sitio para ella; sin embargo, deseaba ver a los Croft, y se alegró de encontrarse presente el día en que estos devolvieron la visita. Cuando llegaron no estaba el dueño de la casa, pero sí las dos hermanas, y como Mrs. Croft se sentó al lado de Anne mientras que el almirante lo hacía al lado de Mary, a quien distraía con amables preguntas acerca de sus pequeños, Anne tuvo ocasión de buscar un parecido, y si en las facciones no logró hallarlo, lo encontró en la voz, así como en el modo de sentir y expresarse.

Mrs. Croft, sin ser alta ni gruesa, ostentaba un porte, una esbeltez y un vigor que realzaban su aspecto. Sus ojos eran negros y brillantes, su dentadura muy bella y, en conjunto, poseía unas facciones agradables, aunque su tez, un tanto rubicunda, y castigada por los vientos marinos casi tanto como la de su marido, hacía que aparentase más años de los treinta y ocho que contaba. Sus ademanes aparecían francos, naturales y resueltos, propios de quien confía en sí mismo y no titubea jamás, y esto sin menoscabo de su dulce carácter. Anne le agradeció en silencio las palabras de elogio que tuvo para Kellynch, y se alegró de que después de los saludos Mrs. Croft no hiciera alusión alguna a lo que ella tanto temía. Sin embargo, al cabo de un rato la dejó helada al comentar:

—Me parece que no fue su hermana sino usted a quien mi hermano tuvo el gusto de conocer cuando vivió en esta comarca.

Anne creía haber dejado atrás la edad de ruborizarse, pero la de las emociones no había pasado ciertamente.

—¿No ha oído usted, por casualidad, que se ha casado? —añadió Mrs. Croft.

Anne ya estaba en condiciones de responder como debía, y después de que las últimas palabras de Mrs. Croft le probaran que era a Mr. Wentworth a quien se refería, se congratuló de no haber dicho nada que no pudiera aplicarse a ambos hermanos. Comprendió de inmediato lo natural que era el que Mrs. Croft no hablara de Frederick sino de Edward, y avergonzada de su torpeza preguntó con el debido interés acerca del nuevo estado de su antiguo vecino.

El resto de la reunión transcurrió con tranquilidad, pero cuando los Croft se disponían a marcharse, Anne oyó que el almirante decía a Mary:

—Esperamos de un momento a otro la llegada de un hermano de mi mujer. Seguramente recordará usted su nombre.

Lo interrumpió la impetuosa aparición de los niños, que, colgándose de él como de un viejo amigo, se negaban a dejarlo marchar; y como el alboroto aumentó por las promesas que él les hacía de llevárselos en el bolsillo, Anne tuvo espacio para convencerse de que aquellas palabras se referían también al mismo hermano. Sin embargo, esta certidumbre no bastaba para evitar que desease con vehemencia saber qué se había dicho en la otra casa, donde los Croft habían estado antes.

Los Musgrove tenían proyectado pasar aquella tarde en Uppercross, y como el clima ya era lo bastante benigno como para que el trayecto se hiciera a pie, se empezaba a aguzar el oído con objeto de percibir el ruido del coche, cuando hizo su entrada la menor de las Musgrove. Que venía a excusar a los demás y que, por lo tanto, habrían de pasar la tarde solas, fue el primer pensamiento pesimista que surgió en la mente de Mary; y se disponía ya a enfadarse, cuando Louisa explicó que si venía a pie era para dejar sitio al arpa que traían en el coche.

—Voy a deciros la causa de todo esto —añadió—. He venido para contaros que mis padres están muy afectados, mamá especialmente, pensando en el pobre Dick. Por eso hemos convenido en traer el arpa, pues nos ha parecido que os distraería mejor que el piano. Y os contaré el motivo de su pena: cuando esta mañana los Croft nos visitaron (luego han estado aquí, ¿verdad?) se les ocurrió decir que un hermano de ella, el capitán Wentworth, que ha vuelto a Inglaterra o ha sido licenciado o algo parecido, piensa venir a verlos de inmediato. Por desgracia, apenas se marcharon a mamá se le metió en la cabeza que Wentworth, o algo así era el nombre del que fue capitán de mi pobre hermano, no sé cuando ni dónde, pero mucho antes de morir. Luego, revolviendo en cartas y papeles, comprobó que así era en efecto; no hay duda de que éste es el hombre de que se trata, y mamá no piensa más que en él y en Dick. Por eso es preciso que estemos todo lo alegre que podamos, a fin de distraerla de esos pensamientos lúgubres.

La verdad de lo ocurrido en ese penoso episodio de la historia familiar era que Mr. y Mrs. Musgrove habían tenido la mala suerte de engendrar un hijo trapisondista y desquiciado y la buena de haberlo perdido antes de que cumpliese veinte años, luego de que la enviaran a servir en la marina por ser estúpido e ingobernable en tierra. La familia se ocupó muy poco de él durante un tiempo, lo que se tenía bien merecido, y rara vez se supo de él, a quien apenas se echó de menos hasta que llegó a Uppercross la noticia de su muerte ocurrida en el extranjero hacía dos años.

En realidad, aunque ahora hiciesen por él cuanto podían llamándolo «¡pobre Dick!», nunca fue otra cosa que un muchacho torpe, insensible e inútil que ni vivo ni muerto supo conquistar otra gloria que la de aquel diminutivo.

Estuvo algunos años en el mar, y a vuelta de esos cambios de empleo a que están sujetos todos los marinos mediocres, sobre todo aquellos de quienes el capitán desea desembarazarse, pasó seis meses en la fragata *Laconia*, del capitán Wentworth. Y fue entonces cuando, gracias a la influencia de éste, escribió las dos únicas cartas que recibieron sus padres durante su ausencia; es decir, las dos únicas cartas desinteresadas, porque todas las demás no fueron sino peticiones de dinero.

En todas las misivas había elogiado Dick al capitán; pero tenían los Musgrove tan poca costumbre de ocuparse de tales asuntos y era tal su indiferencia y desconocimiento respecto de los nombres de los marinos, que apenas hicieron caso de ello por aquel entonces. Y el que Mrs. Musgrove tuviese aquel día la súbita inspiración de recordar la relación de su hijo con el nombre de Wentworth, fue uno de esos chispazos mentales que a veces sobrevienen.

Mrs. Musgrove fue a buscar las cartas y vio en ellas confirmado lo que suponía. Al leerlas de nuevo, al pensar en su hijo, perdido para siempre, y ya extinguido el recuerdo de sus defectos y flaquezas, se sintió más abatida incluso que cuando recibió la noticia de su muerte. También se entristeció Mr. Musgrove, aunque menos, que su esposa, y al llegar a la casa era evidente que tenían gran necesidad de hablar de nuevo de aquel asunto y, además, de todo el consuelo que pudieran ofrecerle con su bulliciosa y alegre compañía.

Tanto oír hablar del capitán Wentworth, escuchar su nombre tantas veces mientras recordaban los años pasados, para venir a asegurar que tenía que ser aquél, que probablemente fuese el mismo capitán Wentworth a quien habían visto una o dos veces a su regreso de Clifton —era muy bien parecido, pero no podían precisar si habían pasado ocho o diez años desde aquello—, tenía que poner a prueba otra vez los nervios de Anne. No obstante, ésta comprendió que era necesario que se acostumbrase a ello. Desde el momento en que se esperaba al capitán en la comarca, Anne debía dominar su sensibilidad en este punto; y no era sólo que se lo esperaba, y muy pronto, sino que, además, los Musgrove, en su ferviente gratitud hacia aquel hombre por el cariño que había demostrado por el desgraciado joven, e influidos por el elevado concepto que tenían de su valía, concepto que refrendaba el hecho de haber permanecido bajo su mando el pobre Dick, quien en sus cartas lo alababa presentándolo como «un bravo y afable compañero» que lo trataba como a un camarada de colegio, estaban dispuestos a visitar a Wentworth y solicitar su amistad tan pronto como se enterasen de su llegada.

Esta resolución sirvió de consuelo aquella tarde a los atribulados padres del calamitoso Dick.

7

A los pocos días se supo que el capitán estaba en Kellynch, y que después de haberlo visitado Mr. Musgrove se deshacía en elogios, y que lo había invitado a comer en su casa con los Croft para el fin de la semana siguiente. No poder fijar un día más cercano supuso una gran contrariedad para Mr. Musgrove, tal era su impaciencia por demostrar su gratitud al capitán Wentworth, verlo bajo su techo y agasajarlo con lo mejor y más añejo de su bodega. Según el cálculo de Anne sólo faltaba una semana para que necesariamente se encontraran, y aun llegó a temer que el crítico y temido momento se adelantase.

El capitán Wentworth devolvió pronto su cortesía a Mr. Musgrove, y por cuestión de media hora no estuvo allí Anne, pues Mary y ella se disponían a ir a la Casa Grande, donde, según supo luego, lo habrían encontrado sin remedio, cuando se vieron sorprendidas por la llegada del pequeño Charles, a quien traían a casa después de haber sufrido una caída. El estado del niño obligó a desistir de la visita; pero ni aun en medio de la ansiedad que el suceso produjo Anne fue capaz de oír con indiferencia la narración posterior, que le hizo recapacitar sobre el peligro de que se había salvado gracias al trágico suceso.

Resultó que el niño se había dislocado la clavícula, y la contusión en la espalda era tan fuerte que todos se alarmaron. Fue una tarde de grandes preocupaciones en la que Anne se vio obligada a ocuparse de todo desde el primer instante: mandar por el médico, buscar al padre e informarle de lo ocurrido, consolar a la madre y prevenir sus ataques de histeria, impartir órdenes a los criados, apartar al más pequeño y atender y calmar al pobre accidentado. No bien se dio cuenta de ello, se apresuró a avisar de lo ocurrido a la otra familia, lo que trajo como consecuencia una irrupción de visitantes anhelosos más que de eficaces auxiliares.

El primer motivo de alivio de Anne fue la llegada de su cuñado, y, el segundo, la del médico. Hasta que éste vino y reconoció al niño, la incertidumbre no hizo sino exagerar los temores. Temían una grave lesión, pero ignoraban dónde se había producido. La clavícula fue colocada inmediatamente en su lugar, y aunque Mr. Robinson palpaba y palpaba, y hablaba al padre y a la tía del niño con tono solemne y reservado, todos se sintieron más tranquilos y esperanzados, y se dispusieron a sentarse a la mesa. Momentos antes de partir, las tías del herido fueron incluso capaces de dejar de hablar por unos minutos del estado de su sobrino e informar de la visita del capitán Wentworth. Aun permanecieron unos instantes después de que sus padres salieran, para expresar con vehemencia lo encantadas que estaban con el capitán; ¡cuánto más guapo y agradable que todos los hombres cuya amistad habían frecuentado! Mostraban su alegría por la invitación que Mr. Musgrove le había hecho y la contrariedad que suponía el oírle decir que le era imposible aceptar. Y pregonaban con entusiasmo la satisfacción que experimentaron cuando el capitán prometió al fin ir a comer al día siguiente atendiendo los ruegos reiterados de Mr. y Mrs. Musgrove. Y había aceptado con aire tan complacido que demostraba interpretar justamente el motivo de aquellas atenciones. En suma: que se había comportado de manera tan exquisita y jovial, que les había trastornado el juicio. Y así salieron de la casa tan felices como enamoradas, y a todas luces mucho más preocupadas del capitán Wentworth que del pequeño Charles.

Los mismos comentarios y similares muestras de alegría se produjeron cuando las dos muchachas volvieron con su padre al anochecer para averiguar cómo seguía el niño. Mr. Musgrove, disipada la inquietud por su heredero, se dedicó a elogiar al capitán y sólo deploraba el que los moradores de Uppercross no se aviniesen a dejar al niño para asistir a la reunión. ¡Oh, nada de abandonar al niño! Tanto el padre como la madre aún no se hallaban repuestos del susto como para hacer semejante cosa; y Anne, contentísima de que así fuese, no pudo por menos de mostrarse de acuerdo con ellos.

Charles Musgrove, sin embargo, empezó poco a poco a manifestar cierto deseo de ir. El niño mejoraba a ojos vista, y él sentía un deseo tan grande de conocer al capitán Wentworth que tal vez se decidiera a unirse a ellos por la tarde. No comería fuera de casa, pero bien podrían ausentarse por media hora. Pero su mujer se opuso resueltamente.

—¡Ah, no, Charles, no consiento que salgas; piensa en lo que podría ocurrir!

El niño pasó bien la noche, y al día siguiente continuaba mejor. Era cuestión de tiempo el comprobar si había sufrido alguna lesión en la columna vertebral; pero Mr. Robinson no había advertido nada que despertara motivos de alarma en ese sentido, y a consecuencia de ello Charles Musgrove empezó a meditar en que no era necesario prolongar su reclusión. El niño tenía que permanecer en el lecho y había que distraerlo del modo más tranquilo posible, pero ¿qué podía hacer un padre al respecto? Ésa era misión de las mujeres, y creía absurdo que él, que de poca ayuda podía servir, tuviera que permanecer encerrado en la casa. Su padre deseaba que conociera al capitán Wentworth, y puesto que no había en contra motivo suficiente, debía ir. Todo acabó en que al regresar de su partida de caza anunció resueltamente su propósito de cambiar de traje cuanto antes para asistir a la comida que ofrecía la otra familia.

—El chico no puede estar mejor —dijo—, de modo que he anunciado a mi padre que iría, y él lo ha aprobado. Estando tu hermana contigo no veo inconveniente en hacerlo, querida. Tú no aceptarías dejarlo, pero, como ves, yo no sirvo de nada. Si algo malo sucediera, Anne me avisaría.

Cuando la oposición lleva camino de ser inútil, los esposos suelen entenderse. Por el modo en que Charles se expresaba, Mary comprendió que estaba resuelto a ir y que de nada serviría contrariarlo. Por eso calló hasta que él hubo salido de la habitación, pero tan pronto como las dos hermanas quedaron a solas, exclamó:

—Tendremos que cuidar del pequeño sin ayuda de nadie, y en toda la tarde no se acercará a nosotras alma viviente. Ya sabía yo que esto iba a pasar. Es mi sino. Siempre que sucede algo desagradable los hombres se desentienden, y Charles no es la excepción. Hace falta ser frío de corazón para separarse de su pobre hijito y llegar allí diciendo que sigue perfectamente. ¿Quién le ha dicho que se encuentra mejor o que no puede sobrevenir un cambio repentino en media hora? Nunca creí que Charles fuese tan insensible. De manera que él va a divertirse, y a mí, por ser la madre, no se me permite moverme de aquí; y eso que reconozco que soy la menos indicada para cuidar al niño. Pues precisamente por ser la madre no debería añadir más preocupaciones a las que ya tengo. No soy una mujer indiferente. Tú misma viste lo nerviosa que me puse ayer.

—Eso fue sólo la impresión del primer momento —contestó Anne—. Ya no te pondrás nerviosa. Me atrevo a asegurar que no habrá motivo de alarma. He entendido perfectamente las prescripciones de Robinson, y no temo nada. Pero Mary, la verdad es que la actitud de tu esposo no me extraña. Cuidar a los chicos no es para hombres. Un niño enfermo debe estar bajo la atención de su madre; los sentimientos de ésta así lo imponen.

—Creo amar a mi hijo tanto como cualquier otra madre, pero no me parece que junto al lecho del enfermo sea más útil que Charles, porque no sirvo para reprenderlo o importunarlo en el estado en que se encuentra. En fin, ya recordarás lo que ocurrió esta mañana: bastaba que le dijera que se estuviese quieto para que empezara a agitarse. No están mis nervios para estas cosas.

—Pero ¿es posible que estuvieras tranquila toda la tarde separada del niño?

—Sí; ¿acaso no puede estarlo su padre? Pues ¿por qué no yo? Jemina, que es tan cuidadosa, podría enviarnos noticias de su estado. Ahora pienso que Charles bien podría haber dicho a su padre que iríamos todos. No siento por el niño mayor inquietud que mi esposo. Ayer me llevé un gran susto, pero hoy es muy distinto.

—Bueno, pues si no te parece tarde para avisar y fueras con tu marido dejando el niño a mi cuidado, Mr. y Mrs. Musgrove lo aprobarían.

—¿Hablas en serio? —exclamó Mary con los ojos radiantes—. Querida mía, has tenido una ocurrencia admirable, magnífica. Lo mismo es que vaya o que no vaya, porque no hago nada con quedarme en casa, ¿no es así? Sólo conseguiría aumentar mi preocupación. En cambio, tú, que no sufres las inquietudes de una madre, eres la persona más indicada. Tú consigues siempre que el pequeño Charles haga lo que debe; a ti siempre te hace caso. Es mejor que dejarlo solo con Jemina. ¡Oh sí, debo ir, porque ellos desean que yo también conozca al capitán Wentworth! En cuanto a ti, sé muy bien que no te importa quedarte sola. ¡Excelente idea, en verdad, Anne! Voy a decírselo a Charles y a vestirme. Ya sabes que puedes avisarme enseguida si fuera necesario; pero estoy segura de que no pasará nada que te alarme. Claro está que si no estuviera completamente tranquila respecto a mi hijo querido bien sabes que no iría.

Un momento después Mary llamaba a la puerta del tocador de Charles y Anne, que subía detrás de ella, llegó a tiempo de oír todo el diálogo, que su hermana inició de esta manera:

—He decidido ir contigo, Charles, porque no soy en casa más necesaria que tú. Si estuviera siempre encerrada con el chico no lograría contener sus caprichos. Anne se quedará y cuidará de él. La idea ha sido suya, de modo que debo ir contigo, y es lo mejor, porque no he comido en la otra casa desde el martes.

—Eso es una gran amabilidad por parte de Anne —respondió su marido—, y me encantaría que me acompañases, pero me parece injusto dejarla sola en casa al cuidado del niño.

Anne intervino de inmediato para afirmar que lo hacía encantada, y logró convencer a Charles, quien, por otra parte, deseaba convencerse, y no puso inconveniente alguno en permitir que comiese sola, si bien manifestó su deseo de que se uniese a ellos por la tarde, cuando el niño se dispusiera a dormir, y le propuso venir luego a buscarla. Pero no hubo modo de persuadirla, y al cabo de un rato Anne tuvo el gusto de verlos partir juntos con excelente humor. Allá iban, pensaba, a pasar unas horas felices, aunque se le antojase extraña la manera en que había logrado salirse con la suya. Sin embargo, comprendía también que su presencia en la casa era imprescindible para el niño, y ¿qué le importaba que Frederick Wentworth estuviera a media milla de distancia ganándose la admiración de todos?

Anne deseaba averiguar qué sensaciones invadirían al capitán cuando se encontraran por primera vez. ¿Serían de indiferencia, aunque la indiferencia en aquel caso no podría existir? ¿De impasibilidad, o acaso desdén?

Tal vez fuera ésta la actitud de Frederick, de otra manera no era razonable pensar que hubiera tardado tanto tiempo en ir a buscarla. Ella en su caso se habría apresurado una vez alcanzada su actual posición independiente.

Charles y Mary regresaron encantados del nuevo amigo y de la fiesta. Había habido canto, música, charla y risa. Todo admirable. El capitán era un hombre muy afable, no se mostró tímido ni reservado, como si se conocieran de toda la vida. Al día siguiente saldría de caza con Charles y luego vendría a almorzar, pero no a Uppercross, como fue la primera idea, sino a la Casa Grande, ya que temía perturbar a Mary debido al estado del niño.

Anne empezaba a comprender. Frederick eludía su presencia. Sin duda había preguntado por ella de pasada, como corresponde a una relación somera, demostrando conocerla, lo mismo que ella había hecho, y tal vez con el deseo de evitar la presentación cuando llegaran a encontrarse.

Siempre amanecía más tarde en Uppercross que en la Casa Grande, y aquella mañana era tanto el retraso que, no bien empezaban a desayunar Anne y Mary cuando se presentó Charles anunciando que los otros no tardarían en llegar. Él venía por sus perros; sus hermanas y el capitán Wentworth seguían sus pasos: éstas para ver a Mary y al niño, y aquél, con objeto de presentar sus respetos a Mary, si no había inconveniente, pues aunque Charles le había asegurado que el estado del niño era satisfactorio, no estaría tranquilo hasta comprobarlo personalmente.

Mary, muy halagada por aquella muestra de cortesía, lo recibió con verdadero deleite, mientras que invadían a Anne mil sensaciones, de las cuales la más tranquilizadora provenía de considerar la brevedad del trance. Y, en efecto, pasó muy pronto. Dos minutos después del aviso de Charles se presentaron los otros. Entraron en el salón. Apenas cruzó Anne una mirada con la del capitán Wentworth, que hizo una breve reverencia. Enseguida se dirigió éste a Mary, e intercambió con ella los comentarios de rigor. Algo dijo a las hermanas Musgrove; lo necesario para incluirlas en la charla. La estancia se llenó de voces y personas, pero a los pocos minutos todo había terminado. Apareció Charles en la ventana, anunciando que todo estaba dispuesto. El visitante se despidió y salió, y lo mismo hicieron las hermanas Musgrove, que decidieron acompañar a los cazadores hasta el final del pueblo. Cuando todos se hubieron marchado, Anne acabó de desayunar, no sin esfuerzo. ¡Ya pasó, ya pasó!, se dijo una y otra vez con nerviosa alegría. ¡Lo peor ya pasó!

Mary le hablaba, pero ella no atendía. Lo había visto. Se habían visto. Una vez más habían estado bajo el mismo techo.

Pronto, sin embargo, empezó a reflexionar, procurando reprimir los sentimientos que la embargaban. Ocho años habían transcurrido desde que habían puesto fin a su relación. ¡Era absurdo recaer en la zozobra que el tiempo debía haber disipado! ¿Qué no había ocurrido en ocho años? Acontecimientos de toda clase, cambios, mudanzas, partidas, todo, todo había sucedido en aquel tiempo; y ¡cuán natural era que entre todo aquello se olvidara el pasado! Aquel período encerraba casi un tercio de su propia vida.

¡Qué infortunada era! A pesar de todas sus reflexiones, veía a las claras que para los sentimientos profundos ocho años eran poco más que nada.

¿Y ahora? ¿Cómo leer en su corazón? ¿Es que huía de ella? Y a continuación se reprochaba a sí misma por hacerse una pregunta tan tonta.

En un punto que su perspicacia no había previsto su incertidumbre desapareció, porque luego de que regresasen las hermanas Musgrove, y una vez que se hubieron marchado de la casa, Mary hizo el siguiente comentario:

—La verdad es que el capitán Wentworth se ha comportado de manera muy poco galante contigo. Cuando salieron le preguntaron qué opinaba de ti, y respondió que estabas tan cambiada que no te habría reconocido.

No era costumbre de Mary preocuparse por los sentimientos de su hermana, pero en esta ocasión era completamente inconsciente de la herida que producía.

¡Cambiada hasta el punto de no reconocerla! Anne sintió un dolor profundo. Así era, sin duda, y ni siquiera podía vengarse, porque si él había cambiado, no había sido para peor. Ya se lo había dicho a sí misma, y no podía pensar de otro modo, cualquiera que fuese la opinión que él se hubiese formado de ella. Decididamente, los años, que a ella le habían arrebatado la juventud y la lozanía, a Frederick le habían dado un aspecto más varonil sin menoscabo de una sola de sus virtudes personales. Aquel era el mismo Frederick Wentworth de siempre.

¡Tan cambiada que no la habría reconocido! No podía borrar de su mente aquellas palabras. Pero no tardó en alegrarse de haberlas oído. Poseían una virtud sedante: templaban su agitación, ordenaban sus sentimientos y acabarían, por tanto, haciéndola más feliz.

Frederick Wentworth había empleado aquella frase, u otra parecida, sin sospechar que llegaría hasta ella. La encontró cambiada, en efecto, y en el primer momento dijo lo que sentía. No había perdonado a Anne Elliot. Ella lo había tratado muy duramente, lo había abandonado y defraudado; más aún, al hacerlo había demostrado una debilidad de carácter que su temperamento resuelto y optimista no podía soportar. Bajo el poder de una excesiva docilidad de persuasión, lo había dejado por obedecer a otra persona. Había sido una actitud tímida y pusilánime por su parte.

Wentworth había estado ardientemente enamorado de ella, y no halló otra mujer que se le pudiera comparar, pero más allá de cierta curiosidad, por lo demás natural, no tenía deseos de encontrarla. El hechizo estaba roto para siempre.

Tenía el propósito de casarse. Ahora que se hallaba en tierra y había hecho fortuna, estaba decidido a echar raíces tan pronto como hallara a alguien con quien compartir su vida, y con tal motivo miraba alrededor dispuesto a enamorarse con toda la presteza que permiten una mente despejada y un gusto fácil de contentar. Su corazón estaba allí a merced de cualquiera de las hermanas Musgrove, o de cualquier muchacha bonita que se cruzara en su camino, a excepción de Anne Elliot, y así lo consideraba él cuando, en respuesta a las sospechas de su hermana, le decía:

—Sí; aquí me tienes, Sophia, resuelto a hacer una boda disparatada. Todas las mujeres entre quince y treinta pueden aspirar a atraparme. Un poco de belleza, unas cuantas sonrisas, algún que otro elogio para la Marina, y habré caído en sus redes. ¿No es esto suficiente para un hombre de mar que no tuvo trato femenino suficiente para hacerlo atractivo?

Por supuesto, decía todo esto con la única intención de que se le contradijese. Su mirada brillante y altiva denotaba la dichosa conciencia que tenía de su atractivo, y no estaba Anne Elliot muy distante de su pensamiento cuando, ya más serio, describía la mujer que deseaba para sí. Un espíritu firme y un dulce temperamento constituían la esencia del retrato de la esposa ideal.

—Así es la mujer que quiero —decía—. Tal vez algo inferior a esto, pero no mucho. Si hago una tontería no será por no haber meditado sobre el asunto más que la mayoría de los hombres.

8

A partir de aquel momento el capitán Wentworth y Anne Elliot se encontraron con frecuencia en el mismo círculo de conocidos. Muy pronto comieron juntos en casa de Mr. Musgrove, pues el estado del niño ya no podía servirle a Anne de excusa, y aquella reunión fue el origen de otras y de nuevos encuentros.

Estaba por ver si los sentimientos de otro tiempo habrían de renacer. Era indudable que ninguno de los dos había olvidado el pasado; forzosamente habrían de volver hacia él la mirada, y él no pudo evitar aludir a aquel año de noviazgo en los comentarios y descripciones que se deslizaban en la conversación. Su profesión le daba motivos, su temperamento lo incitaba a hablar, y «aquello fue en el año seis» o «aquello sucedió antes de embarcarme», fueron frases que surgieron en el transcurso de la charla en la primera tarde que pasearon juntos, y aunque no le temblaba la voz ni tenía Anne motivo para suponer que al hablar la mirase de una manera significativa, conocía de sobra su modo de pensar como para juzgar imposible el que no lo acecharan los mismos recuerdos y pensamientos, pero estaba muy lejos de presumir que despertaran en él la misma pena.

No hablaron de cosas íntimas; lo que en tiempos lo había sido todo para ellos, ahora no era nada. En aquella época les habría sido imposible dejar de hablarse un solo instante, sin que pudiera señalarse otra pareja que los igualara entre todos los que estaban reunidos en la sala de Uppercross; y con excepción del almirante y su esposa, que parecían singularmente unidos y felices —mucho más que cualquier matrimonio que Anne conociese—, no era posible que existieran dos corazones más abiertos, gustos más semejantes ni rostros en que el amor se manifestase más palpablemente. Pero ahora eran extraños el uno para el otro, y aun más que extraños, porque nunca volverían a conocerse. Se trataba de un alejamiento definitivo.

Mientras él hablaba, ella escuchaba aquella misma voz y distinguía la misma sensibilidad. Casi todos los allí reunidos ignoraban las cuestiones relativas a la vida de un marino, de modo que el capitán era el centro de mil preguntas, especialmente dirigidas por las hermanas Musgrove, que no tenían ojos más que para él, acerca de las condiciones de la vida a bordo, empleo del tiempo, alimentación, etcétera, y la sorpresa que producían sus relatos le sugería ingeniosas bromas que traían al recuerdo de Anne aquellos días en que también ella, ignorante, había sido objeto de las burlas de él por suponer que los marinos vivían a bordo sin nada que comer, sin cocinero que lo preparase en caso de que lo hubiera, sin criados y aun sin cuchillos ni tenedores.

Anne se hallaba sumida en aquellas reflexiones, cuando Mrs. Musgrove, conmovida por tiernos recuerdos, exclamó sin poder contenerse:

—¡Ay, Anne! Si Dios no se hubiera llevado a mi pobre hijo, ahora sería como el capitán Wentworth.

Anne contuvo una sonrisa y escuchó bondadosamente, mientras Mrs. Musgrove se desahogaba, sin prestar por tanto atención a la conversación de los otros. Cuando ya estuvo en condiciones de hacerlo, observó que las Musgrove buscaban el catálogo de la Marina

—su propio catálogo, el primero que hubo en Upper-cross— y se sentaban para hojearlo con objeto de ver los barcos que el capitán Wentworth había mandado.

—El primero fue el *Áspid*, recuerdo; vamos a ver el *Áspid*.

—No lo encontrará ahí. Ya ha sido desguazado. Fui el último capitán que tuvo. Ya entonces estaba casi fuera de servicio. Fue destinado al servicio de cabotaje por un año o dos, y a mí se me envió a las Indias Occidentales.

Las muchachas se miraron asombradas.

—En el Almirantazgo —prosiguió él— a menudo se entretienen enviando al mar a unos cuantos cientos de hombres en un barco inservible. Siempre disponen de mucha gente para esto, y como hay tantos, que lo mismo da que se ahoguen o no, es imposible seleccionar a aquellos que menos importa que mueran.

—¡Vaya, vaya! —exclamó el almirante—. ¡Qué cosas dicen estos muchachos! En su tiempo no hubo mejor bergantín que el *Áspid*. Entre los de antigua construcción, ninguno lo igualaba. ¡Fue usted muy afortunado al servir en él! Bien sabe que en aquel tiempo se habrían presentado veinte hombres mejores que usted a disputárselo. Tenía que ser un hombre de suerte para topar con semejante barco tan pronto y sin necesidad de competir con nadie.

—Y bendije mi suerte, almirante, se lo aseguro —replicó el capitán, hablando ya en serio—. Aquel destino me satisfizo tanto como pueda usted imaginar. Ya por entonces estaba empeñado en embarcarme. Necesitaba ocuparme en algo.

—¡Y vaya si lo consiguió! ¿Qué hacía un muchacho como usted en tierra medio año? Cuando un hombre no tiene mujer, necesita volver al mar sin tardanza.

—¡Capitán Wentworth, qué ofendido se habrá sentido usted cuando llegó al *Áspid* y se encontró con que era un barco muy viejo!

—Ya lo sabía —contestó él con una sonrisa—. No me pilló de sorpresa, pero imagino que si en un día de mucho frío un amigo le presta un abrigo, a usted no se le ocurriría rechazarlo aunque estuviese pasado de moda. ¡Ah, éramos viejos amigos el *Áspid* y yo, e hizo cuanto yo necesitaba! Y eso tampoco me sorprendió. Yo tenía la certeza de que nos hundiríamos juntos o él me haría un hombre. Y, en efecto, mientras estuve a bordo del *Áspid* no tuve dos días de borrasca. Después de capturar suficientes piratas como para no tener tiempo de aburrirme, cuando en el siguiente otoño regresaba a la patria la fortuna quiso que topara con la fragata francesa que yo anhelaba; la traje a Plymouth, y allí tuve otro golpe de suerte. No hacía ni seis horas que habíamos fondeado en el Sound, cuando se desencadenó una galerna que duró dos días con sus noches, y que en la mitad de ese tiempo habría dado buena cuenta del pobre *Áspid*, sin que el estar junto a la costa hubiera valido de nada. A las veinticuatro horas yo sólo habría sido un valiente capitán Wentworth en un suelto de periódico, y por haber perecido en un simple bergantín nadie habría vuelto a acordarse de mí.

Anne se estremeció en secreto, mientras que las hermanas Musgrove dieron rienda suelta a toda clase de exclamaciones de horror y de piedad.

—Me figuro —intervino Mrs. Musgrove con tono débil, como si recapacitara en voz alta—, que entonces pasó usted al *Laconia*, donde conoció a nuestro pobre Dick. —Se volvió hacia Charles y agregó—: Pregunta al capitán Wentworth dónde conoció a nuestro infortunado Dick. Siempre se me olvida.

—Fue en Gibraltar, madre, lo sé. Dick se había quedado en tierra por encontrarse enfermo y su antiguo capitán lo recomendó al capitán Wentworth.

—Charles, hijo, di al capitán Wentworth que no dude en hablar del pobre Dick delante de mí, porque sería un verdadero placer oír hablar de él al mejor amigo que cualquier hombre ha tenido jamás.

Charles, más escéptico que su madre en cuanto a la conveniencia de tales narraciones, se limitó a asentir con la cabeza y se marchó.

Las muchachas buscaban el *Laconia* en el catálogo, y el capitán Wentworth no pudo evitar tomar el hermoso libro en sus manos, con objeto de ahorrarles la molestia y leer nuevamente en voz alta la breve reseña en que constaban el nombre y las características del barco, declarando que éste también era uno de los mejores amigos que podían hallarse.

—¡Ah, qué días tan felices los del *Laconia*! Qué pronto hice dinero en él. Un amigo mío y yo disfrutamos una travesía deliciosa al volver de las Hébridas. ¡Pobre Harville! Deseaba aun más que yo hacer fortuna. Se casó. ¡Qué bueno era! Jamás olvidaré su felicidad. Todo lo hacía por amor a su esposa. Mucho sentí que el siguiente verano no compartiera mi suerte en el Mediterráneo.

—Le aseguro a usted, señor —dijo Mrs. Musgrove—, que para nosotros fue una dicha el que se lo designara capitán de ese barco. Nunca olvidaremos lo que usted hizo.

Se le quebró la voz a causa de la emoción, y el capitán Wentworth, que probablemente no tenía a Dick Musgrove en su pensamiento, quedó a la expectativa, como aguardando algo más.

—Mi hermano... —murmuró una de las muchachas—, mamá piensa en el pobre Dick.

—¡Pobre muchacho! —continuó Mrs. Musgrove—. ¡Cuando estaba a sus órdenes escribía puntualmente! ¡Ah, ojalá nunca se hubiera separado de usted! Le aseguro, capitán Wentworth, que lamentamos enormemente que lo dejara.

Un gesto momentáneo del capitán Wentworth al

oír estas palabras, un destello en su brillante mirada y un rictus de su hermosa boca demostraron a Anne que, lejos de coincidir con Mrs. Musgrove en lo que al hijo de ésta se refería, había hecho todo lo posible, y no sin esfuerzo, para librarse de Dick, pero fue un cambio de actitud tan fugaz, que sólo alguien que lo conociera tan íntimamente como Anne, habría podido advertirlo. Enseguida recobró su compostura y, acercándose al sofá en que se hallaban Anne y Mrs. Musgrove, se sentó al lado de ésta y empezó a hablarle en voz queda acerca de su hijo, con un interés y una naturalidad que revelaban el profundo respeto que le merecía cuanto hay de sincero y respetable en los sentimientos de una madre.

Como Mrs. Musgrove se había apartado para dejar sitio al capitán, Anne y él sólo estaban separados por aquélla, y no se trataba ciertamente de una pequeña barrera, pues el físico de Mrs. Musgrove era de tamaño más que regular, dotado por la naturaleza para representar la placidez y la alegría antes que el dolor y la ternura; y mientras que a un lado se ocultaban las inquietudes que agitaban la figura esbelta y el rostro pensativo de Anne, se veía al otro al capitán Wentworth, dando muestras de su paciencia al soportar aquellos extensos y pletóricos suspiros producidos a cuenta de la desdicha de un hijo del que nadie se había acordado en vida.

No existe relación alguna entre el volumen de una persona y la angustia del alma. Una figura obesa tiene el mismo derecho a afligirse profundamente que el ser más hermoso y delicado de la tierra. Sin embargo, justa o injustamente, se producen coincidencias impropias que, si la razón las protege, el gusto las rechaza y el ridículo las pone en evidencia.

Después de dar el almirante un par de vueltas por la estancia, con las manos a la espalda, para desentumecerse, atendiendo los ruegos de su esposa en el sentido de que dejara de hacerlo, se dirigió al capitán Wentworth y, sin preocuparle el que pudiera interrumpir, atento sólo a sus propios pensamientos, dijo:

—Le aseguro, Frederick, que si la primavera pasada hubiera estado usted una semana más en Lisboa, le habría pedido pasajes para Mrs. Mary Grierson y sus hijas.

—¿Sí? Pues me alegro de no haberme quedado una semana más.

El almirante se mostró sosprendido ante aquel comentario. Wentworth se defendió argumentado que por su gusto sólo admitiría mujeres en su barco para una visita de pocas horas o si se celebraba un baile.

—O yo no me conozco a mí mismo —dijo—, o no procedería de ese modo por falta de galantería hacia ellas. Tengo la convicción de que, por más esfuerzos que uno haga, es imposible conseguir que una mujer se sienta cómoda en un barco. Y tampoco es falta de galantería estimar que toda mujer tiene derecho a toda clase de comodidades, y eso es lo que hago yo. No quiero oír hablar de mujeres a bordo, y ningún barco que yo mande incluirá entre su pasaje a mujer alguna, mientras yo pueda impedirlo.

—¡Oh, Frederick! —intervino su hermana—. ¡No puedo creer que digas semejante disparate! Las mujeres pueden encontrarse a bordo de un barco tan confortablemente instaladas como en la mejor casa de Inglaterra. Creo haber vivido embarcada más tiempo que la mayoría de las mujeres, y no sé de nada mejor que los arreglos propios de un hombre de guerra. Confieso que no he encontrado comodidades, ni aun en Kellynch Hall —volvió la mirada hacia Anne—, comparables a las que he disfrutado en casi todos los barcos en que he vivido, y ya han sido cinco.

—Eso no quiere decir nada —replicó su hermano—, porque estabas con tu marido y no había a bordo otra mujer más que tú.

—Pero si tú mismo trajiste a Mrs. Harville, a su hermana, a su prima y a los tres chicos de Portsmouth a Plymouth. ¿Dónde fue a parar esa alambicada cortesía tuya para con las mujeres?

—Hubo una razón de amistad, Sophia. Yo atendería los requerimientos de la esposa de cualquier compañero de oficialidad siempre que estuviera en mi mano hacerlo, y a cualquier allegado de Harville lo traería desde el otro extremo del mundo si fuese necesario.

—Pues puedes estar seguro de que no echarían de menos nada.

—Lo cual no hace cambiar mis ideas. Es imposible que tantas mujeres con tantos niños se encuentren cómodos a bordo.

—Exageras, querido Frederick. Piensa en lo que sería de nosotras, pobres esposas de marinos, obligadas a ir de un puerto a otro siguiendo a nuestros maridos, si todos pensaran como tú.

—Ya ves que mis opiniones no han impedido que traiga a Plymouth a Mrs. Harville y toda su familia.

—Sin embargo, me disgusta oírte hablar así, como un petimetre, y de las mujeres como si fueran unas damas caprichosas en lugar de personas racionales. Ninguna de nosotras se figura que ha de vivir en perpetua bonanza.

—¡Ah, querida! —exclamó el almirante—. En cuanto Frederick se case cambiará de opinión. Cuando se case, y si tenemos la suerte de que haya otra guerra, ya lo veremos hacer lo que tú, yo y tantos otros han hecho. Le veremos agradecidísimo a cualquiera que le traiga a su mujer.

—¡Ah, ya lo creo!

—Es inútil —dijo el capitán Wentworth—. Cuando los que se han casado me dicen: «¡Oh, ya pensarás de modo distinto cuando contraigas matrimonio!», yo sólo puedo contestar: «No, no lo haré»; y entonces replican: «Sí, lo harás», y allí termina todo.

—Qué gran viajera debe de haber sido usted, señora —dijo Mrs. Musgrove a Mrs. Croft.

—Mucho, señora; durante los quince años que llevo de matrimonio, aunque hay muchas que han viajado más que yo. He cruzado cuatro veces el Atlántico; he ido a las Indias Orientales y he regresado una vez; además, he estado en diferentes puntos del continente: Cork, Lisboa y Gibraltar. Pero nunca pasé los estrechos, de modo que no he visitado las Indias Occidentales, porque nosotros no llamamos de esa manera a las Bermudas y las Bahamas.

Mrs. Musgrove no hizo la menor objeción. No tenía que acusarse de haberlas llamado en su vida de ninguna manera.

—Y le aseguro a usted, señora —prosiguió Mrs. Croft—, que nada supera las comodidades de un marino de guerra; claro que me refiero a los altos cargos de la Armada. Si va usted en una fragata, sufrirá más estrecheces, por supuesto, pero aun así, una mujer como debe ser ha de hallarse a gusto. Le aseguro a usted que la época más feliz de mi vida la pasé embarcada. Cuando estábamos juntos no temíamos a nada ni a nadie. Y gracias a Dios siempre disfruté de una salud excelente, a prueba de todos los climas. En las primeras veinticuatro horas notaba ciertas molestias, pero después no sabía lo que era el mareo. La única vez en que sufrí en el cuerpo y en el alma, la única en que me sentí mal y llegó a preocuparme el peligro, fue el invierno que pasé sola en Dial, mientras el almirante (entonces capitán Croft) navegaba por los mares del Norte. Vivía en continuo sobresalto, permanentemente inquieta por no saber qué hacer de mí, o me consumía siempre que esperaba noticias de él; pero mientras permanecí a su lado nada me preocupó ni encontré dificultad alguna.

—Ah, naturalmente. Desde luego. Soy de la misma opinión, señora —fue la efusiva respuesta de Mrs. Musgrove—. No hay nada peor que la separación. Coincido por completo con usted. Sé lo que es eso, porque Mr. Musgrove asiste a las sesiones de la Audiencia, en Taunton, y no estoy tranquila hasta que han terminado y lo veo regresar sano y salvo a casa.

La tarde concluyó con un baile. Ante la insistencia de todos, Anne se sentó al piano, feliz pues de ese modo pasaría inadvertida.

En aquella reunión alegre y bulliciosa ninguno parecía más animado que el capitán Wentworth; todos se mostraban amables y deferentes con él, especialmente las muchachas. Las hermanas Hayter, primas de las Musgrove, se comportaban como si también estuviesen autorizadas a enamorarse de él. Henrietta y Louisa estaban tan pendientes del capitán, que sólo la evidencia de su mutua conformidad podía alejar la sospecha de que fueran rivales encarnizadas. En suma, que si él se hubiera dejado influir por tanta efusiva admiración..., ¿quién sabe?

Por ese estilo eran los pensamientos que embargaban a Anne mientras sus dedos corrían maquinalmente, por espacio de media hora, sin tropiezo alguno ni conciencia de lo que hacía. En una ocasión se percató de que Wentworth contemplaba sus cambiadas facciones, tratando tal vez de descubrir en ellas las ruinas de aquel rostro que en un tiempo tanto lo había subyugado. Otra vez advirtió que debía de haber hablado de ella, pues oyó una respuesta que así se lo hizo sospechar, pero ya entonces estaba segura de que él había preguntado a su interlocutor si miss Elliot nunca bailaba. La contestación fue la siguiente:

—¡Oh, no, nunca! Prefiere tocar. Jamás se cansa de hacerlo.

En otro momento él se acercó y le habló. Anne acababa de levantarse del piano, por haber terminado el baile, y él se sentaba, procurando mostrar una actitud que indicase a los Musgrove su deseo de descansar. Anne se encaminó distraídamente hacia el lugar donde él estaba, y en cuanto la vio se puso de pie y dijo con estudiada cortesía:

—Perdone usted, señorita, éste era su sitio.

Y aunque ella retrocedió al instante, como negándolo, no hubo modo de que el capitán volviera a sentarse.

Anne tuvo bastante con aquellas miradas y aquellas palabras. Nada podía haber peor para ella en ese instante que tanta actitud ceremoniosa y gélida amabilidad.

9

El capitán Wentworth podía considerar Kellynch como su propia casa y permanecer allí todo el tiempo que quisiera, entre las fraternales atenciones del almirante y la esposa de éste. Cuando llegó había pensado en trasladarse de inmediato a Shropshire para ver al hermano que allí tenía; pero los atractivos de Uppercross le hicieron abandonar el proyecto; tan entusiasta fue la acogida que le dispensaron. Los mayores eran tan hospitalarios y tan agradables los jóvenes, que resolvió quedarse donde estaba y dejar para más adelante su viaje y aplazar su deseo de conocer a la mujer de Edward.

Pronto se habituó a visitar Uppercross casi a diario, pues los Musgrove se mostraban tan deseosos de que acudiese como él de hacerlo, especialmente por las mañanas, cuando quedaba solo en la casa, porque a esas horas el almirante y su esposa tenían por costumbre salir a dar un paseo por los bosques y jardines de la propiedad; esas caminatas tenían un carácter tan íntimo, que un tercero se habría sentido fuera de lugar.

Tanto los Musgrove como sus allegados sentían una profunda admiración por el capitán Wentworth, pero al poco de establecerse entre ellos tan firme relación, visitó a la familia cierto Charles Hayter, quien se mostró bastante disgustado y consideró al capitán demasiado entrometido en los asuntos de la Casa Grande.

Este Charles Hayter era el mayor de todos los primos, un hombre afectuoso y agradable, que antes de la llegada de Wentworth había estado unido a Henrietta por algo muy parecido al amor. Era sacerdote, y como su priorato se hallaba en las cercanías y no le exigía que residiese en él, vivía en casa de sus padres, a dos millas de Uppercross. Una breve ausencia había dejado a su novia privada de su cariñosa compañía en aquel período crítico, y al regresar Hayter sufrió la pena de notar su actitud muy cambiada y de encontrar al capitán Wentworth.

Mrs. Musgrove y Mrs. Hayter eran hermanas. Las dos tenían dinero, pero sus respectivos matrimonios las habían colocado en posiciones distintas. Si bien Hayter poseía algunas fincas, no podían compararse con las de Musgrove, y mientras era ésta una de las primeras familias de la comarca, los hijos de Hayter, debido a la existencia pueblerina que llevaban, así como a su descuidada educación, no representaban nada, a no ser por el parentesco con los de Uppercross, y entre ellos era una excepción el hijo mayor, quien, tras decidir estudiar y hacerse un hombre de provecho, resultaba muy superior a los demás en cultura y hábitos sociales.

Las relaciones entre las dos familias eran excelentes, pues no había orgullo de una parte ni envidia de la otra, y la conciencia que de su más alta condición tenían las hermanas Musgrove hacía que la tarea de perfeccionar a sus primos les resultase muy grata. La inclinación de Charles hacia Henrietta no había pasado inadvertida a los padres de ésta, que la aprobaban. Tal vez no fuese un gran partido, pero si a ella le gustaba..., y, por cierto, parecía gustarle.

Antes de que apareciese el capitán Wentworth eso

era lo que creía Henrietta, pero desde aquel momento el primo Charles cayó prácticamente en el olvido.

Anne todavía no podía decir con exactitud a cuál de las dos hermanas amaba el capitán Wentworth. Henrietta era, quizá, más bonita; Louisa era más inteligente, pero Anne ignoraba ahora si él se sentía más atraído por las personalidades dulces o por las enérgicas.

Mr. y Mrs. Musgrove, porque apenas veían lo que pasaba o porque tenían plena confianza en la discreción de sus hijas, así como en la de todos los muchachos que las rodeaban, dejaban que las cosas siguieran su curso. Pero si en la Casa Grande no hacían la menor alusión, en Uppercross era otra cosa. El joven matrimonio discutía sobre el asunto y le intrigaba cada vez más. El capitán no había acompañado a los Musgrove más de cuatro o cinco veces, y apenas había reaparecido Charles Hayter, cuando Anne ya oía hablar a su hermana y a su hermano acerca de cuál sería la que más gustaba a Wentworth. Charles apostaba por Louisa, y Mary por Henrietta, pero añadiendo, por supuesto, que verlo casado con cualquiera de ellas sería encantador.

Charles no conocía hombre más simpático; además, por lo que había oído de labios del mismo capitán Wentworth, podía asegurar que había ganado en la guerra nada menos que veinte mil libras. Esto ya era una fortuna, y aun podría obtener más dinero en otra guerra. Por último, tenía la convicción de que el capitán Wentworth era capaz de distinguirse como oficial de la Armada. ¡Oh! Sería una proposición inmejorable para cualquiera de las dos hermanas.

—Ya lo creo que sí —contestó Mary—. ¡Mira que si llegara a alcanzar algún gran honor! ¡Si lo hicieran baronet! Eso de ser lady Wentworth suena muy bien. Sería verdaderamente magnífico para Henrietta. Ocuparía el mismo lugar que yo, y eso no le parecería nada mal. ¡Sir Frederick Wentworth y señora! Claro que sería un título de reciente creación, y los títulos de reciente creación no son muy de estimar.

Mary acariciaba el pensamiento de que la escogida fuese Henrietta, y esto por animosidad hacia Charles Hayter, cuyas pretensiones deseaba ver frustradas. Consideraba a los Hayter muy inferiores en condición y, por lo tanto, en su opinión era una desdicha el que se renovase el vínculo entre ambas familias; sería lamentable para ella y para sus hijos.

—Ya sabes —dijo— que no me parece bien para Henrietta, y más aún, que considerando las relaciones que han establecido los Musgrove, no tiene derecho a dar una nota discordante. Ninguna muchacha puede hacer una elección que desagrade a la parte más distinguida de su familia obligándola a contraer una clase de parentesco a que no está acostumbrada. Y a fin de cuentas, ¿quién es Charles Hayter? Sólo un sacerdote rural. Es el marido menos apropiado para una Musgrove de Uppercross.

Charles no le daba la razón en esto, pues, además de sentir afecto por Charles Hayter, éste también era primogénito, y Charles siempre veía las cosas desde la perspectiva del hijo mayor.

—Eso que dices son tonterías, Mary —respondió—. Es verdad que no sería una gran cosa para Henrietta, pero no debe olvidarse que gracias a los Spicer Charles tiene muchas probabilidades de conseguir algo del obispo dentro de uno o dos años. Recuerda además que es el primogénito y que cuando mi tío muera él entrará en posesión de una magnífica propiedad. La finca de Winthrop tiene por encima de doscientos cincuenta acres, y a esto hay que agregar la granja de al lado de Taunton, que es una de las mejores del condado. Confieso que cualquiera de ellos, fuera de Charles, me parecería mal para Henrietta, y eso no podría ser; pero él es un excelente muchacho, y cuando Winthrop pase a sus manos hará de ella otra cosa, llevará una vida muy distinta; y ya en posesión de esa finca no podrá mirársele como a hombre despreciable; Winthrop es un gran feudo... No, no, Henrietta podría hacer cosas peores que casarse con Charles Hayter; y si así lo hace y Louisa consigue convertirse en la esposa del capitán Wentworth, me daré por muy contento.

—A pesar de lo que dice Charles —observó Mary a su hermana en cuanto él salió de la estancia—, no me gustaría ver a Henrietta casada con Charles Hayter; sería malo para ella, e incluso para mí, por lo que es muy de desear que el capitán Wentworth se lo quite pronto de la cabeza, si no lo ha hecho ya, según creo. Ayer, ella apenas si reparó en la presencia de Charles Hayter; ojalá hubieras estado allí para observarlo. Y eso de decir que al capitán le gustan Henrietta y Louisa por igual es una tontería, porque no cabe duda de que Henrietta le gusta mucho más. ¡Pero este Charles es tan categórico! Me habría gustado que estuvieras con nosotras ayer por la tarde, para haber juzgado por ti misma, y estoy segura de que pensarías como yo, a menos que quisieras llevarme la contraria, claro.

Si Anne hubiera asistido a la comida en casa de Musgrove habría observado todas estas cosas; pero se quedó en casa, con el pretexto de que le dolía la cabeza y quería cuidar del pequeño Charles. Su único propósito era evitar al capitán Wentworth; pero el resultado había sido eludir el ser tomada como árbitro, al mismo tiempo que disfrutar de una tarde tranquila.

Respecto a los designios del capitán Wentworth, Anne pensaba que a Frederick debía de importarle más decidirse pronto por una de las dos muchachas, si no quería comprometer la felicidad de éstas, o poner a prueba su honor, aunque lo cierto era que tanto Henrietta como Louisa serían enamoradas y bondadosas como esposas. Y al recordar a Charles Hayter, Anne padecía ante la conducta improcedente de la muchacha y no podía por menos de lamentar el dolor que su conducta ocasionaba; pero, aun suponiendo que Henrietta se hubiera engañado respecto a la naturaleza de sus sentimientos, no cabía esperar que lo advirtiera tan pronto.

Eran muchos los motivos de inquietud y mortificación que Charles Hayter había encontrado en la conducta de su prima. El cariño de ella era lo bastante antiguo como para abrigar esperanzas de que no se desvaneciera tan pronto, pero el cambio de actitud de Henrietta justificaba la alarma, si se consideraba que la causa podía ser un hombre como el capitán Wentworth. Sólo dos domingos había durado la ausencia, y al separarse la había dejado tan interesada como lo estaba él mismo en el proyecto que acariciaba de renunciar al priorato que ocupaba para tomar el de Uppercross. Henrietta parecía desear con vehemencia el que el doctor Shirley, el rector, que por espacio de cuarenta años había desempeñado con gran celo todas las funciones de su cargo, y que por hallarse ahora más enfermo cada día estaba imposibilitado para cumplir la mayor parte de ellas, se decidiese a adoptar un coadjutor y se decidiera en este sentido por Charles.

La ventaja de tener que venir solo a Uppercross, en vez de andar seis millas en otra dirección; la de disfrutar de una parroquia mejor en todos los conceptos; la de que ésta perteneciera al querido doctor Shirley, y la de que el querido y buen doctor Shirley pudiera descargarse de aquellos deberes que no podía ya cumplir sin quebranto ni fatiga, interesaban mucho a Louisa, pero sobre todo, como parecía lógico que así fuese, a Henrietta. Pero al regresar, el desgraciado Charles comprobó que todo el interés en el asunto había desaparecido. Louisa, asomada a la ventana, no prestaba oídos al relato que él hacía de la conferencia que acababa de tener con el doctor Shirley, y miraba al capitán Wentworth, y hasta Henrietta, que lo más que hacía era dividir su atención, parecía haber olvidado aquellas zozobras y aquellos anhelos que la posibilidad del traslado de Hayter había despertado en ella.

—Me alegra mucho, te lo aseguro, pero siempre pensé que lo obtendrías... No me parece que... En suma: que el doctor Shirley necesita un coadjutor y tienes ya la promesa. ¿Viene ya, Louisa?

Cierta mañana, y poco después de la comida ofrecida en casa de los Musgrove, a la que Anne había rehusado asistir, entró el capitán Wentworth en la sala de la casa en ocasión de encontrarse sola ella con el pequeño Charles, que, todavía convaleciente, reposaba en el sofá.

La sorpresa de encontrarse casi a solas con Anne Elliot restó a los ademanes de Wentworth un poco de soltura. No pudo reprimir un gesto de extrañeza, y sólo atinó a decir:

—Creí que miss Louisa y miss Henrietta estaban aquí. Su madre así me lo ha dicho.

Se acercó a la ventana para recobrarse, y logró adoptar la actitud debida.

—Están arriba con mi hermana; bajarán enseguida —respondió Anne, confusa, y si el niño no la hubiese llamado para pedirle algo, habría dejado la estancia en aquel mismo instante, ahorrando la incomodidad de aquella situación, tanto al capitán como a sí misma.

Él seguía al lado de la ventana, y después de decir con reposada amabilidad: «Me parece que el niño va mejor», volvió a guardar silencio.

Para complacer al enfermo Anne se vio obligada a arrodillarse junto al sofá y permanecer un rato de aquel modo; al cabo de pocos instantes oyó, con gran alegría, el ruido que hacían otras personas en el vestíbulo. Cuando iba a volver la cabeza, esperando ver al amo de la casa, se encontró con quien menos podía contribuir a remediar la tirantez del momento: Charles Hayter, que no debía de experimentar mayor complacencia al ver al capitán Wentworth que la que éste había sentido al encontrarse con Anne.

Ella apenas consiguió decirle:

—¿Qué tal? ¿No se sienta usted? Los demás vendrán inmediatamente.

El capitán abandonó su puesto al lado de la ventana, dispuesto, al parecer, a entablar conversación con Charles Hayter, pero éste de inmediato cortó aquel propósito sentándose a la mesa y cogiendo un periódico, con lo cual el capitán Wentworth regresó al lado de la ventana.

Pocos minutos después irrumpió en la estancia un niño de unos dos años, hermoso y rollizo, que marchó derecho hacia el sofá para ver qué pasaba allí, y exigió que le dieran alguna cosa.

Como no había nada que comer, se entretenía en jugar, y como su tía le había impedido que se acercara a su hermano convaleciente, empezó a acosarla; pero como ella estaba de rodillas y ocupada en atender a Charles, no podía quitárselo de encima. Lo reprendió, le suplicó, insistió, todo fue en vano. Intentó una vez quitárselo de encima, pero el chico se complació en cabalgar de nuevo sobre las espaldas de su tía.

—¡Walter —exclamó ella—, bájate ahora mismo! ¡Eres imposible! ¡Estoy muy enfadada contigo!

—Walter —exclamó Charles Hayter—, ¿por qué no haces lo que se te ordena? Ven aquí, Walter; ven con el primo Charles.

Pero Walter no hizo el menor caso.

De pronto, Anne se sintió libre del chico. Alguien lo cogió en brazos a pesar de que el niño la obligaba a mantener la cabeza tan baja que hubo de arrancar de su cuello las recias manecitas de aquél, y fue conducido a otra parte; todo esto ocurrió antes de que ella cayese en la cuenta de que era el capitán Wentworth quien lo hacía.

La emoción que se apoderó de Anne una vez que lo hubo descubierto la dejó muda y sin aliento. Lo único que pudo hacer fue disimular su turbación acercándose al pequeño Charles. La amabilidad de Frederick de acudir en su ayuda, las circunstancias que rodeaban el hecho, el silencio y el modo en que lo había llevado a cabo, junto con la convicción, que pronto se impuso a Anne por las palabras que al niño dirigió el capitán, de que lo que menos deseaba Wentworth era conversar con ella, hizo que no pudiera recuperarse de la sensación de zozobra hasta que la llegada de Mary y de las hermanas Musgrove, relevándola de sus ocupaciones de enfermera, le permitió abandonar la estancia. No podía continuar allí. Se le habría ofrecido una oportunidad para observar las corrientes de amor y celos que se cruzarían entre los cuatro..., ya que los cuatro estaban reunidos; pero nada pudo retenerla. No había duda respecto de la antipatía de Charles Hayter hacia Wentworth. Anne recordaba lo que aquél había dicho, después de que el capitán la librase de Walter, con tono de reconvención: «Deberías haberme hecho caso a *mí*, Walter, cuando te dije que no molestaras a tu tía»; lo que denotaba la contrariedad que le producía que el capitán Wentworth se le hubiera anticipado. Pero ni lo que pudiera haber en el alma de Charles Hayter ni en la de otro cualquiera logró interesarle hasta que no consiguió serenarse. Se avergonzó de sí misma; se avergonzó sinceramente de dejarse dominar por los nervios, pero tal era la realidad, y fue preciso un largo rato de soledad y reflexión para lograr el anhelado sosiego.

10

No podían tardar en presentarse a Anne nuevas
ocasiones de observar. Poco tiempo transcurrió sin que
volviera a descubrir juntos a los cuatro y pudiera for-
marse una opinión; pero era demasiado discreta para
darla a conocer en casa, ya que no habría agradado ni al
marido ni a la esposa. Aunque consideraba a Louisa la
favorita, sus recuerdos y su experiencia le dictaban que
el capitán Wentworth no estaba enamorado. Más enamoradas estaban las dos muchachas; y quizá tampoco,
porque aquello no era amor, sino más bien admiración,
que, por supuesto, bien podía convertirse en amor en
alguna de ellas. Charles Hayter se percataba de haber
sido desairado, aunque a veces Henrietta parecía tener
divididos sus afectos. Anne ambicionaba el poder necesario para hacerles comprender lo que ocurría y seña-
larles los peligros que las acechaban. Sin embargo, en
ninguno advertía doblez. Le complacía saber que el capitán era completamente inocente del daño que ocasionaba. No se advertía que adoptase actitudes de vence-
dor compasivo. Era muy probable que nada hubiese
oído ni pensado respecto a los derechos de Charles
Hayter. El único pecado que podía atribuírsele era el
aceptar —porque tal es la palabra— las atenciones de
dos muchachas a un mismo tiempo.

Tras una breve contienda, Charles Hayter parecía dispuesto a abandonar el campo de batalla. Pasaron tres días sin que apareciese por Uppercross, lo cual constituía un cambio radical. Había llegado incluso a rehusar una formal invitación a comer, y como Mr. Musgrove lo encontró en cierta ocasión rodeado de libros, el matrimonio comprendió que algo extraño ocurría y declaró con gesto grave que tanto estudio acabaría por matar al pobre Charles. Mary presumía y deseaba que Henrietta le hubiese dado calabazas en toda la regla; su marido no perdía la esperanza de verlo regresar cada día, y Anne se limitaba a sacar la conclusión de que Charles Hayter era un hombre de gran sentido común.

Una mañana en que Charles Musgrove había salido a cazar con el capitán Wentworth, Anne y Mary se hallaban tranquilamente dedicadas a la labor en la casa cuando por la ventana vieron aparecer a las dos muchachas de la Casa Grande.

Era un hermoso día de noviembre; las chicas habían cruzado los prados, y allí se detuvieron con el exclusivo propósito de decir que pensaban dar un largo paseo, por lo cual estaban seguras de que Mary no tendría ganas de acompañarlas. Mary, enfadada por el hecho de que considerasen que le desagradaba pasear, exclamó con vehemencia:

—Ya lo creo que me gustaría ir con vosotras; soy muy aficionada a dar largos paseos.

Anne comprendió por la expresión de las dos hermanas que aquello era precisamente lo que menos deseaban, y consideró lo incómoda que resulta esa especie de obligación que parecen imponer los hábitos familiares de tener que dar cuenta de todo y de hacerlo todo en común, aunque sea contrario al gusto. Intentó disuadir a Mary, pero fue en vano, de modo que creyó que lo mejor sería aceptar la invitación, realmente sincera, hecha por las hermanas Musgrove en el sentido de que las acompañase con objeto de facilitar el regreso de Mary y evitar que desbaratase el plan que las otras hubieran hecho.

—¡No me explico por qué se figuran que no me agrada salir a caminar! —decía Mary mientras subía por la escalera—. ¡Todo el mundo supone que no me gusta andar! Y si no las acompañase se disgustarían. Cuando las cosas se piden así, ¿cómo negarse?

Ya se disponía a salir, cuando llegaron Charles y Wentworth. Venían antes de lo previsto porque un perro había espantado las presas. La hora propicia y el estado de vigor físico y moral en que se hallaban eran adecuados para dar aquel paseo, de modo que se sumaron alegremente al grupo. De haber sospechado Anne aquello, se habría quedado en casa, pero llevada por la curiosidad y el interés, pensó que ya era tarde para echarse atrás, y los seis echaron a andar según el itinerario propuesto por las hermanas Musgrove, que se habían adjudicado el papel de guías de los excursionistas.

Anne se cuidaba muy bien de no ponerse en el camino de nadie, y en las frecuentes separaciones a que daban lugar las estrechas sendas que cruzaban los campos permanecía junto a Mary y Charles. El placer que obtenía del paseo se reducía al ejercicio y a disfrutar de la belleza del día, a contemplar las últimas sonrisas del año en las hojas pardas y en los setos marchitos y a repetirse a sí misma mil descripciones poéticas del otoño, esa estación que es fuente inagotable de tiernas y melancólicas fantasías, esa estación que siempre inspiró a todo poeta digno de ser leído algún pasaje delicado y sugestivo.

Se hallaba sumida casi por completo en estas mudas reflexiones, pero no podía evitar, cuando llegaba a sus oídos la conversación que mantenía el capitán con Louisa y Henrietta, escuchar atentamente, aunque la verdad es que fue poco lo que oyó de interés. Mantenían, sencillamente, una charla animada, propia de un paseo íntimo entre gente joven. Él hablaba más con Louisa que con Henrietta, y no podía negarse que aquélla le gustaba más que ésta, lo cual pareció quedar más claro cuando Louisa pronunció una frase que dio a Anne que pensar. A propósito de una de las muchas frases de elogio que pronunciaban acerca de la magnificencia del día, exclamó el capitán:

—¡Qué clima tan admirable para el almirante y mi hermana! Esta mañana pensaban dar un largo paseo en coche; es probable que los veamos por uno de aquellos montes, porque se proponían ir allí. Ignoro dónde volcarán hoy. ¡Oh!, eso es muy frecuente, créame usted; pero a mi hermana le da lo mismo volcar que no volcar.

—Usted exagera —exclamó Louisa—; pero si así fuese, yo en su lugar pensaría lo mismo. Si amase a un hombre como ella ama al almirante, siempre estaría a su lado, nadie me separaría de él y preferiría volcar con él a que cualquier otra persona me condujese de modo seguro.

Pronunció aquellas palabras con gran entusiasmo.

—¿Lo haría usted realmente? —preguntó Wentworth con la misma vehemencia—. ¡Pues la felicito por pensar de ese modo!

A esto siguió un breve silencio.

A Anne le resultó imposible volver a sus meditaciones. Los hermosos paisajes otoñales quedaban postergados, a menos que algún melancólico soneto, lleno de oportunas alusiones al año que acababa, a la dicha que se esfumaba y a la esperanza fugitivas, refrescase su memoria. Cuando le avisaron que tomarían otro camino, se apresuró a decir:

—¿No es éste uno de los senderos que conducen a Winthrop?

Pero nadie la oyó, o, por lo menos, nadie quiso responder.

El final de aquella caminata era Winthrop o sus cercanías, pues los jóvenes se reunían a veces en torno a la casa. Aun recorrieron una media milla subiendo lentamente, atravesando prados en los cuales los arados en plena actividad y las sendas recientes mostraban al labrador animado en su ruda tarea por la ilusión de otra primavera. Así alcanzaron la cumbre de la más elevada colina que separaba a Uppercross de Winthrop, y pronto divisaron a la última al otro lado del cerro y en su misma falda.

Allí estaba Winthrop, desprovista de dignidad y belleza, y abajo se divisaba una modesta vivienda rodeada de almiares y corralizas.

—¡Pero si esto es Winthrop! —exclamó Mary—. Confieso que hasta ahora no me he dado cuenta. Creo que lo mejor será que regresemos. Estoy muy cansada.

Henrietta, consciente de la situación, algo azorada y al no ver a Charles por aquellas sendas ni reclinado sobre ninguna cerca, se disponía a atenerse a los deseos de Mary. Pero Charles Musgrove dijo:

—No.

—¡No, no! —exclamó Louisa, y hablando aparte a su hermana, pareció reconvenirla con cierta vehemencia.

Entretanto, Charles declaraba su firme resolución de visitar a su tía, ya que estaban tan cerca, y trataba sin duda, aunque con cierto recelo, de convencer a su esposa de que lo acompañase. Pero ésta era una de las cuestiones en que Mary se mostraba más firme; así es que cuando él le sugirió la conveniencia de que descansara en Winthrop un cuarto de hora, ya que se encontraba muy fatigada, ella replicó sin vacilar:

—¡Oh, no, de ninguna manera! Subir de nuevo por aquella cuesta anularía el efecto del descanso.

Su actitud y su expresión denotaban bien a las claras que estaba resuelta a no dejarse convencer.

Al cabo de una serie de consultas y debates, se decidió entre Charles y sus dos hermanas que Henrietta y él bajarían a hacer una corta visita a su tía y a los primos y que entretanto los demás esperarían en la cima de la colina.

Louisa, que al parecer había ideado el plan, acompañó un corto trecho a los que bajaban, prolongando su diálogo con Henrietta, y, mientras, Mary, aprovechando aquella oportunidad, miró alrededor con desdeñoso gesto y dijo al capitán:

—¡Es muy desagradable tener esta clase de parientes! Pero le aseguro a usted que no he estado en la casa más de dos veces en mi vida.

No obtuvo del capitán otra respuesta que una sonrisa artificiosa, a la que siguió, al volverse, una mirada despreciativa, cuyo significado Anne interpretó a la perfección.

La cima de la colina en que se había quedado era un lugar encantador. Al cabo de un rato volvió Louisa. Mary halló un asiento cómodo en el portillo de un cercado, y mientras se vio rodeada por los otros estuvo muy contenta; pero en cuanto Louisa se llevó al capitán para que la ayudase a recoger avellanas, se acabó su alegría; empezó a quejarse del asiento..., estaba segura de que Louisa había encontrado uno mejor..., y nada logró disuadirla de ir también en busca de un sitio mejor. Rodeó la cerca, pero tampoco logró descubrirlos. Anne encontró un magnífico lugar donde sentarse debajo del avellano donde sin duda habían estado el capitán y Louisa.

Mary regresó al cabo de unos minutos, tan molesta como antes; estaba convencida de que Louisa tenía que haber encontrado un sitio mejor en cualquier otra parte, y tenía que seguir hasta que la viera.

Anne, exhausta, se sentó con gusto a la sombra del árbol y no tardó en oír al capitán Wentworth y a Louisa al otro lado del bosquecillo; volvían siguiendo el agreste pasadizo que se abría en la maleza. Venían hablando. La voz de Louisa fue la primera que distinguió Anne; parecía enfrascada en un relato apasionante. Lo que oyó Anne en primer término fue:

—Por eso le he dicho que vaya. No podía consentir que se negase a hacer la visita por semejante tontería. ¿Acaso iba yo a renunciar a hacer algo que considerara adecuado por la intromisión de una persona así? A mí no se me convence tan fácilmente. Cuando he tomado una decisión, nada puede convencerme de lo contrario. Henrietta había decidido ir hoy a Winthrop, y, sin embargo, ha estado a punto de abandonar su proyecto por rendirse a una complacencia estúpida.

—¿De modo que si no hubiese sido por usted se habría retractado?

—Seguramente. Casi me avergüenza el admitirlo.

—¡Feliz de ella, que tiene a su alcance un criterio como suyo, Louisa! Después de las indicaciones que acaba usted de hacerme, y que confirman las observaciones que hice la última vez que estuve con él, no tengo por qué fingir ignorar lo que ocurre. Ya he comprendido que se trataba de algo más importante que de una simple visita matinal a su tía. Pues ¡pobre de él y pobre de ella cuando se presenten problemas que exijan fortaleza de ánimo, si carecen de resolución suficiente para resistir a la influencia de un detalle tan trivial como éste! Henrietta es una criatura encantadora, pero la firmeza de carácter, la resolución, se hallan en usted, Louisa. Si se interesa por la felicidad y el comportamiento de su hermana, infunda en el espíritu de ésta cuanto pueda del suyo. Por supuesto, esto es precisamente lo que viene usted haciendo. Lo más triste de las personas dubitativas y excesivamente dóciles es que no es posible estar seguros de influir en ellas. Nunca se puede confiar en que sea duradera la impresión que sobre ellas se ejerza. Cualquier recién llegado es capaz de echar todo a rodar. Quien quiera ser dichoso, debe ser fuerte. Esta avellana —agregó cogiendo la que pendía de una de las ramas— nos ofrece un ejemplo de ello. Es un fruto hermoso y reluciente que, dotado de vigor y lozanía desde su brote, ha sobrevivido a todos los temporales del otoño. Ni una picadura, ni la más leve pinta. Mientras otras muchas cayeron y fueron aplastadas —añadió con tono altivo—, esta avellana se halla todavía en posesión de toda la felicidad que le es propia.

Hizo una pausa y, volviendo a su tono anterior, continuó:

—Mi deseo para todas aquellas por quienes me intereso es que sean firmes. De modo que si Louisa Musgrove quiere ser bella y feliz en el noviembre de su vida, ha de fomentar ese mismo temple de ánimo que abriga actualmente.

No hubo respuesta. A Anne le habría extrañado mucho que Louisa pudiera haber respondido con presteza a tal discurso, a tan interesantes palabras, pronunciadas con tan sincero ardor. Imaginaba qué estaría pensando la muchacha en aquel momento. En cuanto a ella, no se atrevía a moverse por temor a ser descubierta. Permanecía oculta detrás de una mata, cuando ellos echaron a andar, y antes de que salieran del alcance de su oído Louisa empezó a hablar de nuevo.

—Mary es una buena muchacha, pero a veces me exaspera con su falta de sentido y con su orgullo, el típico orgullo de los Elliot. Por eso nosotros habríamos preferido que Charles se casara con Anne. ¿No sabe usted que quiso hacerlo?

Después de una breve pausa, dijo Wentworth:

—¿Eso quiere decir que ella lo rechazó?

—Así es.

—¿Y cuándo fue eso?

—No recuerdo exactamente, porque en aquella

época Henrietta y yo estábamos internas en el colegio, pero debió de ser un año antes de contraer matrimonio con Mary. Todos preferíamos a Anne. Papá y mamá creen que fue Mrs. Russell, su gran amiga, quien la persuadió de que no lo aceptara. Suponen que por ser Charles poco culto y nada aficionado a libros Mrs. Russell no lo consideraba adecuado, y fue éste el motivo que la impulsó a convencer a Anne de que rechazara su propuesta.

El eco de las palabras fue alejándose. Anne estaba azorada, y fueron muchas las emociones que hubo de dominar antes de lograr ponerse en movimiento. Aunque no se cumplía en ella el proverbio aplicable al que escucha, pues no oyó hablar mal de sí misma, sí oyó mucho de significativo y de triste. Había tenido ocasión de comprobar la opinión que el capitán tenía de su carácter, y el sentimiento de interés y curiosidad que Wentworth había revelado respecto de ella le produjo una agitación tan honda como natural.

Tan pronto como le fue posible marchó en busca de Mary; la encontró, y juntas volvieron al lugar en que habían estado antes, cerca del portillo. Sintió cierto alivio cuando, al cabo de pocos minutos, se le unieron los demás y juntos emprendieron la marcha. Necesitaba soledad y silencio, y ambos aun pueden conseguirse en medio de una numerosa compañía.

Regresaron Charles y Henrietta, y con ellos, como era de suponer, Charles Hayter. Los detalles de lo ocurrido Anne no pudo siquiera intentar averiguarlos, pues en este caso ni el mismo capitán Wentworth fue admitido como confidente. Sin embargo, estaba fuera de duda que había existido una negativa por parte del caballero, así como que la señorita había insistido y que ambos estaban muy contentos de verse nuevamente juntos. Henrietta se mostraba un poco cohibida, pero muy satisfecha; Charles Hayter, enormemente dichoso, y se dedicaron por completo el uno al otro casi desde el momento en que iniciaron el regreso a Uppercross.

Todo parecía señalar a Louisa como la preferida por el capitán Wentworth; lo cual era lógico. Y tanto cuando el camino obligaba al grupo a dividirse como cuando no lo hacía, iban ellos tan juntos como los otros dos. Al cruzar un amplio prado en el que había espacio para todos, ambas parejas siguieron sin separarse, formándose así tres grupos, de los cuales el que parecía menos animado era el que integraba Anne. Ésta se acercó a Mary y a Charles, y se sintió de pronto tan cansada, que cogió a su cuñado del brazo. Charles se mostraba tan amable con ella como enfadado con su esposa. Sin duda Mary estaba pagando las consecuencias del modo en que se había comportado con él, y una de ellas era dejar caer el brazo a cada paso para golpear con su vara las ortigas y hierbajos de los setos. Como Mary empezó a quejarse de ello y del trato que se le daba, según costumbre, por ir del lado del seto, mientras que su hermana iba cómodamente por el otro, Charles dejó caer los brazos con objeto de perseguir a una comadreja que había visto, y no volvieron a cogerlo más.

El prado bordeaba una cañada que al final cruzaba la senda, y cuando ya se hallaban todos a la salida, un coche que venía en aquella dirección, y cuyo ruido percibían hacía ya rato, los alcanzó. En él iban el almirante Croft y su mujer, que habían salido a dar el acostumbrado paseo y regresaban a su casa. Al enterarse del largo trayecto que las señoras tenían que hacer, ofrecieron cortésmente un sitio para la que estuviese más fatigada, de ese modo se ahorraría una milla para llegar a Uppercross. La invitación fue tan general como la negativa a aceptarla. Las hermanas Musgrove no estaban cansadas, y Mary una de dos: o le ofendió el que no la invitasen en primer lugar, o a causa de lo que Louisa llamaba el orgullo típico de los Elliot, no podía aceptar el tercer puesto en un carruaje de un solo caballo.

Los caminantes, cruzada ya la cañada, remontaban la ladera opuesta, y el almirante azuzaba su caballo, cuando el capitán saltó rápidamente la cerca y se acercó a decir a su hermana algo que se comprenderá por los resultados.

—Miss Elliot, veo que está usted cansada —dijo Mrs. Croft—. ¿Quiere complacernos permitiendo que la conduzcamos a su casa? Le aseguro que aquí hay sitio para tres, y si fuéramos nosotros como usted, aun habría para cuatro. Vamos, acepte nuestra invitación, por favor.

Anne, que aun se hallaba en la cañada, intentó declinar la propuesta, pero no le permitieron hacerlo. Los corteses apremios del almirante vinieron en apoyo de los de su esposa; no podían ser desairados. Se estrecharon todo lo que pudieron para dejarle sitio, y el capitán Wentworth, sin pronunciar palabra, se volvió hacia ella y con el gesto le indicó dulcemente que subiera al carruaje.

Cuando Anne subió al coche no pudo evitar sentir que lo hacía porque él se lo pedía; Frederick debió de advertir lo cansada que estaba y se empeñó en proporcionarle alivio, lo cual conmovió a la muchacha. Era consecuencia lógica de lo que había pasado antes. Ella lo entendía perfectamente. No la perdonaba, pero no le era indiferente. La condenaba por lo ocurrido años atrás, le guardaba un rencor hondo e infinito, no tenía respecto de ella pensamiento alguno, estaba a punto de iniciar una relación con otra mujer, y sin embargo no podía verla padecer. Esto era una señal de lo que en el pasado había sentido por ella, un impulso de amistad pura que a él le pasaba inadvertida, una muestra de su bondad y ternura, y Anne no podía evitar sentir una emoción profunda en la que se mezclaban de tal manera el dolor y el gozo, que no atinaba a saber cuál de los dos prevalecía.

Al principio Anne respondió de modo inconsciente a las cortesías e indicaciones de sus acompañantes. Habían recorrido ya media cañada antes de que volviese a ser ella lo bastante dueña de sí para saber lo que decía, y entonces se percató de que iban hablando de Frederick.

—Está claro que él piensa en una de las dos muchachas, Sophia —dijo el almirante—; pero es imposible saber en cuál. Ya las conoce lo suficiente para saber a qué atenerse. ¡Ah!, esto no es más que la consecuencia del período de paz. Si estuviéramos en guerra ya haría tiempo que se hubiera decidido. Nosotros los marinos, miss Elliot, no podemos permitirnos largos galanteos en tiempos de guerra. Hija mía, ¿cuántos días transcurrieron desde que te vi por primera vez hasta que nos hallamos en nuestras habitaciones de North Yarmouth?

—Mejor será que no hablemos de eso, querido —repuso con tono de broma Mrs. Croft—, porque si se entera miss Elliot de lo pronto que llegamos a entendernos, no logrará explicarse el que seamos tan felices. Yo sabía cómo eras tú desde mucho antes.

—Claro, y como yo había oído hablar de ti como de una muchacha encantadora, ¿para qué iba a esperar más? No me gusta dilatar las cosas innecesariamente. Me gustaría que Frederick se decidiese de una vez y trajera a Kellynch a una de esas muchachas. Allí siempre habría compañía para ella. Y la verdad es que las dos son agraciadas; yo apenas encuentro diferencia entre una y otra.

—Sí, son muy afables y carecen de toda afectación —dijo con tono más frío Mrs. Croft, lo que hizo a Anne sospechar que, por más que la señora se mostrase sutil, no podía considerar a ninguna de las dos dignas de su hermano—. Y pertenecen a una familia muy respetable. No podemos aspirar a contraer un parentesco mejor. ¡Querido almirante, cuidado con ese poste! ¡Que vamos a chocar con él!

Mrs. Croft cogió las riendas de manos de su esposo y logró sortear felizmente el peligro. Con otra hábil maniobra evitó que tropezasen con un tronco y que se pusieran perdidos con un carro que transportaba estiércol. Y entretenida Anne con este modo de conducir, que tomaba como símbolo de aquella dichosa sociedad conyugal, llegó sana y salva a Uppercross.

11

Se acercaba el día del regreso de Mrs. Russell; hasta se había fijado la fecha, y Anne, que iría a verla tan pronto como llegara, imaginaba ya su pronto traslado a Kellynch y empezaba a pensar en las impresiones que con ello habría de sufrir.

Aquello la llevaría al pueblo en que vivía el capitán Wentworth; tendrían que frecuentar la misma iglesia y se establecería el trato entre ambas familias, lo cual no le convenía. Pero como, por otra parte, el capitán visitaba Uppercross muy a menudo, al marcharse de allí tendría, de hecho, menos ocasiones de verlo; de modo, pues, Anne creía que ganaría con ello tanto como por el cambio de ambiente doméstico al dejar a Mary para volver al lado de Mrs. Russell.

Anne deseaba que le fuese dado evitar ver al capitán Wentworth en su propia casa, cuyas estancias eran testigos de las primeras entrevistas y le traían un recuerdo excesivamente doloroso; pero más la inquietaba la posibilidad de que Mrs. Russell y el capitán llegaran a encontrarse, pues se estimaban poco mutuamente, además de que aquélla podría verlos juntos y apreciar la diferencia entre el dominio de sí mismo que tenía Wentworth y el escaso que ella había de demostrar.

Tales eran los deseos de Anne al anticipar su marcha

de Uppercross, donde ya se le hacía larga la estancia, pues si bien los cuidados que prestaba al pequeño Charles bastaban para endulzar el recuerdo de los dos meses que había pasado allí, el niño recobraba poco a poco sus fuerzas y no había razón para que ella permaneciese por más tiempo.

Durante los últimos días en Uppercross, sin embargo, sucedió algo que ella no podía haber imaginado. Habían transcurrido dos días sin que se supiera nada del capitán, cuando éste apareció de nuevo y explicó la causa de su ausencia.

Su amigo el capitán Harville le había enviado una carta en la que le informaba que se había instalado con su familia en Lyme para pasar el invierno, y se hallaban, por tanto, a veinte millas uno de otro. El capitán Harville aún no se había restablecido de una grave herida que había recibido dos años antes, y la ansiedad que tenía Wentworth por verlo hizo que se decidiese a partir de inmediato hacia Lyme. Sólo pasó veinticuatro horas allí. La excusa pareció plausible; sus sentimientos de amistad fueron calurosamente elogiados y todos se interesaron en el estado del convaleciente amigo. Por fin, los reunidos escucharon con tal curiosidad la descripción de los hermosos campos que rodean Lyme, que se mostraron sumamente interesados en conocer el lugar, a consecuencia de ello surgió el proyecto de hacer una excursión a tal efecto.

Los más jóvenes parecían impacientes por hacerlo. El capitán Wentworth dijo que tenía la intención de ir una vez más, ya que estaba muy cerca de Uppercross. Aunque corría noviembre, el clima no era desapacible, y Louisa, contrariando los deseos de su padre en el sentido de que lo mejor sería aplazar el viaje hasta el verano, decidió que iría a Lyme cuanto antes, y que Charles, Mary, Anne, Henrietta y, por supuesto, el capitán Wentworth, irían con ella.

El plan, concebido a la ligera en un primer momento, consistía en ir por la mañana y volver por la noche; pero Mrs. Musgrove, por consideración a sus caballos, no lo consintió; y, bien mirado, en un día de mediados de noviembre no había tiempo suficiente para visitar un paraje nuevo, contando con las siete horas que para ir y volver exigía el estado de los caminos.

Era necesario que pasaran allí la noche, y no estarían de regreso hasta el día siguiente a la hora de comer, lo cual era una modificación de importancia en el plan. Aunque todos se reunieron temprano en la Casa Grande para el desayuno y partieron con gran puntualidad, ya era pasado el mediodía cuando los dos carruajes, el coche que conducía a las cuatro mujeres y el calerín de Charles, en que iba éste con el capitán, bajaban por la cuesta de Lyme, y al desembocar en una calle del pueblo, más empinada aún, apenas tuvieron tiempo para echar un vistazo alrededor antes de que huyeran la luz y el calor del día.

Después de buscar alojamiento y encargar la cena en una de las fondas, se imponía ir a contemplar el mar. La época del año no era la más indicada para encontrar diversión o espectáculos en Lyme; casi todas las casas estaban cerradas y sus moradores ausentes, y de las familias que allí residían sólo quedaban unas pocas. Pero si nada había digno de verse en cuestión de edificios, la curiosa situación del pueblo, cuya calle principal llega a la orilla misma del mar, el paseo al Cobb, que bordea la hermosa y pequeña bahía que tanto se anima en verano, el Cobb mismo, con sus viejas maravillas y sus espléndidas novedades, con su cima pintoresca de escarpadas rocas que se extiende por el este de la población, son espectáculos que el visitante busca ávidamente, y muy insensible ha de ser si no halla en los alrededores de Lyme encantos bastantes para desear conocerlo mejor. Las perspectivas de las cercanías, entre las que destaca

Charmont, con sus elevadas mesetas y sus extensos prados, ofrecen vistas bellísimas, y más aún, si cabe, la hermosa y apartada bahía, coronada de negros peñascos, con su playa de ensueño, en la que los fragmentos de roca que salpican la arena hacen de aquel paraje el lugar más apropiado para sentarse a contemplar la subida de la marea. Los bosques que rodean el pueblo, y, sobre todo, Pirmy, con sus verdes fallas entre las rocas de aspecto romántico, en las que los árboles seculares y su exuberante vegetación evidencian el paso de las eras, descubren cuadros tan maravillosos como los de la isla de Wight. Sólo visitando una y otra vez esos parajes se llega a apreciar lo que vale Lyme.

Los excursionistas de Uppercross anduvieron por calles flanqueadas por casas de aspecto melancólico, y pronto llegaron a la orilla del agua. Allí se detuvieron, como siempre se detiene, extático, quien llega de nuevo al mar para disfrutar de su belleza, y siguieron al Cobb, tanto para admirar el lugar como para cumplir el objeto del capitán Wentworth, pues allí mismo, junto a un muelle muy antiguo, tenían su morada los Harville. El capitán se separó para entrar en casa de su amigo, mientras los demás seguían hasta el Cobb, donde Wentworth se les uniría más tarde.

No se cansaban de observar y admirar; ni siquiera Louisa parecía darse cuenta del tiempo que llevaban separados del capitán, cuando lo vieron venir acompañado de otras tres personas, a quienes ya conocían por referencias de Wentworth, y que eran Mrs. Harville, su marido y el capitán Benwick, que vivía con ellos.

Tiempo atrás el capitán Benwick había sido teniente de navío del *Laconia*, y las noticias que de él había dado Wentworth a su regreso de Lyme, los calurosos elogios que de él hiciera como excelente muchacho y como oficial siempre merecedor de su más alta estima, que ya le habían granjeado el aprecio de todos, tuvieron un sugestivo remate con cierta narración acerca de su vida privada, que lo hizo singularmente interesante a los ojos de las damas. Había sido prometido de una hermana del capitán Harville, cuya pérdida lloraban ahora. Uno o dos años pasaron los novios en espera de la fortuna o del ascenso. Vino la fortuna, pues los ingresos como primer teniente fueron grandes; llegó también el ascenso, pero ella no vivió para saberlo. Había muerto el verano anterior, mientras su novio se hallaba embarcado. Wentworth no creía que existiese un hombre más enamorado de lo que Benwick había estado de Fanny Harville, ni que se sintiese más abatido por la triste muerte de la amada. Frederick veía en él, en suma, a uno de esos hombres que sufren amargamente y que, dotados de gran sensibilidad, tienen costumbres pacíficas, severas y retraídas, afición decidida a la lectura e inclinación a las ocupaciones sedentarias. Acabó el dramático relato diciendo que la amistad de aquel hombre con los Harville se había hecho más íntima a partir del doloroso suceso que había roto las esperanzas de contraer parentesco, y que Benwick vivía desde hacía un tiempo con ellos. Harville había alquilado aquella casa por medio año, pues sus gustos, su salud y sus medios lo llevaban a tomar una residencia que fuese económica y estuviera situada junto al mar; esto sin contar con que la belleza de la región y el recogimiento propio de Lyme durante el invierno parecían perfectamente adecuados al estado de ánimo de Benwick. La simpatía y el sentimiento de afecto que despertó en Benwick fueron extraordinarios.

«Y sin embargo —se dijo Anne al echar a andar para salir al encuentro de los otros—, tal vez no tenga el corazón tan dolorido como yo. No puedo creer que haya perdido para siempre las esperanzas. Es más joven que yo, si no por edad, a efectos del sentimiento; es más joven porque es hombre. Él puede rectificar su destino y ser feliz con otra.»

Los dos grupos se encontraron e hiciéronse las presentaciones. El capitán Harville era un hombre de elevada estatura, cetrino, de carácter afectuoso y dulce; estaba algo enfermo, y su rostro demacrado así como su falta de salud hacían que pareciese mucho mayor que el capitán Wentworth. Benwick era el más joven de los tres y el más bajo también. Sus facciones eran agradables y poseía cierto aire de melancolía, que le cuadraba, y participaba poco de la conversación.

El capitán Harville, aunque no igualaba a Wentworth en porte ni modales, era un caballero distinguido, natural, efusivo y amable.

En cuanto a Mrs. Harville, aunque no tan fina como su marido, poseía, al parecer, el mismo carácter bondadoso. No podía ser más agradable aquel afán de considerar a todos como amigos propios, por serlo del capitán Wentworth, ni había nada más grato que la amable hospitalidad con que los invitaron a comer con ellos. La excusa, fundada en haber encargado la cena en la posada, fue aceptada al fin, aunque a regañadientes, y se mostraron ofendidos con el capitán Wentworth, porque el que los llevara allí suponía que no había estimado como cosa descontada el que fueran a comer con ellos a su casa.

Tal era el afecto que demostraban hacia el capitán Wentworth, y tan halagüeña y encantadora aquella singular hospitalidad, que desdecía de modo tan gallardo del hábito corriente de hacer y recibir invitaciones, que Anne comenzó a pensar que en modo alguno le convendría estrechar el trato con los Harville, porque no podía evitar pensar: «Todos estos habrían sido mis amigos.» Y esta breve reflexión la obligaba a luchar contra la amargura y el desaliento.

Al volver del Cobb entraron en casa de los Harville, cuyas habitaciones eran tan pequeñas que sólo un empeño de verdadera cordialidad podría juzgarlas capaces de albergar a tanta gente. Anne misma se mostró sorprendida por un instante, pero su sorpresa se desvaneció pronto con el examen de las graciosas artimañas y los ingeniosos recursos desplegados por el capitán Harville para sacar de aquel espacio todo el partido posible, subsanar las deficiencias del mobiliario y proteger puertas y ventanas contra las borrascas invernales que eran de esperar. La contemplación de aquella rica variedad de objetos que constituían el menaje, en los que contrastaban los enseres de uso corriente, dispuestos por el propietario, con algunos trabajos en maderas de raras especies y con buen número de valiosas curiosidades procedentes de los apartados países que Harville había visitado, divertía mucho a Anne. La íntima relación de todo aquello con la profesión del dueño de la casa, el ser fruto de su laboriosa vida, la influencia que denotaba en sus hábitos y el ambiente de paz y armonía domésticas que se respiraba, despertaban en ella sensaciones de satisfacción y alegría.

El capitán Harville no era aficionado a la lectura, pero había dispuesto la instalación de elegantes estanterías, que contenían una buena colección de volúmenes lujosamente encuadernados, pertenecientes a Benwick. La delicada salud de Harville le impedía hacer ejercicio, pero su condición sencilla y laboriosa parecía ofrecerle ocupaciones constantes en la casa. Dibujaba, barnizaba, hacía trabajos de carpintería, encolaba, fabricaba juguetes para los niños, moldeaba anzuelos de formas originales, y cuando no encontraba nada mejor que hacer, se sentaba en un rincón a arreglar sus grandes redes de pesca con las agujas que él mismo había hecho.

Al abandonar Anne aquella casa meditaba sobre la felicidad de que gozaban sus moradores. Louisa, que marchaba a su lado, prorrumpió en exclamaciones de admiración inspiradas en el carácter de los marinos, en su culto a la amistad, su condición fraternal, afable, sencilla y correcta; pregonaba su convicción de que eran los hombres de mayor valía y pujanza de Inglaterra, y sostenía que nadie comprendía la vida mejor que ellos ni existía casta de hombres más dignos de respeto y amor.

Se encaminaron hacia la posada para acicalarse y cenar. Tan bien les habían salido las cosas hasta ese momento, que todo lo encontraron perfectamente; si bien los posaderos se deshicieron en excusas, que hubo que aceptar, pues se hallaban fuera de temporada y por Lyme no pasaba casi nadie, de modo que no esperaban viajeros.

La pesadumbre que Anne experimentaba por encontrarse junto al capitán Wentworth excedía tanto sus previsiones, que el hallarse ahora sentada a la misma mesa que él y todo aquel cambio de cortesías superficiales —nunca iban más allá— propias del caso, no le causaban el menor efecto.

La noche era demasiado oscura para que las damas volvieran a visitarse antes de la mañana, pero Harville les había prometido que iría a verlos después de cenar, y llegó, en efecto, acompañado de su amigo. Grande fue la extrañeza de las mujeres al ver entrar al capitán Benwick, pues las noticias que tenían acerca de su estado de ánimo les había hecho suponer que no debían de gustarle las reuniones numerosas.

Mientras que los capitanes Wentworth y Harville llevaban la conversación en uno de los lados de la estancia, y el recuerdo de los pasados días les daba tema de sobra para entretener a los demás, Anne permanecía algo aparte con Benwick, y su sensibilidad la llevó a platicar con él. Benwick se mostraba abstraído y taciturno, pero la dulzura y la simpatía desplegadas por ella surtieron efecto muy pronto, y los esfuerzos de ésta se vieron recompensados.

Benwick era, evidentemente, un hombre muy aficionado a la lectura, de poesía sobre todo, y ella unía a su convicción de prestarle un favor al proporcionarle ocasión de discutir acerca de cuestiones que probablemente no interesaban a los habituales contertulios de él, la esperanza de ser de verdadera utilidad al darle algunos consejos acerca del deber y la conveniencia de luchar contra el dolor, tema que surgió, naturalmente, en el transcurso de la conversación.

Aunque Benwick estaba triste, no parecía reservado, y daba más bien la impresión de un hombre a quien agradaba explayarse. Al hablar de poesía, de su actual período de florecimiento, y contrastar ambos la opinión del otro sobre sus poetas preferidos; al discutir acerca de si debería preferirse *Marmion* a *La dama del lago* o del lugar que correspondía al *Giaour* y a *La novia de Abydos*; al insistir respecto a la prosodia de *Giaour*, Benwick se mostró tan familiarizado con los tiernos cantos del autor de la primera y con las patéticas descripciones de agonías desesperadas del de la segunda, recitó con tan apasionado acento algunos versos en los que se mostraba un corazón deshecho o un alma destrozada por el infortunio, y se condujo dando a entender de tal manera que sus sentimientos eran claramente interpretados, que Anne se aventuró a aconsejarle que se entregara a la poesía, al tiempo que lamentaba el que tan pocas personas fuesen capaces de comprenderla a fondo, y que las únicas pasiones profundas que la poesía llegaba a describir con exactitud eran aquellas que trataba en términos sobrios.

Como las alusiones a la situación de Benwick, lejos de aumentar la angustia de éste, parecían agradarle, se sintió ella más confiada para seguir hablando y se atrevió incluso a recomendarle que leyese a diario algunas páginas de prosa. Él le suplicó que le recomendara alguna obra, y ella señaló las de nuestros mejores moralistas y las memorias de personajes ejemplares, en la esperanza de que el ejemplo de éstos ayudase a fortalecer la moral de Benwick.

Él escuchaba atentamente, complacido con el interés que Anne mostraba, y aunque dio a entender, sacudiendo la cabeza, la escasa fe que tenía en la eficacia de aquellos libros para una pena como la suya, apuntó dos títulos de las obras que ella le indicaba, prometiendo adquirirlos y leerlos.

Al acabar la velada Anne no podía por menos de sonreír ante la idea de haber ido a Lyme a predicar resignación y paciencia a un hombre a quien nunca había visto; pero le sugería más serias reflexiones el hecho de que ella, como tantos otros moralistas y predicadores, desplegara su elocuencia sobre un punto en el que su propia conducta no podría resistir un examen demasiado severo.

12

Anne y Henrietta, que a la mañana siguiente fueron las más madrugadoras, convinieron en dar un paseo hasta el mar antes del desayuno. Llegaron a la playa para contemplar la marea, que venía a impulsos de una ligera brisa del suroeste y que tenía toda la grandeza compatible con la suavidad de la costa. Elogiaron la belleza de la mañana, dedicaron al mar gloriosas alabanzas, coincidieron en el placer que les causaba aquella fresca brisa... y callaron. De pronto, Henrietta dijo:

—Estoy convencida de que, con muy pocas excepciones, el aire del mar siempre es beneficioso para la salud. Le sería de gran provecho al doctor Shirley después de la enfermedad que padeció hace un año. Dice que pasar un mes en Lyme le sentaría mejor que todas las medicinas, y que estar junto al mar le hace sentirse más joven. Creo que es una lástima que no viva siempre cerca de la playa, y creo también que lo que debería hacer es dejar Uppercross y trasladarse a Lyme de una vez. ¿No piensa usted lo mismo, Anne? ¿No cree usted que es lo mejor que podría hacer, tanto por él como por su esposa? Precisamente ella tiene aquí unos primos, ¿sabe usted?, y muchas amistades que le harían muy grata la estancia; además estoy segura de que ella se alegraría mucho de vivir en un lugar en que puede contar con una asistencia médica inmediata si sufre un nuevo ataque. La verdad es que me da pena el pensar que unas personas tan excelentes como el doctor Shirley y su esposa, que han pasado la vida haciendo bien a todo el mundo, pasen sus últimos días en un lugar como Uppercross, donde no se relacionan con nadie a excepción de nuestra familia. Yo quisiera que algún amigo suyo se lo indicase. Creo que alguien debería hacerlo. Y en cuanto a lograr la dispensa necesaria, bien ganada se la tiene por su edad y sus méritos. La única duda que tengo es si habría alguien capaz de persuadirlo de que dejara el condado. ¡Es un hombre tan estricto y escrupuloso en sus principios! Excesivamente escrupuloso, en mi opinión. ¿No juzga usted, Anne, que eso es pasarse de escrupuloso? ¿No cree que es un error de conciencia el que un pastor sacrifique su salud a sus obligaciones, cuando otra persona puede desempeñarlas tan bien como él? Además, en Lyme, sólo a diecisiete millas de distancia, estaría bastante cerca para que llegasen a sus oídos las quejas que la gente pudiera tener.

Más de una vez Anne sonrió interiormente en el curso de aquella parrafada, y terció en el asunto dispuesta a hacer el bien, tanto por lo que afectaba a los sentimientos de la joven, como por lo que importaba a los del muchacho, aunque el acto moral no era muy meritorio, porque ¿qué podía hacerse respecto a eso más que mostrar la más absoluta aquiescencia? Así pues, se limitó a decir todo lo que consideró razonable y propio del caso, reconoció el derecho que al descanso tenía el doctor Shirley, coincidió en que era de desear que el doctor eligiese a algún joven laborioso y respetable para adoptarlo como cura residente, y llevó su cortesía hasta el punto de indicar la conveniencia de que el tal cura residente fuera un hombre casado.

—Yo desearía —dijo Henrietta, muy complacida con la actitud de su interlocutora— que Mrs. Russell viviese en Uppercross y se relacionara con el doctor Shirley. Siempre he oído decir que es una mujer que ejerce gran ascendiente sobre todo el mundo, y la he considerado capaz de convencer a cualquiera de cualquier cosa. Por supuesto, le tengo miedo, como ya creo habérselo dicho a usted; tengo miedo de ella por lo inteligente que es, pero la respeto e incluso la admiro, y quisiera que fuera nuestra vecina en Uppercross.

A Anne le hacía mucha gracia la forma en que Henrietta expresaba su gratitud, y le divertía observar cómo el curso de los acontecimientos y los nuevos intereses que animaban a la muchacha hacían que la familia Musgrove considerase de distinto modo a Mrs. Russell. Pero sólo dispuso del tiempo necesario para contestar en términos generales, manifestando su contrariedad ante el hecho de que aquella señora no viviera en Uppercross, pues en ese momento aparecieron Louisa y el capitán Wentworth.

Habían salido a caminar también, mientras se preparaba el desayuno, pero Louisa recordó entonces que necesitaba comprar algo, de modo que los invitó a acompañarla a la ciudad y todos se pusieron a sus órdenes.

Al subir por la escalera de la playa, un caballero que descendía retrocedió amablemente, cediéndoles el paso. Pasó ante sus ojos la breve comitiva, y pronto lo dejaron atrás, pero no sin que al cruzarse con Anne le dirigiese una mirada reveladora de tan intensa admiración que ella no pudo evitar sentirse impresionada. La verdad era que estaba muy guapa; sus bellas y proporcionadas facciones parecían haber recobrado toda su lozanía gracias a la brisa que había acariciado su rostro y prestado a sus ojos brillo y viveza.

No era posible dudar que aquel caballero —pues de tal era su porte— había concebido por Anne una admiración extraordinaria. El capitán Wentworth se volvió hacia ella por un instante, dando señales inequívocas de haberse percatado de ello, y la miró con una expresión que parecía decir: «Este hombre se ha prendado de usted, y a mí me parece estar viendo de nuevo a Anne Elliot.»

Después de acompañar a Louisa a hacer su compra y de andar un rato, regresaron a la posada. Al pasar Anne rápidamente de sus habitaciones al comedor, a punto estuvo de tropezar con el mismo caballero de la playa, que salía de un cuarto próximo. Ella ya había sospechado que se trataba de un forastero, y comprendió entonces que cierto lacayo a quien habían visto pasar de una posada a otra debía de ser su criado. A esta suposición contribuía el observar que tanto el amo como el servidor vestían de negro. Ahora ya estaba segura de que aquel señor se hospedaba en la misma posada que ellos. El segundo encuentro, por fugaz que hubiera sido, probaba, según se desprendía de la actitud de él, que el caballero la encontraba muy de su agrado, y la distinción con que se había comportado revelaba que era una persona perfectamente educada. Debía de tener unos treinta años, y, sin ser apuesto, era en conjunto agradable. Anne sintió curiosidad por saber quién era.

A punto estaban de concluir el desayuno cuando oyeron el ruido de un carruaje —el único, probablemente, que oyeron rodar desde su llegada a Lyme—, y la mitad de los viajeros se acercó a la ventana. Era el coche de un caballero, un calerín; pero no venía de camino, sino que salía de la cochera y se detenía frente a la puerta de la posada. Alguien partía. El cochero vestía de luto.

La palabra «calerín» hizo que Charles se le ocurriese la idea de compararlo con el suyo; la presencia del cochero de negro intrigó a Anne, y al cabo de un momento todos se asomaron, movidos por la curiosidad, y no tardaron en ver al propietario del calerín, que entre lisonjas y reverencias del fondista montaba en el carruaje.

—Vaya —dijo de pronto el capitán Wentworth, mirando a Anne de reojo—, es el mismo que se cruzó con nosotros en la playa.

Las hermanas Musgrove asintieron, y luego de seguir con mirada placentera el ascenso del coche por la empinada cuesta, volvieron a la mesa. Momentos después entraba el camarero.

—Oiga usted —dijo el capitán Wentworth—, ¿puede decirnos el nombre del caballero que acaba de marcharse?

—Sí, señor. Es Mr. Elliot, un hombre de gran fortuna; vino anoche procedente de Sidmouth... Ustedes debieron de oír llegar el coche cuando estaban cenando. Ahora se dirige a Crewkherne, de paso para Bath y Londres.

—¡Elliot! —Se miraron unos a otros y repitieron el nombre aun antes de que el camarero terminara su concisa referencia.

—¡Santo Cielo! —exclamó Mary—. Es nuestro primo, tiene que ser *nuestro* Mr. Elliot... tiene que ser él. Charles, Anne, ¿verdad que es él? De luto, ya veis, como debe vestir Mr. Elliot. ¡Qué extraordinaria coincidencia! ¡En la misma posada que nosotras! Anne, ¿no es nuestro Mr. Elliot, el heredero del título de mi padre? Oiga usted —dijo dirigiéndose al camarero—, ¿ha oído a su criado decir si pertenece a la familia de Kellynch?

—No, señora, no ha hablado de ninguna familia; sólo ha dicho que su amo era un señor muy rico y que sería baronet algún día.

—¡Ya lo decía yo! —exclamó Mary, extasiada—. ¡El heredero de sir Walter Elliot! No podía ser de otra manera. ¿No te parece extraordinario, Anne? Lamento no haberlo mirado con mayor atención. ¡Y qué lástima que no hayamos sabido quién era a tiempo de presentarnos! ¡Cuánto siento el que no nos hayamos dado a conocer! ¿No le encuentras cierto aire de familia? Yo apenas lo he mirado, pues estaba distraída observando los caballos, pero me parece que su porte es el de los Elliot. Es raro que las armas no me hayan llamado la atención, pero el abrigo las ocultaba, de lo contrario seguramente me habría fijado en ellas, y en la librea del lacayo, si no hubiese vestido de luto, claro.

—Pues con tantas coincidencias ha sido providencial el que no haya reconocido a usted su primo —intervino Wentworth.

En cuanto Anne consiguió que Mary le prestase atención, trató de convencerla de que Mr. Elliot y su padre se hallaban hacía muchos años en un estado de relaciones que hacía imposible reanudar un trato que por otra parte todos deseaban.

Al mismo tiempo, sintió una íntima alegría por haber visto a su primo y cerciorarse de que el futuro señor de Kellynch era un caballero y se manifestaba como un hombre de buen sentido. No se le pasó por la imaginación hacer mención del segundo encuentro. Felizmente, Mary no parecía recordar el fugaz episodio de la mañana, y se habría disgustado al enterarse de que Anne había tenido la suerte de pasar por el lado del caballero y recibir sus cumplidas excusas, mientras que ella ni por un instante se había visto cerca del distinguido pariente. Decididamente, aquella entrevista casual de los dos primos debía de quedar en el más absoluto secreto.

—Por supuesto —dijo Mary—, que en la primera carta que escribas a Bath tienes que contar que hemos visto a Mr. Elliot. Mi padre debe saberlo enseguida.

Anne eludió dar una respuesta, pero se trataba precisamente de una noticia que no sólo no debía comunicarse, sino que era mejor que se ocultase. Conocía la ofensa que le había inferido a su padre muchos años antes, lo mucho que había sufrido Elizabeth a consecuencia de ello, y sabía que el mero recuerdo de los Elliot despertaría la cólera de ambos.

Mary nunca escribía a Bath, de modo que la misión de llevar aquella fría y desagradable correspondencia con Elizabeth pesaba sobre Anne exclusivamente.

Hacía poco rato que habían dado por terminado el desayuno, cuando vinieron a buscarlos el capitán Harville, su esposa y el capitán Benwick, con quienes se habían citado para dar el último paseo por Lyme. Tenían decidido salir para Uppercross a la una y, entre tanto, permanecer juntos y al aire libre todo lo que pudieran.

Al salir a la calle advirtió Anne que el capitán Benwick se las ingenió para caminar a su lado. Por lo visto, el diálogo de la tarde anterior no le había quitado el deseo de buscar su conversación, y pasearon el uno al lado del otro, departiendo también acerca de Mr. Scott y de lord Byron, sin que, como ocurría a cualquier otro par de lectores, llegaran a pensar del mismo modo en punto al mérito de ambos autores, hasta que se produjo en la comitiva una variación en virtud de la cual en vez de tener a su lado a Benwick encontró al capitán Harville.

—Miss Elliot —le dijo él en voz baja—, ha hecho usted un gran bien al conseguir hacer hablar a este pobre muchacho. Me agradaría mucho que pudiera disfrutar a menudo de una compañía como la de usted. Estar aquí tan encerrado lo perjudica, pero ¿qué vamos a hacerle? No podemos separarnos.

—Claro —respondió ella—, comprendo que eso es imposible. Sin embargo, con el tiempo tal vez...; ya se sabe lo que el tiempo significa para estos casos de aflicción, y usted, capitán, no debe olvidar que su tragedia tuvo lugar hace muy poco... el verano pasado, según creo.

—Así es —dijo él, y dejó escapar un suspiro—, en junio.

—Y que entonces él quizá no lo supiera.

—No lo supo hasta mediados de agosto, cuando regresó de El Cabo a bordo del *Papler*. Yo estaba en Plymouth y temía la hora de recibir noticias suyas. Él escribió allí, pero el *Papler* recibió órdenes de zarpar rumbo a Portsmouth. Allí era donde había que enviarle las noticias. Pero ¿quién se lo diría? Lo que es yo, no. Antes hubiera trepado a lo alto del palo mayor. Nadie pudo hacerlo más que este afectuoso amigo. —Señaló a Wentworth—. El *Laconia* había fondeado en Plymouth la semana anterior y no había probabilidades de que se le ordenara hacerse a la mar. Wentworth aprovechó aquel descanso..., escribió solicitando licencia y, sin aguardar respuesta, marchó a Portsmouth; de allí se trasladó en un bote al *Papler*, y no se separó del infortunado en una semana. Esto fue lo que hizo, y sólo él pudo salvar al pobre James. ¡Figúrese lo mucho que queremos a Frederick, miss Elliot!

Anne reflexionó sobre el asunto y lo comentó según le dictaban sus propios sentimientos, llegando hasta donde permitía la resistencia moral de Harville, a quien afectaba enormemente recordar aquellas cosas..., y al tomar de nuevo la palabra cambió por completo de conversación.

Mrs. Harville indicó que cuando llegaran a su casa ellos debían quedarse, ya que su marido había caminado demasiado; así pues, señaló a los excursionistas la dirección que debían tomar al dar su último paseo: los acompañarían hasta la casa y allí se despedirían. Según todos los cálculos, ya era hora de emprender el regreso, pero al divisar el Cobb surgió en todos el deseo de pasar por él una vez más, y Louisa se empeñó tanto en ello que convinieron en que lo mismo daba un cuarto de hora más o menos, por lo que, después de despedirse, cambiar amables invitaciones e infinitas promesas, se separaron del capitán Harville y de su esposa. El capitán Benwick, por su parte, decidió acompañarlos hasta el Cobb y allí darles el último adiós.

Anne se vio una vez más favorecida con la compañía del capitán Benwick, y, como es de suponer, Byron fue nuevamente tema de conversación. Ella se mostró muy interesada en el tema, pero no tardó en tener motivos suficientes para interrumpir el diálogo y marcar otro rumbo a su pensamiento.

El viento que soplaba en las alturas del Cobb resultaba muy molesto para las damas, por lo que resolvieron descender hacia el mar por una tosca escalera labrada en la roca. Todos bajaban con suma cautela; todos menos Louisa, que requería para saltar la asistencia del capitán Wentworth, como hiciera ya al trasponer las cercas que aparecían en su camino. En esta ocasión, sin embargo, la dureza del pavimento, que dañaba sus pies, hacía que aquel juego resultase menos atractivo; lo llevó a cabo, no obstante, y una vez abajo, para hacer alarde de lo mucho que le gustaba aquello, volvió a subir para saltar de nuevo. Wentworth le aconsejó que no lo hiciera, por temor a que se diera un golpe, pero su advertencia fue inútil, porque ella dijo sonriendo:

—Estoy decidida a hacerlo y lo haré. —Adelantó los brazos, se precipitó demasiado, y cayó al suelo, de donde se la levantó dolorida.

No sufrió herida alguna, al menos visible, pero tenía los ojos cerrados, no respiraba y parecía muerta. ¡Qué momento tan espantoso para quienes se hallaban en torno a ella!

El capitán Wentworth, que la había recogido, permanecía arrodillado a su lado, tan pálido como ella y mudo a causa de la angustia.

—¡Está muerta! ¡Está muerta! —exclamó Mary cogiéndose a su marido. Henrietta, horrorizada por el mismo pensamiento, perdió el sentido, y habría caído si no hubiese sido por Anne y el capitán Benwick, que la cogieron y la sostuvieron entre ambos.

—¿No hay ninguno que venga en mi ayuda? —exclamó el capitán Wentworth desesperado, pues todas sus fuerzas parecían haberlo abandonado.

—¡Vaya usted con él, vaya con él! —indicó Anne a Benwick— ¡Vaya, por Dios! Con Henrietta puedo yo sola. Frotadle las manos y las sienes. Aquí está el frasquito de sales. Tómelo, tómelo.

El capitán Benwick obedeció, y corrió en auxilio de Wentworth, seguido de Charles, que logró soltarse de su esposa. Entre los tres consiguieron incorporar a Louisa y acomodarla mejor. Todo lo que Anne ordenó se llevó a cabo de inmediato, pero fue inútil. El capitán Wentworth, apoyado contra la pared, exclamaba con tono de abatimiento:

—¡Dios mío! ¡Pobres padres!

—¡Llamad un médico! —dijo Anne.

Al oír aquello Wentworth recobró en parte sus energías, y ya iba a echar a andar en busca de un médico, cuando Anne lo detuvo, con ademán vehemente.

—¡El capitán Benwick! —dijo—. ¿No sería mejor que lo hiciera el capitán Benwick? Él sabe dónde encontrar uno.

Los que se hallaban en su juicio comprendieron la oportunidad de aquel consejo, y al instante el capitán Benwick abandonó en los brazos del hermano aquella cabeza que parecía la de un cadáver y marchó a la ciudad a toda prisa.

Sería difícil saber cuál de los tres que conservaban el uso de sus facultades, Wentworth, Anne y Charles, se sentía más angustiado. Este último, como hermano entrañable, miraba alternativamente a la hermana moribunda, a la otra que seguía privada del sentido y a su mujer, que, presa de un ataque de histeria, clamaba por un auxilio que él no podía prestarle.

Anne atendía a Henrietta con todo el afán que su instinto le permitía, sin dejar por ello de ocuparse de los otros. Trataba de tranquilizar a Mary, de animar a Charles y de mitigar las inquietudes de Wentworth. Los dos hombres esperaban con ansiosa mirada sus disposiciones.

—Anne, Anne —imploraba Charles—, ¿qué hay que hacer ahora? ¿Qué vamos a hacer, en nombre del Cielo?

El capitán Wentworth también volvió los ojos hacia ella.

—¿No sería mejor llevarla a la posada?

—Sí, sí, a la posada —replicó el capitán Wentworth, algo más sereno y deseoso de hacer algo—. Yo mismo la llevaré. Musgrove, ocúpese de lo demás.

La noticia del accidente ya había corrido entre los trabajadores y marineros del Cobb, que se acercaron al grupo, tanto para ayudar en lo que fuese necesario, como por satisfacer su curiosidad de ver una señorita muerta, o, mejor dicho, de ver a dos señoritas muertas, porque tal había sido la primera versión.

A los que por su aspecto merecían semejante encargo se les encomendó el cuidado de Henrietta, quien, tras volver relativamente en sí, aún no era por completo dueña de sus actos. De esta manera, marchando Anne al lado de Henrietta y cuidando Charles de su esposa, que se hallaba en un estado de ánimo lamentable, descendieron por el camino que poco antes habían recorrido llenos de optimismo y alegría.

Antes de salir del Cobb se les unieron los Harville. El capitán Benwick había llegado a la casa, desolado, y por su aspecto todos supieron que había ocurrido algo grave, poniéndose en marcha de inmediato. El capitán Harville, a pesar de lo alarmado que estaba, supo dominar sus nervios. Bastó una seña entre los esposos para que se decidiese que todos irían a la casa de éstos y allí esperarían la llegada del médico.

Nadie desaprobó el plan, de modo que buscaron refugio bajo el techo de los Harville, y mientras Louisa, siguiendo las disposiciones de Mrs. Harville, era trasladada a la planta superior y acostada en el lecho del matrimonio, el marido buscaba medicinas y calmantes.

Louisa abrió los ojos por un instante, pero volvió a cerrarlos sin dar señales de recobrar la conciencia. Sin embargo, este síntoma de mejoría produjo cierto alivio en su hermana, quien, no pudiendo permanecer en la misma habitación que Louisa, se libró así de perder una vez más el conocimiento víctima de la angustia y el temor. También Mary empezaba a tranquilizarse.

El médico llegó mucho antes de lo esperado. Mientras duró el reconocimiento, permanecieron todos a la expectativa, desasosegados. Afortunadamente, no se mostró pesimista. Había sufrido un fuerte golpe en la cabeza, en efecto, pero de otros más graves había visto curarse a la gente. La afirmación de que si bien no era cosa de poco tiempo tampoco se trataba de un caso desesperado, excedía con mucho a las esperanzas de todos, por lo cual no era de extrañar que aquel dictamen consolador produjera en los presentes una sensación de íntima y profunda alegría junto con fervorosas exclamaciones de gratitud a Dios.

El tono y la expresión con que Wentworth dijo «Gracias al Cielo» no se borrarían fácilmente de la memoria de Anne, quien tampoco olvidaría nunca la actitud del capitán, sentado a una mesa, con el rostro entre las manos, tratando de calmarse con la reflexión y las plegarias.

Se imponía ahora qué hacer con Louisa a continuación. Todos lamentaban los trastornos ocasionados a los Harville, pero éstos procuraron acallar las manifestaciones de agradecimiento. Ya habían dispuesto que el capitán Benwick buscase albergue fuera de la casa y cediese su habitación al matrimonio. Los Harville sólo deploraban no disponer de lugar para todos, y eso que acomodando a los niños en las dependencias de la servidumbre aún podían colocarse dos o tres personas si deseaban quedarse. Por lo que hacía al cuidado de miss Musgrove, no debía existir el menor recelo en encomendarla a Mrs. Harville, que era una excelente enfermera, y otro tanto podía decirse de su doncella, que llevaba a su lado mucho tiempo y la había acompañado a todas partes. Entre las dos cuidarían a la enferma día y noche. Todos estos ofrecimientos fueron hechos con sinceridad tan inequívoca que no era posible rehusarlos.

Charles, Henrietta y el capitán Wentworth se reunieron a deliberar, sin que en los primeros momentos fuera el conciliábulo otra cosa que un cambio de temores y vacilaciones. Uppercross, la imprescindible necesidad de ir allí..., dar la noticia..., el disgusto que se llevarían Mr. y Mrs. Musgrove..., lo avanzada que estaba la mañana, pues ya hacía una hora que debían haber partido..., la imposibilidad de llegar a una hora conveniente. Por el momento, todo lo que se les ocurrió fue lamentarse de lo anterior. Por fin, haciendo un esfuerzo, el capitán Wentworth dijo:

—Es preciso decidir sin perder un minuto más. Cada instante tiene un valor incalculable. Alguien ha de salir hacia Uppercross de inmediato. Uno de los dos ha de hacerlo, Musgrove.

Charles asintió y a continuación declaró su resolución de no ir él. No sería de gran ayuda para los Harville, pero se negaba a separarse de su hermana en el estado en que se encontraba. Henrietta se expresó en términos parecidos, pero tardó bien poco en cambiar de opinión. ¡Era inútil que ella se quedara! ¡Ella, que no podía entrar en la habitación de Louisa, ni verla sin experimentar emociones que la aniquilaban! No tenía más remedio que reconocer que era inútil; sin embargo, no acabó de decidirse a marchar hasta que el recuerdo de sus padres resolvió su indecisión. Al fin, la embargó un deseo profundo de llegar a su casa.

El plan se hallaba en este punto cuando Anne, que bajaba de la habitación de Louisa, oyó sin querer lo siguiente:

—Entonces ya está resuelto —decía el capitán Wentworth—. Usted se quedará aquí y yo acompañaré a su hermana a su casa. En cuanto a los otros, si alguna de las mujeres se queda para ayudar a Mrs. Harville, yo creo que no puede ser más que una. Es lógico que Mrs. Musgrove desee volver con sus hijos, de modo que creo que la más indicada, en todos los sentidos, es Anne.

Permaneció inmóvil por un instante, tratando de controlar la emoción que le causaba el oír hablar de ella en esos términos. Los otros dos aprobaron enérgicamente la indicación de Wentworth, y Anne hizo entonces su aparición.

—Tendrá que quedarse usted para cuidarla, no hay más remedio —exclamó el capitán Wentworth dirigiéndose a ella y hablando con un tono de entusiasmo y simpatía que parecían resucitar el pasado. Anne se sintió más animada, mientras Wentworth recobraba su aire habitual.

Anne se mostró muy complacida y dispuesta a quedarse. Era exactamente lo que deseaba que le permitiesen hacer. Con un colchón en el suelo, en el cuarto de Louisa, tenía bastante, si Mrs. Harville lo estimaba oportuno, por supuesto.

Sólo faltaba un detalle, y todo estaría dispuesto. Habían juzgado conveniente retrasar un poco la llegada con objeto de producir cierta alarma preparatoria en

Mr. y Mrs. Musgrove, pero el tiempo que les llevaría cubrir el trayecto con los caballos de Uppercross era excesivo, por lo que Wentworth propuso, y Charles aprobó, alquilar un coche en la posada, dejando allí hasta el siguiente día el de Mr. Musgrove, con el cual, además, se podría enviar noticia de cómo había pasado Louisa la noche.

En vista de ello, el capitán Wentworth salió de inmediato con objeto de disponer lo necesario y volver a recoger a Mary y a Henrietta. Pero cuando informó a aquélla del plan, todo se vino al suelo, pues se mostró muy ofendida por la injusticia que se cometía con ella al suponerla capaz de marchar en lugar de Anne. Ésta no tenía parentesco alguno con Louisa, mientras que ella era su cuñada, y le asistía un innegable derecho de reemplazar a Henrietta. ¿Por qué razón la consideraban menos útil que Anne? Además, era una crueldad el que dispusieran que regresase a casa sin Charles..., sin su marido.

Tanto porfió, que Charles no se atrevió a contrariarla, y luego de que éste la dejara por imposible, nadie osó oponerse, de modo que fue inevitable que Mary tomase el lugar de su hermana.

Anne nunca se sometió con tanta renuencia a las quisquillosas y disparatadas exigencias de Mary, pero no pudo evitarlo, y así marcharon a la ciudad, Charles cuidando de Henrietta y ella acompañada por el capitán Benwick. Al echar a andar vino de nuevo a su pensamiento el fugaz recuerdo de las pequeñas ocurrencias de que aquellos lugares fueran testigos la mañana anterior. Allí había escuchado los anhelos de Henrietta de que el doctor Shirley dejara Uppercross, y poco más tarde vio por primera vez a Mr. Elliot, pero sólo por brevísimos instantes lograba apartar de su pensamiento a Louisa y todo cuanto a su restablecimiento concernía.

El capitán Benwick estuvo muy atento con ella, y

la intimidad que entre los dos establecieran los tristes sucesos del día contribuyó a excitar su simpatía hacia él y a pensar con ilusión en la posibilidad de que aquellas circunstancias diesen origen a un trato prolongado.

Wentworth estaba esperándolos con un coche de cuatro caballos, en el punto más bajo de la calle, para ahorrarles camino. La sorpresa y el disgusto que le produjo la sustitución de una cuñada por otra, la expresión que se dibujó en su rostro, el asombro que manifestó y las palabras, a duras penas reprimidas, que asomaron a sus labios mientras le hablaba Charles, mortificaron mucho a Anne, quien creyó comprender que él sólo la estimaba en la medida en que pudiera ser útil a Louisa.

Anne trató de mostrarse serena y razonable. La verdad era que, sin proponerse emular la abnegada devoción de Emma por su Henry, por el amor que sentía hacia él habría puesto en el cuidado de Louisa un afán muy superior al de la mera actitud humanitaria, y abrigaba la esperanza de que no se le hiciese la injusticia de creerla capaz de abandonar sin una causa seria el puesto que le imponían las obligaciones de la amistad.

Mientras subían al coche, Frederick les tendió la mano para ayudarlas, y se colocó entre ambas, y partieron rumbo a Lyme. ¿Qué pasaría en el camino?, se preguntaba Anne, emocionada. ¿De qué modo se conducirían durante el largo viaje? ¿Cómo se desarrollaría la conversación? Era imposible de prever. Pero todo transcurrió del modo más natural del mundo. Él se dedicó a Henrietta; la miraba constantemente y sólo hablaba para darle ánimos y confortar su espíritu. Se advertía en su modo de hablar una tranquilidad premeditada, así como el firme propósito de disipar las inquietudes de la muchacha.

Sólo una vez, al lamentar Henrietta la funesta ocurrencia de dar un paseo por el Cobb, deplorando amargamente el que hubieran pensado en semejante cosa, exclamó Wentworth:

—¡No hablemos de eso, por favor! Lamento el que no se me haya ocurrido impedirlo. ¡Si hubiera hecho lo que pensaba! ¡Pero se mostraba tan resuelta! ¡Dulce y querida Louisa!

Ahora pensaba Anne si a él se le ocurriría meditar acerca de sus propias opiniones respecto de las ventajas que reportan a la felicidad humana las personalidades firmes y resueltas, y si no sería un signo de discreción el que la tenacidad, como cualquier otra cualidad del alma, debe tener ciertos límites. Por un instante pensó que tal vez Frederick considerara que un temperamento hasta cierto punto dócil a la influencia ajena contribuye en ocasiones a la dicha más que otro inflexible y rígido.

Marchaban a prisa. Anne se asombraba de volver a ver tan pronto las mismas colinas y los mismos paisajes. La velocidad que llevaban, junto con el temor de lo que les esperaba al llegar, hizo que el trayecto le pareciese más corto que el día anterior. Ya hacía rato que iban en silencio, y Henrietta, acurrucada en el rincón, con el rostro envuelto en un rebozo, parecía dormir, cuando al remontar la última cuesta, el capitán Wentworth, dirigiéndose a Anne con voz baja y cautelosa, dijo:

—He estado meditando acerca de qué hacer que sea más conveniente. Henrietta no debe presentarse de improviso; no lo resistiría. He pensado que tal vez fuese mejor que usted se quedara con ella en el coche mientras yo preparo a Mr. y Mrs. Musgrove. ¿Le parece bien?

Anne se mostró de acuerdo, y Wentworth guardó silencio de nuevo. El que él le hubiese pedido su opinión la halagaba, y como prueba de amistad y de consideración le produjo una enorme alegría, tanto más cuanto que debía considerarla una prueba de que tenía la intención de marcharse.

Después de comunicar la triste nueva, de ver al padre y a la madre tranquilos, en lo que cabía, y a Henrietta mucho mejor por hallarse al lado de éstos, Wentworth anunció su intención de regresar a Lyme en el mismo coche; y partió, en efecto, luego de que se hubiese dado de comer a los caballos.

13

El resto de la estancia de Anne en Uppercross, que sólo fue de dos días, lo pasó en la Casa Grande, y tuvo la satisfacción de comprobar lo útil que era, tanto por la gratitud con que se estimaba su compañía como por la eficaz ayuda que prestaba a Mr. Musgrove y a su esposa en los preparativos necesarios, que por el estado de espíritu en que se encontraban debían de serles muy penosos.

A la mañana siguiente llegaron noticias de Lyme. Louisa no había empeorado. Unas horas después llegaba Charles con noticias más detalladas y recientes. Se lo veía bastante animado. Aunque no cabía esperar un rápido restablecimiento, todo seguía su curso normal. Al hablar de los Harville no encontraba palabras con que agradecer su amabilidad, y, sobre todo, las habilidades de Mrs. Harville como enfermera. En realidad no había dejado que Mary hiciera prácticamente nada, y la noche anterior los había convencido de que se fueran a la posada temprano. Por la mañana Mary tuvo un nuevo ataque de histeria, y al salir él de Lyme la había dejado paseando con el capitán Benwick, lo cual le sería de gran provecho. Fue una lástima no lograr convencerla de que regresase el día anterior, porque la verdad era que Mrs. Harville no permitía que nadie se ocupara de nada.

Charles tenía que volver a Lyme esa misma tarde, y su padre le propuso acompañarlo, pero las mujeres se opusieron, porque sólo habría servido para perturbar a los demás y aumentar su propia angustia. Se dispuso un plan distinto, que se llevó a efecto enseguida. En un coche que se pidió a Crewkherne, Charles marcharía acompañado de otra persona mucho más útil, que durante toda la vida se había ocupado del cuidado y crianza de todos los chicos de aquella familia, una mujer que, después de criar al más pequeño, el mimado Harry, y de verlo empezar su vida escolar, vivía dedicada a remendar medias y a curar pupas y chichones. Aquella mujer se consideraba dichosa de que se le consintiera ir a cuidar a su querida Louisa. Henrietta y Mrs. Musgrove ya habían pensado, aunque vagamente, en mandar a Sarah, pero sin la intervención de Anne nada se habría decidido ni llevado a efecto tan pronto.

La misión de traer al siguiente día noticias sobre el estado de Louisa, pues era preciso tenerlas cada veinticuatro horas, corrió a cargo de Charles Hayter. Éste tomó el asunto como cosa propia, y las nuevas que trajo fueron tranquilizadoras: los períodos de lucidez eran cada vez más duraderos. Todo indicaba, además, que el capitán Wentworth no parecía tener la intención de abandonar Lyme.

Anne los dejaría al día siguiente, y temblaban sólo de pensarlo. ¿Qué iban a hacer sin su ayuda? Ellos no sabían animarse mutuamente. Tanto fue lo que se habló de esto, que a ella no se le ocurrió nada mejor que hacerse eco del anhelo general, del que era consciente, y convencerlos de la conveniencia de que se trasladaran todos a Lyme. No fue mucho lo que tuvo que insistir, y pronto se decidió el viaje; partirían al día siguiente, se hospedarían en la posada o alquilarían una casa, según se presentasen las cosas, y allí permanecerían hasta que Louisa estuviera en condiciones de ponerse en camino.

Había que ahorrar en lo posible toda clase de molestias a aquella excelente familia bajo cuyo techo se albergaba la herida, o al menos aliviar a Mrs. Harville del cuidado de sus niños; en una palabra, tal fue la alegría que la decisión les produjo, que Anne quedó encantada de haber hecho la propuesta y comprendió que en nada emplearía mejor la última mañana que pasaría en Uppercross que ayudándolos en los preparativos y hacerles partir temprano, aunque ella tuviera que quedarse sola en la casa.

Aparte de los niños, Anne fue la última moradora de aquel lugar, la única persona que quedaba de cuantas habían animado las dos viviendas, de todas las que habían contribuido a hacer de Uppercross un remanso de paz y alegría. Habían bastado pocos días para que se operase aquel cambio tan notable. Pero en cuanto Louisa recobrara la salud, todo marcharía otra vez a las mil maravillas. No tenía dudas de que incluso reinaría una dicha mayor, para ella al menos.

Pocos meses habían de transcurrir para que aquel desierto lugar, que ella ahora ocupaba muda y pensativa, fuese morada de alegría y venturas, de amor juvenil, ardiente y dichoso, de todo aquello que nada tenía que ver con Anne Elliot.

Una hora de permanecer sumida en tales reflexiones, en aquel nebuloso día de noviembre en que la llovizna apenas si dejaba percibir los objetos al otro lado de las ventanas, bastaba para que el ruido con que se anunció el coche de Mrs. Russell fuese recibido con satisfacción. Aunque deseaba partir, no podía dejar la Casa Grande ni despedirse de Uppercross con su descuidada terraza, ni descubrir a través de los empañados cristales los detalles del humilde caserío, sin sentir que la tristeza oprimía su corazón. Uppercross había sido el teatro de momentos que lo hacían adorable, de mil impresiones crueles, ciertamente, pero suavizadas por el tiempo; de tiernas sensaciones, de atisbos y conatos de reconciliación y de amistad, en los que nunca podría ya soñar y que jamás dejaría de añorar. Todo lo dejaba tras de sí, todo menos el recuerdo de una innegable realidad pretérita.

Desde que en septiembre había abandonado la casa de Mrs. Russell, Anne no había regresado a Kellynch. Las circunstancias no lo habían exigido, pues si alguna vez surgió la ocasión, ella se las ingenió para eludirla, y, por lo tanto, su primer retorno al lugar solariego lo hacía para ocupar de nuevo sus elegantes y modernas estancias y alegrar los ojos de su dueña.

La satisfacción de Mrs. Russell por volver a verla no estaba exenta de inquietud, pues sabía de sobra quién era el que visitaba Uppercross tan a menudo. Por fortuna, o Anne había realmente mejorado de aspecto, o así lo veía Mrs. Russell, lo cual Anne se complacía en relacionar con la muda admiración de su primo y acentuaba su grata convicción de que Dios le había dado una segunda primavera de juventud y belleza.

A medida que conversaban, Anne iba siendo consciente de lo mucho que había cambiado también en el aspecto mental. Aquellas preocupaciones que habían oprimido su corazón al salir de Kellynch, y que se habían ido disipando durante su trato con los Musgrove, se hallaban relegados a segundo término.

Hasta su padre, su hermana y Bath se habían desvanecido para ella. Sus afectos e intereses habían sido suplantados en Uppercross, de modo que al volver a recapacitar Mrs. Russell sobre los antiguos temores y esperanzas, al hablar de lo mucho que le gustaba la casa que ahora ocupaban en Camden Place y expresar su contrariedad por el hecho de que Mrs. Clay todavía estuviera allí, Anne no pudo evitar avergonzarse ante la preferencia que otorgaba su pensamiento a Lyme, a Louisa Musgrove y a los otros amigos de allá, al notar cuánto más le interesaban los Harville, su hogar y el capitán Benwick, que la casa de su padre en Camden Place y la relación de su hermana con Mrs. Clay. Tenía, en suma, que esforzarse para que Mrs. Russell la viese interesada en aquellas cuestiones que, por razón natural, debían ser de la mayor importancia para ella.

Anne experimentó cierta vacilación y no poco azoramiento al tratar por primera vez de otro asunto. Era indudable que debían hablar de Lyme. El día anterior, a los cinco minutos de haber llegado, Mrs. Russell había oído el relato completo de lo ocurrido. Era lógico que hablasen de ello, que ésta pidiese detalles y pormenores, que condenara semejante imprudencia, y ¿cómo no había de mencionarse el nombre del capitán Wentworth? Por cierto que Anne advirtió que no lo había pronunciado con tanta serenidad como Mrs. Russell. No logró que saliera de sus labios ese nombre mirando de frente a su antigua amiga hasta haber informado a ésta, y de pasada, de los amores de Wentworth con Louisa. Hecho esto, la zozobra que aquel nombre le producía cesó por completo.

Mrs. Russell lo oyó con naturalidad y deseó que ambos fuesen dichosos, pero en su interior se despertó un sentimiento de avieso placer, de satisfacción desdeñosa hacia el hombre que, habiendo apreciado lo que a los veintitrés años valía Anne Elliot, al cabo de ocho sucumbía a los hechizos de Louisa Musgrove.

Tres días pasaron en la más perfecta tranquilidad, sin otro incidente que el recibir un mensaje de Lyme, que no se supo cómo llegaba a manos de Anne, en el que se notificaba de la mejoría de Louisa. Pasado este tiempo, la cortesía de Mrs. Russell no pudo contenerse, y las amenazas que Anne había presentido en lejanos días, se hicieron inminentes.

—Debo visitar a Mrs. Croft, cuanto antes —dijo Mrs. Russell—. Anne, ¿tendrás el valor de acompañarme? Sé que para ti supone un esfuerzo tan grande como para mí.

—En mi opinión —contestó Anne—, usted debe de sufrir con ello más que yo, pues aún no se ha hecho a la idea de las nuevas circunstancias, mientras que yo, por no haber salido de la vecindad, he ido habituándome a ellas.

Pero Anne podía decir muchas más cosas acerca de este asunto, porque era tan elevada la opinión que los Croft le merecían, consideraba a su padre tan favorecido por la suerte con aquellos inquilinos, los veía tan ejemplares y estimaba hasta tal punto el beneficio que suponía el cambio para las gentes menos favorecidas en lo que a socorros y cuidados se refería, que más allá del sacrificio que para ella representaba la necesidad de dejar la casa, no podía por menos de reconocer que los que se habían marchado no merecían estar allí y que Kellynch Hall se hallaba ahora en mejores manos. Tales convicciones la mortificaban, por cierto, de una manera ciertamente cruel, pero era indudable que le ahorrarían aquella sensación dolorosa que invadía a Mrs. Russell cada vez que volvía a pisar aquellas estancias tan familiares y queridas para ella.

En esos momentos Anne no se consideraba con el derecho de decirse a sí misma: «¡Estos aposentos sólo deberían pertenecer a nosotros! ¡Oh, en qué manos han venido a parar! ¡Qué indignos son de ellos quienes los ocupan! ¡Haber pertenecido a una familia tan ilustre y albergar ahora a tales extraños!» Nada de esto se le ocurría sino cuando pensaba en su madre y la recordaba sentada en su rincón preferido.

Siempre que Mrs. Croft veía a Anne la trataba con tal amabilidad, que ésta no podía evitar sentirse halagada, pero en la presente ocasión, al recibirla en su casa, se mostró más amable que nunca.

La conversación no tardó en girar sobre el desdichado accidente de Lyme, y al cotejar las últimas noticias que se habían recibido sobre la salud de Louisa, resultaba que las dos recordaban lo que había ocurrido la mañana anterior. El capitán Wentworth había estado en Kellynch —por primera vez después del suceso—, y había sido el portador del recado cuyo itinerario Anne no había podido reconstruir. Después de descansar unas horas, había regresado a Lyme con intención de permanecer allí por un tiempo. Según averiguó Anne, Frederick había preguntado por ella y expresado su esperanza de que no se hubiera ofendido a causa de las molestias que se le habían ocasionado, al tiempo que se mostró interesado por ella y la alabó sin reservas. La alegría que recibió Anne con ello fue superior a todo lo imaginable.

Respecto al desdichado accidente, las dos estaban de acuerdo, como no podía ser menos tratándose de dos mujeres sensatas y bondadosas, en que se había debido a una imprudencia cuyos efectos no podían haber sido más alarmantes, y en que las aterraba el pensar en el tiempo que aun había de pasar hasta que se desvaneciese toda incertidumbre acerca de la curación de Louisa, y en las consecuencias que pudiera acarrear. El almirante cerró el diálogo diciendo:

—Es un modo muy extraño de cortejar a una muchacha eso de romperle la cabeza. ¿No es verdad, miss Elliot? Es dar el golpe para poner la venda.

Esta divertida salida del almirante no se avenía ciertamente con la seriedad de Mrs. Russell, pero a Anne le encantaba, pues era un reflejo de la irresistible sencillez de carácter de aquel hombre.

—Debe de ser ahora extraño para ustedes —prosiguió el almirante, tras reflexionar por un instante—, el venir a vernos. Confieso que no se me había ocurrido, pero debe de ser incluso desagradable. Por eso les pido, por favor, que no hagan cumplidos y que, si lo desean, recorran las habitaciones.

—En otra ocasión, señor, muchas gracias.

—Bueno, como quieran. Siempre pueden entrar por el bosque. Ya habrán advertido que nosotros tenemos las sombrillas colgadas de esta puerta. ¿No es mal sitio, verdad? Aunque imagino que el lugar no les parecerá el adecuado, porque ustedes las dejaban siempre ante la puerta de la despensa. En fin, cada familia tiene sus costumbres, y todos preferimos las nuestras. Ya me dirá si desea o no recorrer la casa.

Anne creyó conveniente una vez más declinar la invitación.

—Hemos hecho muy pocas modificaciones —dijo el almirante después de una breve pausa—. Muy pocas. Creo que en Uppercross ya hablamos de lo de la puerta del lavadero. Ha sido una gran mejora. Lo raro es que haya habido alguien capaz de aguantar durante tanto tiempo el que esa puerta se abriese del modo que lo hacía. Diga usted a sir Walter lo que hemos hecho, así como que a Mr. Shepherd le ha parecido la mejor reforma que se ha introducido nunca en la casa. Debemos reconocer que todos los cambios han sido muy beneficiosos. Por supuesto, las iniciativas han sido de mi mujer. En cuanto a mí, apenas he hecho otra cosa que quitar algunos de los innumerables espejos que había en mi tocador, que era también el de su padre, miss Elliot. Buen señor y excelente caballero, sin duda... pero me parece —dijo mirando fijamente a Anne— que se ocupaba en exceso de acicalarse. ¡Cuántos espejos, Dios mío! No había manera de huir de uno mismo. Pero con la ayuda de mi mujer he cambiado todos, y ahora ya estoy a mi gusto, con un espejito que empleo para afeitarme y uno grande, en el que no me miro jamás.

Anne se divertía a su pesar, sin hallar respuesta que darle. El almirante temió entonces no haber estado correcto, de modo que prosiguió:

—La primera vez que escriba a su padre, miss

Elliot, envíele mis saludos y los de mi esposa, y no deje de informarle que estamos admirablemente instalados y que no echamos nada de menos. La chimenea del comedor de diario hace algo de humo, es verdad, pero sólo cuando sopla viento del norte, y muy fuerte, lo cual no ocurre más que tres veces en todo el invierno. Y puede usted añadir que ahora que hemos visto la mayor parte de las casas de los alrededores no encontramos ninguna que nos guste tanto como ésta. Haga usted el favor de comunicarle con mis recuerdos todo esto. Le agradará saberlo.

Mrs. Russell y Mrs. Croft estaban encantadas la una con la otra; pero la amistad que comenzó aquel día estaba condenada a interrumpirse por el momento, pues al devolverle los Croft la visita, anunciaron su proyecto de ausentarse por unas semanas con objeto de ver a unos parientes que tenían en el Norte, y que probablemente no estarían de regreso antes de que Mrs. Russell partiera rumbo a Bath.

De esta manera se desvaneció todo peligro de que Anne pudiera encontrarse en Kellynch con el capitán Wentworth o de que éste la viese acompañada de su amiga. Todo se había salvado, y ahora se reía de las inquietudes que habían ensombrecido su espíritu.

14

Aunque Charles y Mary habían prolongado su estancia en Lyme después de la llegada de sus padres mucho más de lo que éstos hubieran deseado, fueron los primeros en volver a su casa, y en cuanto se hubieron instalado en Uppercross se dirigieron en coche hacia Kellynch. Cuando se separaron de Louisa ésta ya podía sentarse; aún sentía un poco débil la cabeza, y estaba excesivamente nerviosa, y si bien podía afirmarse que estaba reponiéndose satisfactoriamente, era imposible predecir cuándo se hallaría en disposición de resistir el traslado, hasta el punto de que sus padres, obligados a regresar a tiempo de recibir a los niños que venían a pasar las vacaciones de Navidad, desconfiaban de poder llevarla con ellos.

Charles y Mary se habían alojado con Mr. y Mrs. Musgrove. Ésta sacaba a los hijos de los Harville siempre que podía. Habían llevado de Uppercross cuantas provisiones eran necesarias para evitar molestias al matrimonio, pero los Harville se empeñaban en que se quedaran a comer en su casa todos los días; en suma: que aquello parecía una verdadera lucha por ver quién era más abnegado y hospitalario.

Mary había tenido sus momentos de mal humor, pero en definitiva, y a juzgar por el tiempo que llevaba allí, debía de haber disfrutado más que sufrido. Charles Hayter seguía frecuentando Lyme más de la cuenta. Mary se extendió en detalles acerca de las comidas en casa de Harville, donde una sola criada se encargaba de todo el servicio. Refirió las cariñosas explicaciones que le había dado Mrs. Harville por haber otorgado la preferencia a Mrs. Musgrove, hasta enterarse de quién era ella hija. Tal había sido la confianza, favorecida por las visitas continuas y los libros que eran tomados prestados, que al fin la balanza se inclinó del lado de Lyme. Les habló también de la visita que habían hecho a Charmouth, donde se había bañado, así como de la iglesia de Lyme, frecuentada por gente más distinguida que la de Uppercross, y todo ello, unido a la sensación que tenía de ser verdaderamente útil, le había procurado una agradable estancia.

Anne preguntó por el capitán Benwick. El rostro de Mary se ensombreció al punto. Charles se echó a reír.

—¡Oh!, el capitán Benwick parece estar perfectamente, pero es un hombre muy particular. Jamás sé en qué piensa. Lo invitamos a pasar un par de días en nuestra casa, y Charles le propuso salir de cacería. Él se mostró encantado, y yo creía ya que todo estaba convenido, cuando, fíjate, el martes por la noche apareció con una excusa de lo más torpe que se puede imaginar: que él nunca ha cazado, que no habíamos interpretado bien sus palabras, que lo que había prometido no era esto sino lo otro... En fin, para mí, que no tenía ganas de venir. Imagino que teme encontrar esto demasiado triste; ¡y yo que siempre había creído que Uppercross le iría muy bien a un hombre tan taciturno como el capitán Benwick!

Charles soltó una carcajada y dijo:

—Pero ahora ya sabes que no es así. Y tú eres la causa. —Señaló a Anne—. Él suponía que al venir con nosotros te encontraría a ti, porque pensaba que todos vivíamos en Uppercross, pero al enterarse de que Mrs. Russell vive a tres millas de aquí, se desanimó y no tuvo valor para aceptar la invitación. Ésa es la verdad, y Mary lo sabe muy bien.

Aquello a Mary no le hizo ninguna gracia. Ahora bien: si el motivo de esa contrariedad era el no considerar al capitán Benwick digno, tanto por cuna como por situación, de enamorar a una Elliot o de resistirse a suponer que Anne constituyese en Uppercross un atractivo más preeminente que ella, es cosa que queda por averiguar. Pero lo que Anne iba oyendo no alteraba su buena disposición. Descubrió en ello una circunstancia que halagaba su amor propio, y prosiguió con el interrogatorio.

—¡Oh, si supieras cómo habla de ti...! —exclamó Charles.

Pero Mary intervino de inmediato:

—Te advierto que en todo el tiempo Charles no lo ha oído hablar de ti ni dos veces. Te aseguro, Anne, que no se ha mostrado interesado por ti.

—Bueno —consistió Charles—, no sé qué pensará en general, pero que siente por ti una admiración sin límites está clarísimo. Por lo visto, se ha llenado la cabeza con unos cuantos libros que ha leído por indicación tuya, y tiene ganas de conversar contigo acerca de ellos. Ha encontrado no sé qué cosa que le ha dado que pensar... No recuerdo de qué se trata, debe de ser algo muy hermoso. A Henrietta se lo comentó, y oí que hablaban de miss Elliot en términos elogiosos. Tú di lo que quieras, Mary, pero ha sido así; yo mismo fui testigo, y tú te hallabas en aquel momento en la otra habitación. «Elegancia, dulzura, belleza...» ¡Oh, no acababa de ponderar los encantos de miss Elliot!

—Pues yo lo que afirmo —replicó Mary con vehemencia—, es que si es cierto, dice muy poco en su favor habiendo muerto miss Harville en junio pasado. No es digno de un corazón enamorado, ¿verdad? —Se volvió hacia Mrs. Russell y añadió—: Estoy segura de que usted pensará como yo.

—Hasta que conozca al capitán Benwick no podré formarme un juicio sobre él —respondió, sonriendo, Mrs. Russell.

—Pues es probable que lo vea usted muy pronto —dijo Charles—, ya que aunque su estado de ánimo no le ha permitido venir con nosotros, ni le consentiría el volver a visitarnos, como sería de esperar, algún día vendrá espontáneamente a Kellynch, no lo dude usted. Yo ya le indiqué la distancia y el camino que debe tomar, le recomendé que no dejase de visitar nuestra iglesia, pues es digna de verse, y como se trata de un hombre aficionado a esas cosas, imagino que le servirá de pretexto. Al hablarle de ello me escuchaba absorto, y por lo que noté, preveo que ha de tardar poco en visitarnos. Se lo advierto, señora.

—Para mí siempre son gratas las amistades de Anne —respondió amablemente Mrs. Russell.

—¡Oh, en cuanto a que sea amigo de Anne, creo que más bien lo es mío, en estas dos semanas no ha pasado un solo día sin que nos viésemos!

—Bien, pues como amigo de ambas tendré sumo placer en ver al capitán Benwick.

—No creo que encuentre en él nada agradable, señora. Es el muchacho más taciturno que pueda existir. En ocasiones hemos paseado juntos de un extremo a otro de la playa, sin que haya pronunciado una palabra. No es un hombre educado. Estoy convencido de que no simpatizará con él.

—En eso no estoy de acuerdo contigo, Mary —terció Anne—. Creo que a Mrs. Russell le satisfará más comprobar que es una persona inteligente, que la apariencia inmediata de una corrección intachable.

—Lo mismo creo yo, Anne —intervino Charles—.

Estoy seguro de que a Mrs. Russell le gustará, porque son muy parecidos en más de un aspecto. Le da usted un libro y se pasa el día leyéndolo.

—Ya, ya —exclamó Mary con tono de burla—. Se concentra tanto en la lectura que no se entera de que se le está hablando, ni de que se le caen a una las tijeras, ni de nada de lo que ocurre alrededor de él. ¿Crees acaso que puede parecerle bien esto?

Mrs. Russell no pudo contener la risa.

—Jamás imaginé —dijo— que mi opinión acerca de una persona cualquiera diese pábulo a tantas conjeturas, con lo firme y segura que siempre he creído ser en mis juicios. Confieso que tengo curiosidad por conocer a un hombre que suscita opiniones tan contradictorias. Me encantaría que nos visitara, porque de ese modo estaría en condiciones de dar mi parecer sobre él, pero no estoy dispuesta a juzgarle de antemano, Mary.

—Pues apuesto cualquier cosa a que lo encuentra desagradable.

Mrs. Russell cambió de tema de conversación. Mary empezó a hablar animadamente del encuentro con Mr. Elliot, o, mejor dicho, de lo extraordinario que había sido que se les escapara sin hablarle.

—Es un hombre a quien no tengo el menor deseo de ver —dijo Mrs. Russell—. Su rebeldía para con el cabeza de familia ha hecho que ya no lo tenga en tan buen concepto.

Esta resuelta afirmación contuvo los ímpetus de Mary, que por un instante pareció azorada.

Aunque Anne no había osado hacer una sola pregunta acerca del capitán Wentworth, no por ello dejaron de referirse a él. Últimamente se lo veía algo más animado, como era de esperar. A medida que Louisa mejoraba, él hacía lo propio, y parecía ya una persona distinta de lo que había sido la primera semana. No había visto a Louisa, pues temía hasta tal punto cualquier trastorno que el hacerlo pudiera ocasionarle, que, lejos de procurar visitarla, estaba planeando un viaje de ocho o diez días con objeto de dar tiempo a que la enferma mejorase. Habló de bajar a Plymouth y permanecer allí una semana. Trató de convencer al capitán Benwick de que lo acompañara, pero como Charles aún estaba allí, Benwick se mostró más inclinado a coger su caballo e ir a Kellynch.

Huelga decir que a partir de aquel momento Anne y Mrs. Russell no dejaron de pensar ni por un momento en el capitán Benwick. La primera no podía oír la campanilla de la puerta sin presumir que debía de tratarse de él, y Anne, al volver de sus solitarios paseos por los bosques y prados de su padre o regresar de sus visitas de caridad, imaginaba a cada paso que iba a verlo u oírlo. Pero el capitán Benwick no venía. Sin duda no estaba tan decidido a ello como Charles había supuesto, o lo retenía su estado de profunda melancolía; de modo que, al cabo de un mes de espera, Mrs. Russell decidió declararlo indigno de la expectación que se le concedía.

Mr. y Mrs. Musgrove volvieron para recibir a sus hijos, que regresaban del colegio, trayendo con ellos a los chicos de Harville, tanto para aumentar la bulla de Uppercross, como para acallar la de Lyme. Fuera de Henrietta, que se había quedado con Louisa, el resto de la familia ya estaba nuevamente en el hogar.

En la visita de rigor que hicieron Mrs. Russell y Anne, ésta tuvo ocasión de observar que en la Casa Grande latía otra vez la vida, y aunque no estaban allí ni Henrietta, ni Louisa, ni Charles Hayter, ni el capitán Wentworth, la casa ofrecía un notable y grato contraste con el estado de quietud y silencio que habían reinado en ella los últimos días de su anterior estancia.

Mrs. Musgrove se encontraba rodeada por los pequeños Harville, a quienes protegía de la tiranía de los de Uppercross, que llegaron a acompañarlos en sus juegos. De un lado se veía una mesa en torno a la cual las niñas charlaban y se entretenían recortando papeles de seda, y en el otro extremo promovían los chicos tremenda algarabía entre las bandejas de empanadas de cerdo, y aun pugnaba por hacerse oír en aquel escándalo el chisporroteo estridente de Navidad. Charles y Mary llegaron durante la visita. Mr. Musgrove se creyó en la obligación de dar sus respetos a Mrs. Russell, y permaneció a su lado unos diez minutos, hablándole con voz que, a pesar de sus esfuerzos, quedaba ahogada casi siempre por el clamor de los niños que trepaban por sus rodillas. Era un hermoso cuadro de familia.

Anne consideró, sin embargo, que aquel ambiente de algarabía doméstica era poco indicado para los nervios, exaltados por la enfermedad, de Louisa; pero Mrs. Musgrove, que le había testimoniado una y otra vez su cordial gratitud por las atenciones que con ellos había tenido, puso término a una breve narración de los últimos acontecimientos diciendo, al tiempo que miraba alrededor con expresión de ternura, que después de lo pasado nada le haría tanto bien como un poco de moderada alegría en su casa.

El restablecimiento de Louisa era tan rápido que Mrs. Musgrove llegó a concebir la esperanza de llevarla a la Casa Grande antes de que sus hermanos regresasen al colegio. Los Harville habían prometido acompañarla y quedarse unos días en Uppercross. El capitán Wentworth había marchado a Shopshire para ver a su hermano.

—He de tener buen cuidado —decía Mrs. Russell cuando volvían en el coche— de no pisar más Uppercross por Navidad.

En cuestión de ruidos, como en tantas otras cosas, cada cual tiene sus gustos, y resultan inofensivos o insufribles según la personalidad y el carácter de cada uno más que por su intensidad. Por eso, cuando pocos días después Mrs. Russell entraba en Bath, en una tarde lluviosa, y pasaba en su coche por delante de la larga serie de calles que separan al puente viejo de Camden Place, confundida en la avalancha de los otros carruajes, entre el fragor de los pesados carromatos, ensordecida por el griterío de los vendedores de periódicos, de pasteles y de leche y por el incesante chapotear de los zuecos, no se le ocurrió proferir la más leve queja. No; aquellos ruidos formaban parte de los placeres invernales y alegraban su espíritu; y ahora experimentaba, aunque sin decirlo, aquella sensación a que había aludido Mrs. Musgrove, y reconocía que después de una larga estancia en el campo no había nada más agradable que un poco de apacible bulla.

Pero Anne estaba muy lejos de compartir esas gratas impresiones. Aunque no lo confesara, Bath le repugnaba. La visión de aquellos oscuros edificios bajo la lluvia hizo que no desease mirarlos otra vez. Le parecía que cruzaban las calles con una rapidez que no guardaba relación con el disgusto que la embargaba, porque ¿quién se alegraría de verla llegar? No podía evitar recordar con dulce nostalgia los ecos de Uppercross y el apacible retiro de Kellynch.

La última carta de Elizabeth contenía muchas noticias interesantes. Mr. Elliot se encontraba en Bath. Había visitado varias veces la casa de Camden Place, y si Elizabeth y su padre no se engañaban, era tanto el afán con que había procurado reanudar el trato y tan ostensible el aprecio que hacía del parentesco, como notorio había sido el desdén que antes había mostrado.

De ser esto cierto, era maravilloso, y Mrs. Russell se sentía tan gratamente intrigada y presa de la duda, que ya se disponía a retractarse de haber declarado a Mary que no deseaba volver a ver a Mr. Elliot. Porque en realidad deseaba con vehemencia conocerlo, y pensaba que si aquel hombre pretendía la reconciliación, cual sumiso vástago de la rama colateral, bien merecía que se le perdonara el haberse desgajado del tronco.

Anne no exageraba tanto su entusiasmo por aquellas novedades, aunque también le agradaba ver de nuevo a Mr. Elliot, cosa que no podía decir de otras personas que se hallaban en Bath.

En esto descendió Anne en Camden Place, mientras Mrs. Russell se dirigía hacia Rivers Street.

15

La casa que sir Walter había tomado en Camden Place era soberbia y majestuosa, como correspondía a una persona de su importancia, y tanto él como Elizabeth estaban muy satisfechos de ella.

Anne entró en la mansión con el corazón sobrecogido por la tristeza. Presentía una reclusión de muchos meses y se decía: «¡Oh, cuándo saldré de aquí!» Sin embargo, en la bienvenida que le dieron observó una cordialidad inesperada, que le hizo mucho bien. Tanto Elisabeth como su padre se mostraron contentos de volver a verla, aunque no fuera más que por el gusto de enseñarle la casa, el mobiliario y la decoración. Además, siempre era preferible ser cuatro en la mesa.

Mrs. Clay se mostraba muy complaciente y pródiga en sonrisas, aunque, a decir verdad, sus cumplidos y sonrisas eran cosa descontada. Anne adivinó lo que encontraría a su llegada, de modo que aquella conducta no la impresionó en absoluto. Reinaba entre todos un humor excelente, cuyas causas no tardaría en descubrir. No se advertía en ellos la menor curiosidad por escucharla, y, después de esperar inútilmente que se les rindiese el homenaje de saber que todos en Kellynch habían lamentado su ausencia, hicieron algunas preguntas indiferentes y empezaron a hablar entre sí. No mostraban ningún interés por Uppercross, y apenas por Kellynch; para ellos no existía otro lugar que Bath.

Le hicieron saber, con la mayor alegría, que Bath colmaba todas sus ilusiones. Aquella casa era sin duda la mejor de Camden Place; sus salones eran más bellos que los mejores de cuantos habían visto, y la superioridad de la espléndida mansión se debía tanto al estilo de la construcción como al gusto con que había sido decorada. Todo el mundo quería visitarlos, su amistad era solicitada con ansia. Habían rechazado numerosas invitaciones, y aun dejaban en la casa sus tarjetas muchas personas a quienes no conocían.

En todo esto encontraban ellos un inagotable manantial de satisfacción. ¿Podía Anne dudar de que Elizabeth y su padre fueran dichosos? No lo dudaba, pero no dejaba de sospechar que su padre padeciese ante la degradación que aquel cambio suponía, que echase de menos la autoridad y los quehaceres de un propietario, que se le antojase vana e insignificante la existencia en aquella ciudad tan pequeña. También la entristecía y preocupaba el ver a Elizabeth pasearse con soberbia de salón en salón, contemplando con mirada satisfecha el amplio espacio que ante sí tenía; ¡ella, la señora de Kellynch Hall, orgullosa de verse entre cuatro paredes apenas separadas por treinta pasos!

Pero no era esto lo único que justificaba su actual estado de dicha. Tenían también a Mr. Elliot. Anne tuvo que resignarse a oír hablar largo y tendido de su primo. No sólo había obtenido el perdón, sino que estaban encantados con él. De camino para Londres en noviembre, se había detenido en Bath sólo veinticuatro horas, bastantes para que llegara a sus oídos que sir Walter se había establecido allí, pero insuficientes para darle ocasión de proceder según lo que sabía. Después había estado quince días en la ciudad, y lo primero que hizo fue dejar su tarjeta en Camden Place. A esta atención siguieron repetidas y empeñadas gestiones encaminadas a ponerse en contacto con ellos, y una vez conseguido esto, se mostró tan sinceramente decidido a ofrecer sus excusas por lo pasado y dio pruebas tan inequívocas de desear que se lo tratase como a un miembro más de la familia, que la buena impresión que sus intentos en este sentido habían producido quedó definitivamente consolidada.

No había nada que objetarle. Las explicaciones ofrecidas en descargo de las culpables apariencias de su desprecio no pudieron ser más satisfactorias. Todo se debía a un malentendido. Jamás había pasado por su mente el distanciarse, pero le pareció advertir cierto rechazo cuya causa ignoraba, y por delicadeza había callado. Se rebelaba contra la acusación de que había menospreciado a la familia. ¡Cómo era posible semejante cosa en él, que nunca había dejado de ufanarse de ser un Elliot, y cuyas convicciones en lo que a linaje se refería eran tan estrictas que llegaban a hacerlo incompatible con las formas democráticas en boga...! ¡Aquello lo asombraba! Pero confiaba en que su carácter y su conducta bastarían para acabar con tan indignas suposiciones. Sometía a sir Walter el ejemplo de su vida, y, realmente, la contrariedad que revelaba y su anhelo manifiesto, demostrado en la primera oportunidad que se le ofrecía, de alcanzar una reconciliación y lograr que se lo considerase de nuevo como pariente y posible heredero, probaba la sinceridad de sus afirmaciones.

Los detalles referentes a su matrimonio, por otra parte, merecían ahora una crítica más benévola. Este asunto no se había discutido con él, pero un amigo íntimo suyo, cierto coronel Wallis, persona muy respetable e intachable caballero —«y hombre de aspecto nada enfermizo», añadía sir Walter—, que vivía de modo más que decoroso en Marlborough Buildings, y que había pedido a Mr. Elliot que se los presentase, había relatado algunos pormenores relacionados con el matrimonio que permitían abrir juicios mucho menos desfavorables al respecto.

El coronel Wallis, que conocía desde hacía mucho tiempo tanto a Mr. Elliot como a su difunta esposa, estaba al corriente de aquel episodio. No era ella una mujer de categoría, pero había recibido una excelente educación, era rica y se había enamorado locamente. Había sido un caso claro de seducción. Ella era quien lo había incitado. De otro modo, de nada le habría valido todo su dinero para conquistar a Mr. Elliot, y sir Walter estaba seguro de que había sido una hermosa mujer. Estas consideraciones lo disculpaban. ¡Una mujer espléndida, de fortuna y enamorada de él! Sir Walter parecía aceptar aquellas aclaraciones, y Elizabeth, aunque, por supuesto, no podía juzgar el asunto de modo tan favorable, acertó finalmente la atenuante.

Mr. Elliot los había visto varias veces. Había comido una vez con ellos y se mostraba encantado de frecuentar su compañía, porque ellos no solían tener invitados. Parecía, en suma, muy complacido de que se le dieran pruebas de que era admitido en calidad de primo, y cifraba sus aspiraciones en merecer la intimidad de Camden Place.

Anne escuchaba todo aquello sin llegar a explicárselo bien. Era forzoso, bien lo sabía, acoger con grandes reservas semejantes comentarios. Sabía que Elizabeth y su padre exageraban. Lo que había de irracional y extravagante en aquella reconciliación debía atribuirse, tal vez, al estilo de los narradores. Sin embargo, ella tenía la impresión de que debía de haber algo más de lo que a primera vista aparecía en el afán de aquel hombre por congraciarse con ellos después de tanto tiempo.

A poco que se reflexionase en ello, era evidente que aquel hombre no ganaba nada con volver al seno de la familia, ni arriesgaba nada al cambiar de actitud. Según todas las probabilidades, Mr. Elliot era el más rico de los dos, y la posesión de Kellynch, así como el título, serían suyos tarde o temprano, y sin disputa. Por fin, un hombre sensible como él, pues bien lo parecía, ¿cómo era posible que pusiese su empeño en tal cosa?

A Anne se le ocurrió que la única explicación era que debía de sentirse atraído por Elizabeth.

Era probable que en otro tiempo le hubiese gustado, pero habiéndolo llevado las circunstancias por distinto derrotero, ahora que era dueño de seguir su propio camino, quizá se propusiera solicitar su atención.

Elizabeth era verdaderamente bonita, elegante y distinguida, y en cuanto a su modo de ser, él no había tenido ocasión de conocerla a fondo, pues sólo la había tratado en público y cuando aún era muy joven. Ahora bien, ¿hasta qué punto podría el temperamento de Elizabeth resistir el análisis de un hombre ya maduro? Éste era, sin duda, otro extremo a tener en cuenta, y no poco, por cierto. Anne deseaba con vehemencia que si Elizabeth era la meta de sus anhelos, él no fuese tan delicado ni observador. Y que Elizabeth se lo había llegado a creer, así como que su amiga, Mrs. Clay, fomentaba tales ilusiones, estaba más que comprobado por las miradas significativas que cambiaron cuando hablaban de las frecuentes visitas de Mr. Elliot.

Anne refirió las visiones fugaces que había tenido de él en Lyme, pero apenas si se le hizo caso.

—¡Oh, sí, tal vez se tratara de Mr. Elliot!

No podían asegurarlo. Puede que fuera él... Pero no la dejaban describirlo siquiera. Ellos mismos lo hacían, sobre todo sir Walter. Mencionaba su porte caballeresco, su elegancia, su buen ver y su dulce mirada.

Por supuesto, no podía dejar de deplorar el que estuviera tan pálido, defecto que el tiempo parecía haber acentuado, y era innegable que los diez años transcurridos se reflejaban en su rostro. Mr. Elliot parecía haber afirmado que él, sir Walter, no había cambiado desde que habían dejado de verse, cumplido que sir Walter no pudo devolverle, muy a su pesar. Pero aun así, en general Mr. Elliot no estaba mal; de hecho, tenía mejor aspecto que la mayoría de los hombres, y a sir Walter no lo avergonzaba el que lo viesen en su compañía.

Tanto Mr. Elliot como su amigo de Marlborough Buildings, dieron tema de conversación para toda la tarde. ¡Era tan sincero el empeño manifestado por el coronel Wallis de conocerlos y tan vivo el afán que en ello había tenido Mr. Elliot! Hablaron también de Mrs. Wallis, a quien de momento sólo conocían por referencias, pues, a causa de una indisposición, se hallaba recluida en casa. Mr. Elliot la presentaba como una mujer encantadora y digna de figurar entre las amistades de Camden Place. Sólo esperaban que se restableciera para conocerla personalmente. Sir Walter imaginaba que debía de tratarse de una mujer verdaderamente hermosa. Deseaba conocerla, y daba por sentado que superaría en belleza a las insulsas mujeres con que se cruzaba en las calles de Bath. Lo peor de esta población era el sinnúmero de caras insignificantes. No quería decir con ello que no hubiese allí mujeres agraciadas, pero sí que el número de las feas era desproporcionado. En sus paseos siempre observaba que a una cara hermosa seguían treinta o treinta y cinco adefesios, y recordaba que hallándose una vez en una tienda de Bond Street, habían desfilado ante su vista, unas tras otra, ochenta y siete mujeres, sin que entre ellas pudiera registrar un rostro pasable. Claro que era una mañana muy fría, y con un tiempo semejante de mil mujeres sólo una se arriesgaba a salir; pero, de todos modos, en Bath había una cantidad exagerada de mujeres feas. ¿Y qué decir de los hombres? Eran infinitamente peores. ¡Qué espantajos se veían por las calles! La poca costumbre que tenían las mujeres de ver hombres de aspecto medianamente aceptable hacía que reaccionasen exageradamente ante uno de apostura sólo regular. Como que no paseaba una vez del brazo del coronel Wallis, hombre de porte marcial aunque sus cabellos dejaban bastante que desear, sin notar que los ojos de todas la mujeres se iban tras él; nada, todas estaban obsesionadas con el coronel Wallis. ¡Oh, modesto sir Walter! No se le dejó pasar, claro está, semejante alarde de humildad. Su hija y Mrs. Clay insinuaron que el acompañante del coronel Wallis podía ufanarse de poseer un rostro tan perfecto como el de éste, y una cabellera muy superior, desde luego.

—Y Mary, ¿cómo está? —preguntó sir Walter, ya en las cumbres del júbilo—. La última vez que la vi tenía la nariz algo enrojecida, pero supongo que ya se le habrá pasado.

—Eso fue una cosa pasajera. Puede decirse que desde septiembre tiene un aspecto inmejorable.

—Si yo supiera que la tentaría a salir en días ventosos tan perjudiciales para el cutis, le enviaría un sombrero y un abrigo nuevos.

Anne estaba a punto de decirle si de verdad creía que una gorra y un gabán recibirían un trato tan poco cuidadoso, cuando sonó la campanilla de la puerta. ¿De quién podía tratarse a esas horas? ¡Eran las diez! Debía de ser Mr. Elliot, claro; sabían que seguramente cenaría en Lausdown Crescent. No tendría nada de particular que en el camino de regreso a su casa llamara a la puerta para averiguar cómo estaban. Mrs. Clay tenía la certeza de que sin duda se trataba de él; y estaba en lo cierto, pues con toda la ceremonia que podía esperarse de un criado que era a la vez lacayo y mayordomo, Mr. Elliot fue introducido en la estancia. Era él mismo, la misma persona, con otra indumentaria. Anne permaneció en un segundo plano, mientras el caballero prodigaba sus atenciones a los otros y presentaba a Elizabeth sus más sinceras excusas por visitarlos a una hora tan intempestiva; pero no podía pasar por allí sin experimentar el invencible deseo de entrar a cerciorarse de si ella o su amiga habían cogido un catarro el día anterior, etcétera; todo lo cual fue tan amablemente dicho como escuchado y agradecido. Y ahora le tocaba a ella entrar en escena. Sir Walter habló de su hija menor:

—Mr. Elliot, me va a permitir que le presente a la segunda de mis hijas...

No hizo mención alguna de Mary, y Anne, sonrojada y sonriente, apareció ante Mr. Elliot. Aún no se había desvanecido en la memoria de éste la fisonomía de la joven, quien advirtió con regocijo, por el gesto de extrañeza de él, que en los anteriores no la había reconocido. No salía él de su asombro, aunque debe agregarse que no parecía tan sorprendido como encantado; le brillaban los ojos, y, con la más viva satisfacción dibujada en el semblante, saludó a su prima, aludió al pasado y solicitó que, desde luego, se le considerase un amigo. Mr. Elliot tenía el mismo aspecto que en Lyme; su atractivo aumentaba con la animación de la charla, y sus modales eran tan corteses, naturales y sugestivos, que Anne sólo podía compararlos con los de cierta persona. Claro que no eran los mismos, pero sí equiparables en gracia y finura.

Se sentó entre ellos, y pronto infundió una nueva vida a la conversación. Era, indudablemente, un hombre de gran sensibilidad. Diez minutos bastaban para convencerse de ello. El tono, la manera de hablar, los temas que trataba y su acierto respecto al límite que debía imponerse, revelaban a la persona delicada y reflexiva. No tardó en hablar de Lyme, mostrando el deseo de contrastar sus opiniones con las de ella respecto de aquellos parajes. Mencionó la extraña coincidencia de habérse alojado en la misma posada, hizo alguna referencia a su viaje, y escuchó con agrado las noticias que ella le daba de su excursión, deplorando haber perdido aquella oportunidad de ofrecerle sus respetos. Anne le hizo un breve relato de su estancia y correrías en Lyme, lo que contribuyó a que Mr. Elliot se mostrase aún más contrariado, pues aquella tarde había permanecido solo en la habitación contigua mientras llegaba a sus oídos el sonido de las voces y el alegre bullicio. Supuso que debía de tratarse de un grupo de personas distinguidas y agradables..., y aunque su deseo hubiera sido estar en su compañía, no halló pretexto aceptable para relacionarse con ellos. ¡Si se le hubiera ocurrido siquiera preguntar quiénes eran los excursionistas! El nombre de Musgrove le habría dado la clave. Bien, al menos la experiencia le serviría para corregir su absurda manía de no preguntar nada en las posadas, necia costumbre que tenía desde muchacho, inspirada en el principio de que no está bien ser curioso.

—Las cosas que piensa un hombre de veinte o veintidós años —decía— respecto a lo que debe hacerse para que piensen bien de uno, son, a mi juicio, las más absurdas que se puedan concebir. La mayor parte de sus hábitos y prácticas son tan insustanciales como sus designios y propósitos.

Pero al comprender que no era discreto dirigirse en particular a Anne, pronto incluyó a los demás en la conversación, y sólo de vez en cuando mencionaba la estancia en Lyme. Sus preguntas, sin embargo, acabaron por obligar a Anne a referir el suceso en que le había visto involucrada poco después de marcharse él, pues como Mr. Elliot había oído hablar de un «accidente», sintió deseos de oír la narración completa.

Cuando el primo empezó a interrogarla, Elizabeth y sir Walter lo secundaron; pero en el tono y la forma del interrogatorio existía una diferencia que no podía pasar inadvertida. El interés de Mr. Elliot por conocer los pormenores de lo ocurrido y su amable condolencia por lo que ella había padecido al presenciar el trágico suceso, sólo podían compararse a los de Mrs. Russell.

Una hora duró la visita. El reloj de la chimenea había ya marcado «las once con sus ecos de plata», y se oía la voz del sereno a lo lejos, antes de que Mr. Elliot se diese cuenta de que llevaba allí demasiado tiempo.

Anne nunca hubiera sospechado que su primera velada en Camden Place transcurriría de modo tan agradable.

16

Al volver Anne al seno de su familia, abrigaba una duda que deseaba que pronto se convirtiese en certidumbre. Mucho más que saber si Mr. Elliot estaba enamorado de Elizabeth, le interesaba cerciorarse de si sir Walter estaba enamorado de Mrs. Clay; y la verdad era que las pocas horas que llevaba en su casa le habían procurado una impresión muy distinta de la quietud ansiada. Cuando al día siguiente bajó a desayunar, se enteró de que Mrs. Clay había planteado seriamente la cuestión de su marcha. No estaría muy lejos Anne de la realidad al suponer que la buena señora hubiese dicho algo parecido a: «Ahora que Anne está aquí, yo no soy necesaria.» A lo cual, tal vez, Elizabeth hubiese contestado: «No hay razón alguna para ello; al menos yo no la veo. Comparada con usted, ella no es nada para mí.» Anne llegó a tiempo de oír decir a su padre:

—Pero, señora mía, eso no puede ser; aún no ha visto usted nada en Bath. Hasta el momento no ha hecho más que trabajar. No tiene sentido que se separe usted de nosotros tan pronto. Debe conocer aún a la hermosa Mrs. Wallis. Para un espíritu tan delicado como el suyo, Mrs. Clay, la contemplación de la belleza es un verdadero regalo.

Hubo en estas palabras tan notoria vehemencia, que

no extrañó a Anne que Mrs. Clay advirtiese la mirada que le dirigió a su hermana. La expresión de ésta parecía denotar cierta actitud expectante; pero aquel homenaje a la firmeza del instinto de la viuda no despertó en Elizabeth la menor desconfianza. Mrs. Clay no pudo evitar rendirse a aquella súplica y prometió no abandonar la casa por el momento.

La casualidad quiso que aquella mañana Anne se quedara a solas con su padre, quien empezó a elogiarla y felicitarla por encontrar su semblante notablemente mejorado. La hallaba menos demacrada, su piel le parecía más blanca, tersa y fresca.

¿Había tomado alguna medicina? No, nada.

—¿Ni siquiera...?

—No, absolutamente nada...

Aquello lo dejó maravillado. Enseguida exclamó:

—Pues si es así, no hay más que desear, porque no debes aspirar a estar mejor que bien; pero si así no fuera, te recomiendo que en primavera te acostumbres a usar loción de Gowland. Mrs. Clay la ha empleado siguiendo mi consejo y ya ves los resultados. Fíjate cómo le han desaparecido las pecas.

¡Si Elizabeth hubiera oído aquello! Tal observación, que resultaba un piropo, por fuerza habría de haberla impresionado; tanto más cuanto que las pecas no le habían desaparecido, ni mucho menos. Pero no hay que olvidar que cada circunstancia de la vida tiene sus aspectos positivos, y si aquel desdichado matrimonio llegaba a tener lugar, podría verse atenuado si también se casaba Elizabeth. En cuanto a ella misma, siempre tendría un hogar al lado de Mrs. Russell.

Éste era un asunto que introducía un elemento perturbador en las relaciones de Mrs. Russell con la familia de Camden Place. Aquel contraste de los favores concedidos a Mrs. Clay con el escaso favor que se dispensaba a Anne, constituía para ella una provocación constante mientras permanecía en la casa, y aun la mortificaba durante el escaso tiempo de que puede disponer una persona que, viviendo en Bath, toma las aguas, hojea las últimas revistas y se halla rodeada de un amplio círculo de amistades.

Cuando conoció a Mr. Elliot, sin embargo, se mostró más tolerante, o acaso indiferente, con los otros. Las formas sociales de aquel hombre la predisponían en su favor, y al tratarlo más íntimamente no sólo confirmó la impresión primitiva, sino que llegó a decir a Anne: «Pero ¿es éste Mr. Elliot...?», e incluso a confesar que no podía imaginarse una persona más simpática y digna de estimación. Aquel hombre parecía reunir todas las virtudes: entendimiento, convicciones moderadas, experiencia y afectuosidad. Tenía en mucha consideración los deberes del parentesco, sin por ello mostrarse orgulloso o vanidoso; vivía con la holgura de un hombre de fortuna, sin caer en el despilfarro, y sustentaba ideas propias acerca de las cuestiones esenciales de la vida, sin desafiar la opinión ajena en nada relacionado con los buenos modales. Era decidido, observador, prudente y sencillo; no se dejaba llevar por la vehemencia o el apasionamiento, y sentía una sincera inclinación hacia todo lo que fuera merecedor de cariño, lo que rara vez ocurría en las personalidades propensas a las exageraciones del entusiasmo o a las desmesuras de la violencia. Ya sabía ella que no había sido dichoso en su matrimonio, el coronel Wallis lo decía, era evidente, pero aquella racha infortunada no había llegado —según observó muy pronto— a amargar su espíritu hasta el punto de prevenirlo en contra de unas segundas nupcias. En fin, que el agrado que Mr. Elliot le producía contrarrestaba la antipatía que sentía hacia Mrs. Clay.

No era cosa nueva para Anne el no estar de acuerdo con ella en sus apreciaciones, de modo que no le sorprendió que Mrs. Russell dejara de adivinar algo sospechoso e inexplicable que revelara un motivo oculto en el anhelo de reconciliación que Mr. Elliot ponía de manifiesto. En opinión de Mrs. Russell era lógico que aquél, ya en plena madurez, concibiera el sincero deseo, que, por otra parte, había de atraerle la estimación de toda persona de bien, de mantener la debida relación con el que asumía la representación familiar. Aquello obedecía a un proceso natural, desarrollado con el paso del tiempo en un espíritu discreto, arrepentido de un simple desvarío juvenil. Anne esbozó, sin embargo, una tímida sonrisa y acabó por insinuar el nombre de Elizabeth. Mrs. Russell la escuchó, la miró por un instante y respondió al fin con tono sibilino:

—¡Elizabeth! Muy bien, el tiempo lo dirá...

Se aludió al futuro, y tras una breve reflexión Anne acabó por comprender que no había más remedio que someterse a su mandato. No podía decirse nada por el momento. En aquella casa Elizabeth era la primera, y, habituada a su papel de «miss Elliot», Anne se hacía cargo de la imposibilidad de recibir por parte de nadie atenciones preferentes. Además, no debía olvidarse que Mr. Elliot había enviudado hacía sólo siete meses, lo que explicaba el aplazamiento. Pero la verdad era que Anne no podía mirar el crespón que ostentaba en su sombrero sin pensar que quien no tenía disculpa era ella por atribuirle semejantes intenciones, pues aunque su matrimonio no hubiese sido feliz, había durado lo suficiente como para que fuera lícito juzgarlo resignado tan pronto a tan triste pérdida.

No podía dejar de reconocer que Mr. Elliot era la persona más simpática de cuantas vivían en Bath. No conocía a nadie que se le igualara, y le procuraba, además, el gran placer de hablarle de Lyme de vez en cuando, pues sentía un deseo ardiente de visitarla otra vez y más detenidamente. Insistieron muchas otras veces en los detalles de su primer encuentro. Él le dio a entender que en aquella ocasión la había mirado con cierta ansia. Anne lo sabía muy bien, y recordaba que también lo había notado otra persona. Ella y Mr. Elliot discrepaban en muchas cuestiones. Él concedía al linaje una importancia mucho mayor que el que ella le otorgaba. No era sólo condescendencia, sino que debía de haber verdadero deleite en el fondo cuando, cediendo él a las incitaciones de Elizabeth y sir Walter, discutía con entusiasmo acerca de materias que Anne juzgaba baladíes e indignas de excitar su interés. El periódico anunció cierta mañana la llegada a Bath de la vizcondesa viuda de Dalrymple y de su hija la ilustre miss Carteret, noticia que bastó para alejar por muchos días la tranquilidad de la morada de Camden Place, pues los Dalrymple —por desgracia, en opinión de Anne— eran primos de los Elliot, y los preocupaba profundamente el medio que deberían emplear para presentarse ante ellos de un modo decoroso.

Anne nunca había visto a su padre y a su hermana desenvolverse entre la nobleza, y las impresiones que ahora recibía eran ciertamente desconsoladoras. Esperaba mucho más del altivo concepto que tenían de su posición, y en su alma empezaba a despertar un anhelo que jamás había siquiera imaginado: el de que fueran más orgullosos. Sí; porque aquello de «lady Dalrymple» no cesaba de atormentar sus oídos.

Sólo en una ocasión había visto sir Walter al difunto vizconde, pero no conocía a ningún otro miembro de la familia, y la dificultad del caso provenía de que la correspondencia protocolar entre ambas casas se había interrumpido totalmente desde la muerte del mencionado vizconde, pues por haber coincidido con una grave enfermedad de sir Walter se había cometido en Kellynch una omisión imperdonable al no enviar a Irlanda carta de pésame alguna. Pronto cayó aquel olvido sobre la cabeza del mismo culpable, pues a la muerte de la pobre Mrs. Elliot tampoco se recibió en Kellynch nota de condolencia, y había motivo sobrado para presumir que los Dalrymple consideraban rotas las relaciones. Cómo se arreglaría este malentendido y cómo se las compondrían para que los admitiesen de nuevo en su calidad de primos constituía el serio problema que incluso preocupaba a Mrs. Russell y a Mr. Elliot, aunque de forma más discreta. «Las relaciones familiares deben conservarse, y no está de más procurar la sociedad de las personas de calidad.» Mrs. Dalrymple había arrendado una casa en Laura Place, donde pensaba instalarse como la persona distinguida y aristocrática que era.

El año anterior también había estado en Bath, y Mrs. Russell había oído hablar de ella como de una mujer encantadora. Era deseable, pues, que la relación entre los parientes se reanudase, siempre que pudiera lograrse sin compromiso ni detrimento de los Elliot.

Pero sir Walter tenía que seguir su propia inspiración, y acabó por redactar una pulcra misiva rindiendo amplias explicaciones, testimoniando su sentimiento y prodigando a su ilustre prima fervientes demostraciones de afecto, y aunque este gesto no contó con la anuencia entusiasta de Mrs. Russell y Mr. Elliot, fue bastante a traer como respuesta unos cuantos garabatos de la vizcondesa, quien se sentiría muy honrada de tratarlos... Terminado el período de angustias, venía el de las gratas impresiones. Las visitaron en Laura Place, y se vieron honrados con las tarjetas de la vizcondesa de Dalrymple y de la ilustre miss Carteret, tarjetas que cuidaron de colocar en un lugar bien visible, y desde entonces se habló más que de «nuestras primas de Laura Place» y de Mrs. Dalrymple y miss Carteret.

Anne se sentía avergonzada. Aun suponiendo que Mrs. Dalrymple y su hija fueran realmente agradables, no atinaba a entender el afán que despertaban, pues se trataba de dos personas completamente anodinas. No poseían inteligencia ni finura, y mucho menos distinción, a pesar de su elevada posición. Mrs. Dalrymple entendía el ser «mujer encantadora» como tener siempre dispuesta una sonrisa y una respuesta diplomática para todo el mundo. Miss Carteret, mucho más insustancial que su madre, era tan necia que, si no hubiese sido por su alcurnia, difícilmente habría sido tolerada en Camden Place.

Mrs. Russell declaraba haber abrigado mayores esperanzas, pero, con todo, en su opinión no dejaba de ser «una amistad conveniente y digna»; y cuando Anne se atrevió a revelar su parecer a Mr. Elliot, éste confesó que como personas no valían nada, pero como centro que serían de una sociedad escogida, no eran despreciables. Anne sonrió y dijo:

—Para mí, sólo las personas cultas, inteligentes y de buena conversación son de calidad y de trato apetecible. No entiendo otra cosa por buena sociedad.

—Pues está en un error —repuso Mr. Elliot jovialmente—; ésa no es la buena sociedad, sino la mejor. La buena sociedad sólo requiere linaje ilustre, educación y finura, y eso que respecto a educación no se exige mucho. La estirpe y la distinción son indispensables, y un poquito de ilustración no es perjudicial; al contrario, le sienta bastante bien. Mi prima Anne sacude la cabeza. No está de acuerdo. Le resulta enojoso. Mi querida prima —añadió sentándose a su lado—, tiene usted más derecho que cualquier otra mujer a negarse a frecuentar ciertas relaciones, pero ¿qué ventaja ofrecería el alejarse de esa sociedad? ¿No es más lógico frecuentar el trato de esas buenas señoras de Laura Place y sacar de esta relación todo el partido posible? Puede tener por seguro que este invierno pulularán entre lo más selecto de Bath, y como el rango es el rango, el que se patentice la afinidad de ustedes con ellas ha de reportar la utilidad de elevar la consideración hacia la familia, nuestra familia, me atreveré a decir, y procurarle aquel grado de consideración social que todos debemos anhelar.

—Sí —repuso Anne, y dejó escapar un suspiro—, se sabrá sin duda que somos sus parientes. —Hizo una pausa y añadió con tono de desdén—: Pero se ha puesto un empeño excesivo en lograr esa amistad. Por lo que veo —agregó con una sonrisa—, soy la más orgullosa de todos; pero me parece humillante que se haya solicitado con tal vehemencia la benevolencia de unas personas que nos miran con la más absoluta indiferencia.

—Perdone usted, querida prima, pero creo que no quiere reconocer sus propias prerrogativas. En Londres, y de acuerdo con el sencillo régimen de vida que actualmente llevan ustedes, podría ocurrir lo que usted dice. Pero aquí en Bath la familia de sir Walter Elliot constituye una amistad estimable y buscada.

—Bueno —respondió Anne—, pues entonces me reconozco orgullosa; demasiado, tal vez, para agradecer una amistad que depende tanto del lugar.

—Me encanta esa actitud —dijo él—, y la encuentro muy natural. Pero, amiga mía, estamos en Bath, y no debe menospreciarse la conveniencia de que sir Walter Elliot se haya rodeado de toda la dignidad que le corresponde. Habla usted de orgullo. Todos me consideran orgulloso, lo sé, y no quisiera que fuese de otra manera, porque nuestros orgullos, si bien se mira, tienen el mismo origen, aunque difieran en el matiz. Estoy seguro, querida prima —añadió bajando la voz, a pesar de que se hallaban solos en la estancia—, de que existe un punto respecto del cual pensamos de la misma manera. Ha de convenir conmigo en que incrementar las relaciones de su padre con quienes sean sus iguales o superiores a él cumpliría el provechoso objetivo de distraer su mente de ciertas ofuscaciones que lo acechan.

Al decir esto miraba hacia el asiento que acababa de ocupar Mrs. Clay, dando con este ademán sobrada explicación del significado de sus palabras; y aunque Anne no estuviese dispuesta a confesar que, en efecto, ambos eran orgullosos, se rendía a la simpatía que aquel hombre la inspiraba por ser enemigo de Mrs. Clay, y juzgó en conciencia excusable cualquier esfuerzo encaminado a procurar a su padre relaciones tan numerosas como elevadas, si esto contribuía a desbaratar los planes de la intrigante viuda.

17

Mientras Elizabeth y sir Walter se entregaban a la asidua labor de asegurar su buena fortuna en Laura Place, Anne renovaba una amistad de calidad bien distinta.

Cierto día que visitó a su antigua niñera, se enteró de que se hallaba en Bath una compañera de colegio que era doblemente acreedora a sus atenciones, por las pruebas de cariño que de ella había recibido y por las amarguras que ahora padecía. Miss Hamilton, convertida en Mrs. Smith, le había dado sobradas muestras de afecto en uno de esos períodos de la vida en que tanto se agradece el consuelo de un apoyo moral.

Anne, a la sazón una niña de catorce años sensible y débil de espíritu, había sufrido mucho al llegar al colegio, tanto por la reciente muerte de su madre como por encontrarse lejos del hogar. Miss Hamilton, que era tres años mayor que ella pero aún permanecía en el colegio por no tener hogar fijo ni parientes cercanos, la había ayudado a soportar sus penas con abnegación tan sincera y desinteresada que Anne no podía recordarla con indiferencia. Pero después de abandonar el colegio miss Hamilton se había casado con un hombre de fortuna, y eso era todo lo que de ella sabía Anne hasta el momento en que, por boca de su antigua niñera, obtuvo detalles que le permitieron conocer de un modo más exacto la actual situación de la amiga.

Miss Hamilton había caído en la pobreza al morir su marido, un hombre extravagante, que, al perder la vida dos años antes, había dejado sus asuntos terriblemente embrollados. La pobre mujer tuvo que vencer grandes dificultades para poner un poco de orden en su embarazosa situación, y a ellas vino a sumarse la desdicha de padecer una fiebre reumática que le afectó las piernas dejándola prácticamente inválida. Por este motivo había venido a Bath y buscado alojamiento cerca de los baños termales, donde vivía humildemente, sin medios que le permitieran tomar una criada y alejada, por supuesto, de todo trato social.

Persuadida Anne por la común amiga de la satisfacción que produciría su visita a la infortunada mujer, decidió ir a su casa sin pérdida de tiempo. Omitió mencionar a los suyos nada de lo que había sabido ni de lo que pensaba hacer, convencida de que se trataba de un asunto que no les interesaría. Sólo informó de ello a Mrs. Russell, cuya coincidencia de sentimientos le constaba de antemano, quien se ofreció a acompañarla hasta un punto cercano a la vivienda de Mrs. Smith, en Westgate Buildings.

En cuanto las antiguas compañeras se vieron, quedó sellada la amistad y renació el mutuo afecto. Los primeros diez minutos fueron de confusión y ternura. Doce años habían pasado desde su separación, y ambas se encontraban muy cambiadas. Aquellos doce años habían transformado a Anne de la bonita y callada muchacha de quince, mujer en ciernes, en la preciosa señorita de veintisiete años, favorecida con todas las bellezas, excepto, claro está, aquella fresca y lozana tonalidad de la juventud primera; pero siempre elegante y distinguida; y a la hermosa, optimista y saludable miss Hamilton en una viuda enferma y desvalida, que ahora recibía como don de caridad la visita de su antigua «protegida». Pero no tardó en desvanecerse aquella triste impresión, y las viejas amigas comenzaron a hablar del pasado con inocultable emoción. Anne advirtió que Mrs. Smith conservaba sus proverbiales cualidades y se mostraba más proclive a la charla alegre de lo que había supuesto. Ni la azarosa e intensa vida que había llevado, ni las estrecheces por las que ahora pasaba, ni las dolencias, ni las penas, habían logrado aniquilar las energías de su espíritu.

En la segunda entrevista que tuvieron Mrs. Smith se expresó con tanta franqueza que llegó a producir el asombro de Anne. No era posible concebir situación más infortunada que la suya. Amaba entrañablemente a su marido, y lo había perdido; habituada al trato de personas de calidad y de fortuna, se encontraba ahora totalmente aislada. No tenía hijos que alegrasen sus días ni la ayudaran a forjarse la esperanza de una nueva dicha, ni parientes que la ayudaran a llevar adelante sus inciertos negocios, ni siquiera gozaba de buena salud, lo único que habría hecho soportable aquella serie de infortunios. Su vivienda consistía en un ruidoso gabinete contiguo a un oscuro dormitorio. Necesitaba apoyo para moverse de un lado a otro, y tenía que manejarse sola por no haber más que una criada en la casa, de la que ella sólo salía para que la llevasen a tomar las aguas.

Pero a pesar de todo, Anne observaba que eran muy contados los momentos de depresión y melancolía, comparados con las horas de labor y entretenimiento que pasaba. ¿Cómo era posible aquello? Tras reflexionar acerca de ello, acabó por convencerse de que no era lógico interpretar aquel estado de ánimo como un caso de fortaleza basada en la resignación. Un alma dócil se habitúa a la paciencia, un intelecto vigoroso y fuerte puede suplir la falta de resolución, pero aquí había algo más. Se adivinaba una mentalidad flexible, dispuesta a asimilar cualquier influencia que le diese alivio y consuelo, y una predisposición innata a apartarse del infortunio buscando el optimismo, y a emplear su actividad en objetivos que la obligasen a no mirar atrás. Todo ello constituía, sin duda, un don del Cielo, y Anne contemplaba a su amiga como a un ser predestinado a vencer toda dificultad.

Hubo un tiempo, le explicó Mrs. Smith, en que estuvo a punto de desfallecer. Si se comparaba su estado físico con el que tenía al llegar a Bath, no podía considerarse inválida. Entonces sí que había sido digna de compasión, pues como había contraído un fuerte catarro durante el viaje, se vio obligada a guardar cama a poco de instalarse en sus habitaciones. Aquejada de dolores constantes, se encontraba sola entre personas extrañas; necesitaba una alimentación cuidada y especial, y se veía privada de la posibilidad de hacer gestos extraordinarios. Pero logró vencer también aquellas dificultades, y aún podía decir que aquellos momentos desesperados le habían servido para comprobar con satisfacción que se hallaba en buenas manos. Tenía suficiente experiencia como para confiar en afectos repentinos y desinteresados, pero su enfermedad le dio ocasión de cerciorarse de que la dueña de la casa era una buena mujer, que siempre se preocuparía por ella, y tampoco debía olvidarse la suerte que había tenido al contar con el cuidado de una hermana de la patrona, que era enfermera y se alojaba allí cuando estaba desocupada, como había ocurrido aquellos días, en que se había ocupado de atenderla.

—Y además de cuidarme admirablemente —añadió Mrs. Smith—, ha sido para mí una amistad inapreciable. En cuanto pude valerme de las manos me enseñó a hacer ganchillo, lo que me sirvió de agradable distracción, pues me entretuve en hacer esos tapetes y antimacasares en que me has encontrado atareada. Así he podido ser útil en cierto modo a dos o tres familias pobres de la vecindad. Por razón de su profesión esta mujer conoce a muchas personas, y se las ingenia para venderles mis pequeños trabajos, eligiendo para ello el motivo oportuno. La enfermera, que se llama Mrs. Rook, aprovecha esa disposición optimista y afable en que se encuentra todo el que se ve libre de una molestia o recobra la salud a fin de proponer la compra de mis labores. Es una mujer inteligente, despierta y de buen corazón. Su posición es muy apropiada para conocer la naturaleza humana, y su buen criterio, así como su instinto observador hacen que su compañía sea infinitamente más atractiva que la de otras personas que nunca dicen nada interesante por muy buena educación que hayan recibido. Llámalo chismorreo, si quieres, pero el caso es que cuando Mrs. Rook dispone de media hora de ocio que dedicarme, siempre me cuenta algo que me entretiene o me ayuda a conocer mejor la vida. A una le gusta estar un poco al corriente de las modas nuevas, ya sabes. Para mí, que vivo tan sola, su conversación es un verdadero tesoro, te lo aseguro.

Anne, lejos de poner en duda aquello, dijo:

—Lo comprendo muy bien. A las mujeres como ésa les sobran las ocasiones, y, si son despiertas, merecen que se las escuche. ¡Pueden observar tantos modos de ser distintos! Y no sólo conocen las rarezas y manías de la gente, sino que a veces son testigos presenciales de situaciones interesantes y conmovedoras. ¡Qué ejemplos no verán de ardientes y abnegadas afecciones, de heroísmos, de muestras de fortaleza, paciencia, resignación, de todas las acciones y sacrificios que ennoblecen a los seres humanos! La habitación de un enfermo puede dar materia para llenar muchos volúmenes.

—Sí... —convino Mrs. Smith con tono vacilante—, es posible; pero, desgraciadamente, las enseñanzas de sus narraciones no son siempre tan edificantes como tú las pintas. De vez en cuando aparece la naturaleza humana enfrentándose a pruebas terribles, pero por lo general no es tanto la fortaleza como la flaqueza lo que se contempla en la habitación de un enfermo; oigo más a menudo hablar de impaciencias y de egoísmos que de generosidad y elevación moral. ¡Hay tan pocas amistades verdaderas en el mundo y son tantos los que aguardan a convencerse de ello cuando es ya tarde...!

Anne comprendió la profunda amargura que encerraban aquellas observaciones. Después de estar casada con un hombre irresponsable, su amiga había quedado abandonada en medio de un círculo de personas cuya conducta habíala inducido a pensar mal de la humanidad entera. Pero fue breve aquel período de melancolía. Mrs. Smith supo disiparla muy pronto, y prosiguió con tono más animado:

—No creo que en estos días Mrs. Rook pueda contarme nada que me interese o conmueva. Ahora está cuidando de Mrs. Wallis, en Marlborough Buildings, una guapa tontuela, manirrota y esclava de la moda, según tengo entendido... No creo que con ella pueda hablarse de otra cosa que de ropa y lencería... Sin embargo, he de sacar alguna utilidad de ella, porque tiene mucho dinero y comprará mis creaciones más valiosas.

Fueron varias las visitas que Anne hizo a su amiga antes de que se enterasen de ello en Camden Place. Volvían cierta mañana de Laura Place sir Walter, Elizabeth y Mrs. Clay, pues habían sido invitados por Mrs. Dalrymple; Anne ya se había comprometido a pasar la tarde en Westgate Buildings. No la contrarió en absoluto alegar aquella excusa, pues sabía muy bien que Mrs. Dalrymple, obligada a permanecer encerrada a causa de un fuerte resfriado, se aprovechaba de la amistad tan ansiada por parte de los Elliot..., y declinó la invitación con satisfacción apenas disimulada. Se había ofrecido aquella tarde a hacer compañía a una antigua compañera de colegio. Aunque no solían mostrarse interesados en los asuntos relacionados con Anne, esta vez hicieron bastantes preguntas, deseosos de saber quién era aquella antigua compañera, y al decirles ella de quién se trataba, Elizabeth se mostró desdeñosa y sir Walter contrariado y ceñudo.

—¡Westgate Buildings! —exclamó—. ¿A quién debe visitar miss Elliot en Westgate Buildings? A una tal Mrs. Smith... Y ¿quién había sido el marido de ésta? Uno de los cinco mil Smith cuyo nombre se encuentra por todas partes. Y ¿cuál es el atractivo de semejante amiga? El de ser una vieja enferma. ¡A fe mía que miss Anne Elliot tiene gustos bien raros! Todo aquello que repugna a cualquiera, gente baja, viviendas horribles, aire viciado, compañías desagradables, a ti te encanta. Pero bueno, me parece que podrás dejar a esa anciana señora hasta mañana. Supongo que no estará tan en las últimas que no pueda esperar un día más. ¿Qué edad tiene? ¿Cuarenta?

—No, aún no ha cumplido los treinta y uno. Pero me es imposible aplazar la visita, pues ésta es la única tarde de que tanto ella como yo disponemos hasta dentro de un tiempo. Mañana ella empieza a tomar las aguas, y ya sabes que nosotros tenemos comprometida toda la semana próxima.

—¿Y qué piensa Mrs. Russell de semejante amistad? —preguntó Elizabeth.

—No ve nada malo en ella —respondió Anne—; por el contrario, la aprueba, y casi siempre que he ido a casa de Mrs. Smith, ella misma ha pasado a recogerme.

—Pues por fuerza ha tenido que maravillarse Westgate Buildings de que vaya un coche por allí —observó sir Walter—. Cierto que la viuda de sir Henry Russell no tiene escudo honorífico, pero viaja en un suntuoso carruaje, que, como es sabido, suele llevar también a una Elliot. ¡Una tal Mrs. Smith que vive en Westgate Buildings! ¡Una pobre viuda medio muerta, entre treinta y cuarenta años...! ¡Una mujer vulgar y corriente, ser la amiga elegida por miss Elliot entre todas y ser preferida a una relación familiar perteneciente a la nobleza más alta de Inglaterra e Irlanda! ¡Mrs. Smith, vaya un nombre...!

Mrs. Clay, que había presenciado este diálogo, consideró prudente abandonar la estancia. Anne habría tenido mucho que decir en defensa de los derechos de su amiga, no muy distintos de los que pudiera alegar quien acababa de marcharse, pero el respeto debido a su padre bastó para impedírselo. No puso la menor objeción. Dejó al criterio de sir Walter la cuestión de decidir si Mrs. Smith era la única viuda que había en Bath, de treinta a cuarenta años de edad, pobre y sin nombre ilustre que ostentar.

Anne cumplió su promesa, del mismo modo que los otros cumplieron la suya, y, como era de esperar, al día siguiente los oyó hablar encantados de la tarde que habían pasado. De quienes vivían en Camden Place, había sido la única en ausentarse, porque Elizabeth y sir Walter no sólo se habían honrado acudiendo a casa de Mrs. Dalrymple, sino que les había cabido la suerte de que ésta les encargase el que avisaran a los demás, lo cual los obligó a tomarse el trabajo de transmitir la invitación a Mrs. Russell y a Mr. Elliot, y aquélla se había apresurado a disponerlo todo para estar en condiciones de asistir aquella tarde. Anne recibió de Mrs. Russell todas las noticias que podían interesarle respecto a la recepción en Laura Place. Se enteró así de que Mr. Elliot habló de ella largo y tendido, que había lamentado su ausencia y que había encontrado encomiable la causa que le impedía encontrarse allí. Aquellas compasivas y afectuosas visitas a la antigua compañera enferma y necesitada habían conmovido a Mr. Elliot. La consideraba por ello una muchacha extraordinaria, y por su carácter, costumbres y entendimiento, un dechado de perfección femenina. Llegó incluso a discutir vehementemente con Mrs. Russell acerca de las cualidades de Anne, y era natural que ésta, al oír semejantes elogios de labios de su amiga y al saberse tan favorecida por el concepto de un hombre de inteligencia y sensibilidad unánimemente reconocidas, experimentase las gratas sensaciones que su amiga deseaba sugerirle.

Mrs. Russell ya se había formado una opinión respecto de los designios de Mr. Elliot. Estaba tan convencida de que éste se proponía lograr, con el tiempo, el cariño de Anne, como de que era merecedor de él; y ya se entretenía en calcular las semanas que transcurrirían para que, considerándose libre de los respetos debidos a su estado de viudez, comenzara a hacerle la corte. Claro está que a Anne no le decía nada de esto; sólo se permitía vagos comentarios sobre las posibles inclinaciones de Mr. Elliot, y apuntaba lo venturoso de tal alianza en el caso de que los sentimientos de ambos coincidiesen. Anne escuchábala sin soltar exclamaciones ni hacer aspavientos, limitándose a sonreír, un poco azorada, y a sacudir grácilmente la cabeza.

—Bien sabes que no soy casamentera —le dijo Mrs. Russell—, por los muchos recelos que me inspira toda previsión humana. Lo único que me atrevo a asegurar es que si Mr. Elliot se decide a proponerte matrimonio y tú lo aceptas, no podría concertarse otra unión con mayores garantías de felicidad. Alguien tal vez no lo estime conveniente, pero en mi opinión no puede concebirse otro más dichoso.

—Mr. Elliot es, en efecto, un hombre muy simpático y me merece la mejor opinión, pero no creo que estemos hechos el uno para el otro.

Mrs. Russell dejó pasar sin comentario estas frases, y sólo respondió:

—Confieso que la perspectiva de que te conviertas en la futura dueña de Kellynch, así como en la futura Mrs. Elliot, ocupando el puesto de tu adorada madre y heredando su popularidad y sus virtudes, me produce una satisfacción indescriptible. Tú eres igual a tu madre en discreción e idéntica en el dominio que ejerces sobre tus sentimientos e instintos; ¡si yo lograra verte en camino de obtener una fama y una posición semejantes a las de ella, reinando en aquel hogar, bendiciéndolo con tu presencia y sólo aventajándola en ser más fervorosamente estimada, tendría una satisfacción de las que rara vez puede gozar una mujer a mi edad!

Anne no pudo evitar desviar la mirada; levantándose, se dirigió hacia una mesa situada al otro extremo de la estancia, y, simulando que hacía algo, trató de reprimir la profunda emoción que la había embargado a causa de aquella conversación. Por unos instantes, el grato pensamiento de llegar a emular las virtudes de su madre, merecer la dicha de que reviviera en ella el noble título de «Mrs. Elliot», el ser restituida a la propiedad de Kellynch con el derecho de hallar aquí su hogar definitivo, le producía una felicidad casi insoportable. Mrs. Russell decidió guardar silencio, con la intención de dejar que aquellas impresiones hicieran su efecto en el espíritu y la fantasía de Anne, y sólo deploraba el que Mr. Elliot no aprovechase esos momentos favorables al éxito de su intento, porque presumía lo que Anne ni siquiera aceptaba como posible. Sólo el figurarse a Mr. Elliot declarándole su amor bastó para que la joven volviera a la realidad. Los encantos de Kellynch y el sueño de ascender a la categoría de Mrs. Elliot se desvanecieron en un instante. Ella nunca lo aceptaría. Y no fundaba su resolución solamente en la imposibilidad de apartar sus anhelos del hombre en que se habían fijado de una vez y para siempre, sino que al pensar en ello su juicio le rebelaba contra Mr. Elliot.

No le bastaba el mes que llevaba tratándolo para estar segura de conocerlo a fondo. No le cabía duda de que era un hombre afectuoso y agradable, que sabía llevar una conversación, que profesaba ideas sanas y que su moral se fundamentaba en principios firmes. Distinguía con agudo discernimiento el bien y el mal, no era posible atribuirle un solo defecto, pero aun así a Anne le espantaba la mera posibilidad de que le exigieran que respondiese de la conducta del caballero. El pasado de aquel hombre hacía que desconfiase de él. Algunos nombres que había dejado escapar de antiguas amistades, ciertas alusiones a tales o cuales actos de su vida, daban pábulo a sospechas poco favorables acerca de sus años de juventud. Era indudable que había tenido malas costumbres, que aquello de viajar en domingo era práctica corriente en él, y que durante un largo período de su vida había descuidado, cuando menos, cualquier asunto que pudiera definirse como serio y formal. Cierto que no debía considerarse imposible el que hubiera cambiado de modo de pensar; pero ¿quién se atrevería a garantizar los sentimientos de un hombre listo y cauteloso, ya bastante maduro para apreciar las ventajas de fingir un carácter agradable? ¿Cómo podría uno cerciorarse de la claridad y limpieza de su espíritu?

Mr. Elliot era razonable, discreto y educado, pero no era franco. Jamás se advertía en él una explosión de sensibilidad ni el fogoso comentario de indignación o agrado suscitados por el espectáculo de las buenas o malas acciones. Esto era una grave imperfección en opinión de Anne, que estimaba la franqueza, la sinceridad y la espontaneidad sobre todas las cosas. El fervor y el entusiasmo la cautivaban. Y sabía que podía fiar mucho más en la sincera condición de los que a veces se descuidan y precipitan, que en la de aquellos que, cautos y mesurados, jamás dan un paso en falso.

Por otra parte, Mr. Elliot caía bien a todo el mundo.

Personas de personalidad tan distinta como las que había en casa de su padre, coincidían en la simpatía hacia él. Se acomodaba en exceso, no había nadie con quien se llevase mal. Le había hablado espontáneamente de Mrs. Clay, dando evidentes señales de haber adivinado sus propósitos; acompañaba a Anne en el desprecio hacia ella, y sin embargo aquélla también lo encontraba simpático.

Mrs. Russell, tal vez por ser menos perspicaz que su joven amiga, no experimentaba el menor recelo. No podía imaginar otro hombre tan cabal como Mr. Elliot, ni acariciaba otra esperanza que la de verlo recibir, el próximo otoño, la mano de su adorada Anne en la iglesia de Kellynch.

18

Corrían los primeros días de febrero y Anne, que llevaba ya un mes en Bath, deseaba fervientemente recibir noticias de Uppercross y de Lyme. Las que Mary solía enviarle eran extrañas e incompletas; hacía ya tres semanas que no sabía nada de lo que allá ocurría. Sólo había llegado a su conocimiento que Henrietta ya estaba en su casa y que Louisa, aunque mejoraba rápidamente, aún permanecía en Lyme. Una tarde en que se hallaba sumida en estos pensamientos, llegó a sus manos una carta de Mary, más extensa que las de ordinario le escribía; para colmo de su alegría, con ella llegaba un cariñoso saludo de los Croft. ¡Los Croft en Bath! Interesante acontecimiento para ella, por tratarse de personas hacia las que sentía un profundo afecto.

—¿Qué es eso? —preguntó sir Walter—. ¿Han llegado a Bath los Croft? ¿Los arrendatarios de Kellynch? ¿Qué te han traído?

—Una carta de Uppercross.

—¡Oh!, esas cartas son buenos pasaportes para la entrada en esta casa. De todos modos, yo habría visitado al almirante. Sé muy bien lo que se debe a un inquilino.

Anne no atinaba a entender cómo era posible que ni siquiera en esa ocasión el padre no dudase en criticar al almirante. Aquella misiva que la intrigaba y conmovía había sido escrita varios días antes, y rezaba así:

1 de febrero.

Mi querida Anne:

No intentaré siquiera excusar mi silencio, porque serán muy pocos los que puedan sentir interés por las cartas en un lugar como Bath. ¡Dichosa tú si te preocupa lo que ocurra en Uppercross, donde, como sabes, no es fácil hallar materia para escribir! Hemos pasado unas Navidades bien aburridas. Mr. Musgrove y su esposa no han tenido gente a comer ni una sola vez; porque yo no llamo gente a los Hayter. Pero al fin se han acabado las vacaciones. No he visto niños que las hayan disfrutado más largas, te lo aseguro. Ayer la casa quedó por fin libre de chicos, exceptuando a los hijos de los Harville. Te sorprenderá bastante que te diga que no han ido a su casa una sola vez en todo este tiempo. Mrs. Harville debe de ser una madre muy anticuada cuando puede estar separada de ellos tantos días. No lo entiendo. Por supuesto que los tales niños no son precisamente encantadores, lo cual no impide que a Mrs. Musgrove le gusten tanto como sus nietos, si no más. ¡Qué tiempo tan detestable hemos tenido! Claro que en Bath apenas si se notará, con ese magnífico pavimento; pero aquí en el campo resulta intransitable. Desde mediados de enero no he tenido una sola visita, salvo la de Charles Hayter, quien ha venido a casa mucho más de lo que me habría gustado. Entre nosotras, te diré que ha sido una lástima que Henrietta no se haya quedado con Louisa en Lyme para que hubiera estado más distanciada de él. Hoy ha salido para Lyme el coche que mañana traerá a Louisa y a los Harville. No se nos ha invitado a comer con ellos hasta pasado mañana, porque Mr. Musgrove teme que Louisa llegue muy fatigada del viaje, lo cual es improbable, porque seguramente la traerán con toda clase de cuidados y precauciones. A mí me convendría más ir a comer mañana. Me alegro mucho de que os haya agradado tanto Mr. Elliot; yo también estaría encantada de conocerlo, pero éste es mi sino: nunca me tocan las cosas agradables, siempre soy la última de la familia. ¿Cuánto tiempo lleva con Elizabeth Mrs. Clay? ¿Es que no piensa marcharse? Creo que cuando ella deje libre su habitación podrían invitarnos a nosotros. Dime qué piensas al respecto. Claro que no me hago la ilusión de que nos digan que nos llevemos a los chiquillos; pero siempre puedo dejarlos en la Casa Grande por un mes o mes y medio. En este instante me entero de que los Croft piensan ir a Bath, ya que el almirante padece de gota. Charles se ha enterado por casualidad. Ni siquiera han tenido la cortesía de avisarnos por si necesitaba hacerles algún encargo. La verdad es que como vecinos dejan bastante que desear. Jamás se dejan ver, lo que constituye una falta de cortesía incalificable. Charles me pide que te envíe, con los míos, sus afectos, y me encarga que te exprese todo lo que ya puedes suponer.

Tu afectísima,

MARY M.

P. S.: Lamento tener que informarte que no me encuentro bien, ni mucho menos. Me dice Jemina que sabe por el mayordomo que hay una verdadera epidemia de catarros. Seguramente lo pescaré, y ya sabes que a nadie afecta tanto un catarro como a mí.

Así terminaba la primera parte de la carta, que luego fue puesta en el sobre con una segunda, casi tan larga como la anterior, concebida en estos términos:

Dejé la carta sin cerrar porque quería decirte cómo le ha sentado el viaje a Louisa, y me alegro de haberlo hecho, porque ahora tengo muchísimas cosas que contarte. En primer lugar, he de decirte que ayer recibí unas líneas de Mrs. Croft, ofreciéndose por si quería encargarle alguna cosa para ti. Se trataba de una esquela atentísima y dirigida a mi nombre, como debía ser. Esto me proporciona la ocasión de escribirte tan largo como quería. Parece que lo del almirante no es de importancia; confío en que la estancia en Bath le ayude a recuperarse. Quisiera que ya estuviesen de regreso, porque la verdad es que aquí se echa mucho de menos a una familia tan agradable. Y ahora pasaré a hablarte de Louisa. Tengo una cosa que comunicarte que va a dejarte estupefacta: Louisa y los Harville llegaron el martes perfectamente; por la tarde fuimos a ver cómo se encontraba Louisa, y nos sorprendió que no hubiese venido con ellos el capitán Benwick, pues también había sido invitado. Y ¿sabes cuál es la explicación? Pues ni más ni menos que le ha declarado su amor a Louisa y no quería venir a Uppercross hasta contar con la anuencia de Mr. Musgrove. ¡Palabra de honor que es verdad! ¿No te maravillas? Me extrañaría mucho que lo hubieras sospechado, porque a mí ni se me ha pasado por la imaginación. Mrs. Musgrove declara solemnemente que no sabía una palabra. Pero a todos nos ha producido gran satisfacción, porque, si bien es verdad que no es lo mismo que si se casara con el capitán Wentworth, es infinitamente mejor partido que Charles Hayter. Mr. Musgrove ha escrito ya informándole de su consentimiento y se espera que llegue hoy mismo. Mrs. Harville dice que su marido lo lamenta por afecto a la memoria de su hermana; pero los dos quieren mucho a Louisa. Mrs. Harville y yo convenimos en que el haber cuidado de Louisa nos la ha hecho adorable. Charles se pregunta qué dirá de todo esto el capitán Wentworth; pero si no tienes mala memoria, recordarás que yo nunca lo creí enamorado de Louisa. Jamás se me ocurrió semejante cosa. Ya ves cómo viene a desvanecerse la absurda suposición de que el capitán Benwick estaba loco por ti. No sé de dónde pudo sacar mi marido semejante cosa. Ahora imagino que se hará más afable y comunicativo. Claro que no es un gran partido para Louisa Musgrove, pero es cien mil veces mejor que casarse con cualquiera de los Hayter.

Mary no suponía en vano que Anne jamás habría esperado noticias semejantes. En su vida había experimentado mayor asombro. ¡El capitán Benwick enamorado de Louisa Musgrove! La noticia era demasiado sorprendente como para creerla, y sólo a costa de ímprobos esfuerzos Anne logró dominarse lo suficiente para no salir de la estancia, adoptar un aire de indiferencia y contestar tranquilamente a las preguntas que se le hacían. No fueron muchas, por fortuna. Lo que quería saber sir Walter era si los Croft viajaban en carro de cuatro caballos y si elegirían para su estancia en Bath un punto en que él y miss Elliot pudieran visitarlos sin perder por ello la dignidad; su curiosidad no pasaba de aquí.

—¿Cómo está Mary? —preguntó Elizabeth, y sin aguardar respuesta agregó—: ¿Qué trae a los Croft por aquí?

—Vienen por el almirante. Creen que padece de gota.

—¡Gota y decrepitud! —exclamó sir Walter—. ¡Pobre viejo!

—¿Conocen a alguien por aquí? —inquirió Elizabeth.

—No lo sé. Pero es de suponer que un hombre de la edad del almirante Croft y de su profesión tendrá algunas amistades en un sitio como éste.

—Me parece —arguyó sir Walter con aire desdeñoso— que será más conocido en Bath como morador de Kellynch Hall. Elizabeth, ¿crees que sería apropiado presentarlos en Laura Place?

—Creo que no. Dada nuestra situación con Mrs. Dalrymple, como primos suyos tenemos que cuidar de no importunarla con presentaciones que tal vez no le sean gratas. Si no fuésemos parientes, no importaría, pero siendo sus primos, cualquier indicación por nuestra parte la cohibiría. Más vale dejar que ellos mismos se relacionen con los de su condición. Aquí acuden muchos señores de aspecto bastante decrépito que, según me han dicho, son marinos. Que los Croft se reúnan con ellos.

Este fue todo el interés que la carta despertó en Elizabeth y en sir Walter; y después de haber dado Mrs. Clay una prueba de mayor curiosidad al preguntar por la mujer de Charles y por sus hijos, Anne quedó libre de marcharse.

Encerrada en su habitación, intentaba descubrir la clave de lo ocurrido. ¡Era natural que Charles se mostrase intrigado ante los secretos pensamientos del capitán Wentworth! Tal vez hubiese abandonado el campo, desdeñado a Louisa, disipado su amorosa ilusión o comprendido que no la amaba. Anne no quería admitir la posibilidad de que Wentworth hubiese sido traicionado por su amigo. Era imposible que la amistad entre aquellos dos hombres se viese quebrantada de tal forma.

¡El capitán Benwich y Louisa Musgrove! La alegre y charlatana Louisa Musgrove y el cabizbajo, reflexivo, sensible y mudo capitán Benwick parecían los dos seres menos adecuados el uno para el otro. ¡No podía concebirse espíritus más dispares! ¿Dónde radicaba el secreto de aquella atracción? No tardó en dar con la respuesta. Todo había consistido en la situación de ambos. Habían permanecido juntos varias semanas, viviendo en el estrecho círculo de aquella familia y entregados por completo el uno al otro desde la marcha de Henrietta; Louisa, favorecida por el estado de ánimo a que la inducía su convalecencia, debía de haber ofrecido un aspecto interesante y conmovedor; y, por último, el capitán Benwick no era inconsolable. Era éste un punto respecto del cual Anne no había dejado de concebir ciertas sospechas, y en vez de acompañar a Mary en sus deducciones, el curso de los acontecimientos la movía a confirmar sus presunciones de haber inspirado en Benwick sentimientos de ternura. No es que llegara a encontrar en ello motivo para envanecerse más de lo que Mary parecía consentirle. Cualquier otra mujer medianamente agradable que lo hubiese escuchado y acompañado en sus melancólicas reflexiones habría recibido de él el mismo homenaje. Benwick tenía un carácter afectuoso y se habría enamorado de cualquiera.

Después de todo, no había razón para que dejaran de ser felices. Por de pronto, Louisa ya se hallaba poseída de un intenso fervor naval, y no tardarían en llegar a conciliar sus aficiones. Él ganaría en jovialidad, y ella aprendería a entusiasmarse con sir Walter Scott y lord Byron, si es que ya no lo había hecho, porque no debía dudarse de que el amor había venido de la mano de la poesía. Aunque a Anne le causaba gracia el imaginarse a Louisa transformada en una persona con aficiones literarias y tendencia al sentimentalismo, no vacilaba en opinar que las cosas hubiesen tomado este derrotero. El día pasado en Lyme y la caída en el Cobb debían de haber influido en su salud, sus nervios, su audacia y su carácter, tanto como parecían haber afectado al rumbo de su futura existencia.

El juicio definitivo, inspirado en la marcha de los acontecimientos, debía ser que si la muchacha, que se había dejado hechizar por las aficiones y cualidades del capitán Wentworth, se rendía ahora a la seducción de otro hombre, no merecía largas reflexiones, y si el capitán Wentworth no perdía un amigo a causa de ello, nada había que lamentar. Nada. Y no era precisamente el pesar lo que hacía latir con violencia el corazón de Anne y encarnaba sus mejillas al pensar en que el capitán Wentworth se encontraba ya libre de compromisos. No quiso profundizar en el análisis de las sensaciones que la embargaban. Eran demasiado risueñas, irracionales incluso.

Anne deseaba vehementemente ver a los Croft, pero cuando tuvo lugar la primera entrevista comprendió que no había llegado a oídos de ellos el más leve rumor. Efectuáronse las visitas de rigor y se habló en ellas de Louisa Musgrove y del capitán Benwick, pero no esbozaron ninguna sonrisa significativa.

Los Croft se alojaban en Gay Street, lugar muy del agrado de sir Walter, y, lejos de avergonzarse éste de tratarlos, hablaba y se ocupaba del almirante mucho más de lo que Croft se preocupaba de él.

Las amistades de los Croft en Bath eran más numerosas de lo que hubiese convenido a su comodidad, y consideraban la relación de los Elliot meramente superficial y para nada atractiva. Conservaban aún en la ciudad sus hábitos campestres de no separarse ni por un instante. Se había prescrito al almirante, por razón de su gota, largos paseos, y su esposa lo acompañaba en ellos, poniendo en el cuidado de su marido el mismo afán que si se tratase de su propia salud. Anne los veía por todas partes. Salía con Mrs. Russell en el coche todas las mañanas, y nunca dejaba de pensar en los Croft ni de cruzarse con ellos. Como conocía el modo de sentir de ambos, le resultaba sumamente placentero comprobar lo bien avenidos que estaban. Los seguía siempre con la mirada, se complacía al imaginar lo que irían diciéndose durante aquellos paseos y se deleitaba al ver el cordial apretón de manos con que saludaba el almirante al encontrarse con algún antiguo camarada y cuando observaba la charla entusiasta que sostenía con los grupos de marinos que a veces se formaban, y entre los cuales Mrs. Croft se conducía de manera tan discreta y experimentada como uno más de aquellos oficiales que la rodeaban.

Anne se sentía demasiado ligada a Mrs. Russell como para salir sola con frecuencia, de modo que cierta mañana, ocho o diez días después de la llegada de los Croft, se le ocurrió dejar a su amiga en la parte baja de la ciudad y regresar sola y a pie a Camden Place, cuando al subir por Milson Street tuvo la fortuna de topar con el almirante. Se hallaba éste frente al escaparate de una tienda de cuadros y grabados, con las manos a la espalda y tan absorto en la contemplación de algunos de ellos que no sólo podía haber pasado Anne sin que él lo hubiese advertido, sino que tuvo ella que tocarle el hombro para que advirtiera su presencia. Al reconocerla, el almirante se condujo con su afabilidad y buen humor acostumbrados.

—¡Ah, es usted! Gracias, gracias. Esto es tratarme como a un amigo. Pues aquí me tiene, admirando este cuadro. No paso una vez por aquí sin detenerme a contemplarlo. Pero ¿qué es esto que quiere parecer un bote? Mírelo usted... ¿Ha visto usted algo semejante? ¿Qué pintores son estos que creen que puede uno arriesgar su vida en esta infame cáscara de nuez? Y sin embargo, aparecen en él dos caballeros que miran tan tranquilos las rocas y montañas que los rodean como si no corriesen el riesgo de volcar de un momento a otro. ¿Dónde se habrá construido este barquichuelo? —Soltó una carcajada—. Por nada del mundo me subiría yo a él, se lo aseguro. Pero dígame, ¿adónde va usted? ¿Me permite que la acompañe? ¿Podría servirle de algo?

—No, señor, gracias; como no quiera usted proporcionarme el gusto de hacerme compañía mientras coincidan nuestros caminos. Yo voy a casa.

—Lo haré con mucho gusto, y más lejos que fuera. Sí, sí, daremos juntos un delicioso paseo, y, además, deseo decirle algo mientras vamos andando. Cójase usted de mi brazo; eso es. Cuando voy con una mujer me gusta hacerlo de este modo. ¡Sí señor, vaya un barco! —dijo mirando por última vez el cuadro, antes de echar a andar.

—¿Decía usted que quería hablar conmigo acerca de algo?

—Sí, es verdad... Pero aquí se acerca mi amigo el capitán Bregden. Sólo lo saludaré al pasar. No nos detendremos. ¿Qué tal, amigo...? Bregden se sorprende de verme con una mujer que no es la mía. La pobre no puede salir pues tiene una llaga en un tobillo del tamaño de una moneda de tres chelines. Por la otra acera baja el almirante Brand con su hermano. No me caen nada bien. Me alegro de que no vengan por este lado. Sophia no puede ni verlos. Cierta vez me jugaron una mala pasada; me quitaron a uno de los mejores hombres que yo tenía. En otra ocasión le contaré a usted ese episodio. Por allí diviso al anciano sir Archibald Dren y a su nieto. Mire, ya nos ha visto. Hace ademán de besarla a usted la mano. La ha confundido con mi esposa. ¡Ah!, la paz ha venido demasiado pronto para él. ¡Pobre sir Archibald! ¿Qué le parece a usted Bath, miss Elliot? A mi mujer y a mí nos encanta. Siempre nos encontramos con algún amigo; todas las mañanas vemos a muchos de ellos por la calle, y tenemos ocasión de charlar un rato. Luego los dejamos y nos encerramos en nuestras habitaciones, y allí nos sentimos tan a nuestras anchas como en Kellynch o como en North Yarmouth o en Deal. Si no echamos nada de menos en nuestra actual casita es porque nos recuerda la primera en que vivimos, en Yarmouth, hasta en el detalle de que el viento se cuela por una de las ventanas.

Siguieron andando y por fin Anne se animó a recordarle su promesa de comunicarle algo interesante. Ella confiaba en que su curiosidad quedase satisfecha cuando circulase menos gente por Milson Street, pero tuvo que armarse de paciencia, porque él no quería empezar hasta llegar a la amplia y despejada avenida de Belmont, y como no era su esposa, no tenía más remedio que permitírselo. Apenas comenzaron a subir pausadamente la cuesta de Belmont, el almirante dijo:

—Bien; pues va usted a oír una cosa que le sorprenderá. Pero ante todo quiero que me diga el nombre de la muchacha de quien voy a hablarle; ésa por la que tanto nos hemos interesado todos. La miss Musgrove a quien le ocurrió aquello. Su nombre... siempre se me olvida.

Anne se habría ruborizado de delatarse tan pronto, pero el giro que tomaba el diálogo le permitió pronunciar con naturalidad el nombre de Louisa.

—Ésa, ésa. Miss Louisa Musgrove —dijo el almirante—. Ése es su nombre. No entiendo por qué hay entre las muchachas tantos nombres distintos. No vacilaría tanto si todas se llamasen Sophia o algo por el estilo. Pues bien, esta Louisa, que según creíamos todos acabaría casándose con Frederick... Él la cortejó durante semanas, hasta el punto que nos preguntábamos a qué esperaba, cuando sobrevino el suceso de Lyme... Ya entonces no había más remedio que aguardar a que recobrase sus facultades. Pues en aquellos días se adivinó que algo extraño ocurría entre ellos. En vez de quedarse en Lyme, Frederick se marchó a Plymouth, y luego marchó a ver a Edward. Cuando nosotros regresábamos de Minehead, se iba él con su hermano, y allí sigue. Desde noviembre no sabemos nada de él. La misma Sophia no se lo explica. Pero ahora la cuestión ha tomado un giro inesperado, porque resulta que esta muchacha, miss Musgrove, en vez de casarse con Frederick, lo hará con James Benwick. ¿Conoce usted a James Benwick?

—Lo conozco un poco, sí.

—Bien; pues se va a casar con él. Es decir, puede que ya estén casados, porque no sé, si no, a qué esperan.

—El capitán Benwick me parece un hombre muy simpático —dijo Anne—, y he tenido ocasión de advertir que posee un carácter excelente.

—¡Oh, sí, sí! No es que tenga yo nada contra James Benwick. Es verdad que no es más que comandante y que corren malos tiempos para medrar; pero no encuentro otra objeción que hacerle. Es un muchacho excelente y bondadoso, sin duda, además de un oficial celoso y activo, cosa que tal vez a usted se le haya escapado, porque sus hábitos y modales no contribuyen, ciertamente, a asomar esta opinión.

—No. En eso se equivoca usted, señor. Nunca deduje de las maneras del capitán Benwick que fuera pusilánime. Es un hombre muy agradable, y estoy segura de que todos lo encuentran encantador.

—Bien, bien; para eso no hay mejor juez que las mujeres; pero James Benwick es demasiado suave para mi gusto, y, aunque se nos juzgue de apasionados, Sophia y yo no podemos por menos de estimar como más atractivo el carácter de Frederick. Hay algo en él que se aviene más con nuestros gustos.

Anne sintió que se había puesto en evidencia. Ella sólo se había propuesto rechazar la opinión generalizada según la cual la entereza y la dulzura son incompatibles, pero ni por un instante se le había ocurrido alabar al capitán Benwick como un dechado de perfección. Tras unos segundos de vacilación, ya empezaba a decir que no se le había ocurrido ni por un momento comparar a los dos amigos, cuando el almirante la interrumpió de esta forma:

—Y la cosa es bien cierta. No es ningún chisme. Nosotros lo hemos sabido por el mismo Frederick. Su hermana recibió ayer una carta en la que él lo cuenta todo, y el hecho ha llegado a su conocimiento por una misiva de Harville, quien le ha escrito en el mismo lugar del acontecimiento, Uppercross. Yo creo que todos deben de estar allí.

La ocasión se presentó tan oportuna y propicia, que Anne no quiso desaprovecharla y, en vista de ello, dijo:

—Supongo, almirante, que no se advertirá en la carta del capitán Wentworth nada que usted y su esposa hayan encontrado inquietante. Creo que este otoño hubo entre Louisa y él algo muy parecido al comienzo de un noviazgo, pero no me parece aventurado sospechar que los dos han puesto fin a la incipiente relación del modo más pacífico. Imagino que en la carta no trascenderá nada que pueda traducirse como el estado de ánimo de un hombre resentido.

—Absolutamente nada. No hay en ella, del principio al fin, ni censura ni reproche.

Anne bajó la vista para ocultar una sonrisa.

—No, no; Frederick es un hombre incapaz de quejarse. Tiene un temple muy fuerte para eso. Si la chica prefiere a otro, es muy natural que se case con él.

—Sin duda. Pero lo que quiero yo decir es que confío en que en su carta el capitán Wentworth no dejase traslucir nada que le permitiese a usted vislumbrar que se siente herido por la conducta de su amigo, cosa que podría sospecharse aunque no aparezca de modo explícito. Yo lamentaría enormemente que un motivo de ese género viniese a enfriar o romper una amistad como la que existe entre él y el capitán Benwick.

—Sí, sí, ya comprendo qué quiere usted dar a entender, pero nada de eso se deja adivinar en la carta. No hace la menor alusión al capitán Benwick, ni siquiera dice algo así como «Me extraña mucho», o «Tengo razones para sentirme sorprendido». No; del sentido de cuanto escribe no puede deducirse que hubiera concebido proyecto alguno relacionado con miss Musgrove... ¿cómo es su nombre? Al contrario, expresa de un modo perfectamente natural su esperanza de que la pareja sea feliz, y en esto no puede hallarse ni una sombra de enfado.

Aunque las anteriores razones del almirante no lograron disipar por completo los recelos de Anne, ésta se contentó con ellas ante la imposibilidad de prolongar su interrogatorio. Por su parte, se limitó a llenar con lugares comunes y deferencias vulgares aquel diálogo, que el almirante conducía según su capricho.

—¡Pobre Frederick! —exclamó él por fin—. Ahora tiene que ir pensando en otra. Yo creo que lo mejor es traerlo a Bath. Sophia tiene que escribirle suplicándole que venga. Aquí hay muchachas muy hermosas. No tiene por qué regresar a Uppercross, porque, según tengo entendido, la otra miss Musgrove ya está prometida con un primo suyo, un joven pastor. ¿No opina usted, miss Elliot, que debemos intentar hacerlo venir a Bath?

19

A la misma hora en que el almirante Croft se paseaba en compañía de Anne y declaraba su deseo de convencer al capitán Wentworth de viajar a Bath, éste se había puesto ya en camino. Antes de que Mrs. Croft se dispusiera a escribirle, había llegado, y la primera vez que Anne salió a dar un paseo, tuvo ocasión de verlo.

Mr. Elliot acompañaba a sus primas y Mrs. Clay por Milson Street. Empezaba a llover, y aunque no era mucha el agua que caía, bastaba para imponer la necesidad de buscar un lugar en que las señoras pudieran guarecerse, y mucha más de la que hacía falta para que miss Elliot concibiese el capricho de regresar a su casa en el coche de Mrs. Dalrymple, que se hallaba no lejos de allí. Anne, Elizabeth y Mrs. Clay entraron de nuevo en casa de Molland, mientras Mr. Elliot se dirigía a transmitir el pedido a Mrs. Dalrymple. Regresó pronto, triunfante, por supuesto, pues Mrs. Dalrymple tendría mucho gusto en llevarlos a casa, y pasaría a recogerlos en unos minutos.

El coche de la señora era una carretela en la que no cabían cómodamente más de cuatro personas. Como ya venían en ella miss Carteret y su madre, no era lógico pensar que pudieran subir las tres señoras de Camden Place. Sobre Elizabeth no podía haber duda. Si alguien había de molestarse, no iba a ser ella; de modo que se empleó algún tiempo en resolver la cuestión de etiqueta que entre las otras dos se suscitaba. La lluvia era insignificante, y Anne prefería regresar a su casa a pie, acompañada de Mr. Elliot. Pero también a Mrs. Clay la lluvia le parecía poco digna de consideración, y, por otra parte, las botas que llevaba eran tan fuertes..., mucho más que las de Anne... En fin, que su amabilidad parecía impulsarla tanto como a ésta a desear que se le permitiera volver con Mr. Elliot, y las dos discutieron sobre ello con abnegación y empeño tales que no hubo más remedio que fuese un tercero quien impusiera la solución. Miss Elliot esgrimió el argumento de que Mrs. Clay se hallaba constipada, y Mr. Elliot decidió en última instancia que las botas de su prima Anne eran, sin duda, más fuertes que las de la buena señora.

Mr. Clay iría, por lo tanto, en el coche, y en este punto se hallaban de la discusión cuando, al asomarse Anne a una de las ventanas, divisó al capitán Wentworth, que venía por la calle.

Nadie más que ella percibió el estremecimiento que conmovió todo su ser; pero se repuso de inmediato, persuadida de que aquello había sido una tontería incomprensible y absurda.

No volvió a verlo en varios minutos; se trataba sin duda de una confusión. Estaba ofuscada, y cuando logró recobrar sus sentidos vio a los otros, que aún se hallaban esperando al carruaje, y a Mr. Elliot, quien, siempre amable, había salido para hacer un encargo de Mrs. Clay en Union Street.

Anne experimentó un deseo incontenible de asomarse a la otra puerta para comprobar si aún llovía. ¿Por qué había de suponerse que el motivo fuera otro? El capitán Wentworth ya debía de haberse perdido de vista. Se puso de pie y se acercó a la puerta. Las dos mitades de su ser debían de poseer distintos grados de cordura, o tal vez desconfiaran excesivamente la una de la otra. Ella quería, sencillamente, enterarse de si llovía o no. Pero se quedó a mitad del camino, inmovilizada por la entrada del capitán Wentworth, que llegaba en compañía de varios caballeros y varias señoras, a quienes debía de haber encontrado poco antes en Milson Street. La confusión que Wentworth demostró al verla fue más intensa de la que parecía haber demostrado en otras ocasiones. Se puso como la grana. Por primera vez en la segunda etapa de su trato con él, Anne era la que se mostraba menos turbada, diferencia que debía atribuirse a aquellos breves instantes que le llevaba de ventaja. Los primeros efectos de sorpresa y confusión ya habían pasado para ella. Pero aun así, no podía decirse que estuviera serena. De hecho, se hallaba sobrecogida por una impresión a la vez dulce e inquietante, que fluctuaba entre la dicha y la amargura.

Frederick se acercó a ella para hablarle, pero el diálogo fue breve. Sus ademanes denotaban que estaba profundamente alterado. Anne no podía considerarlo frialdad o confianza; era, lisa y llanamente, confusión.

Volvió a acercarse a ella, y reanudó el diálogo. Cambiaron varias frases de cortesía, con tono perfectamente amable, cuyo sentimiento pasaba completamente inadvertido para ambos, y Anne observó que su turbación aumentaba por momentos. Se hallaban tan cerca el uno del otro, que parecía natural que la charla se desarrollase en la más completa calma, cosa que a él le costaba mucho fingir.

El tiempo o Louisa habían hecho que cambiase. Su actitud era la de quien no sabe a ciencia cierta si es inocente o culpable. Por otra parte, tenía un aspecto inmejorable, sin que fuera posible adivinar en él huella de enfermedad o sufrimiento espiritual. Hablaba de Uppercross, de los Musgrove y hasta de Louisa con la mayor naturalidad, y aun al mencionar a ésta esbozó una sonrisa maliciosa. Sin embargo, no estaba tranquilo ni lograba, por más que lo intentaba, dar la impresión de que lo estuviera.

Anne no se mostró sorprendida, pero sí le desagradó el que Elizabeth simulara no haberlo reconocido. Sabía que ambos habían advertido la presencia del otro, y no se le escapaba que el capitán esperaba que Elizabeth lo saludase como a un antiguo conocido; pero con dolor la vio desviar su mirada con glacial indiferencia. Llegó, al fin, el coche de Mrs. Dalrymple, que Elizabeth esperaba con impaciencia; un lacayo entró para anunciarlo. Empezaba a llover de nuevo, pero aún hubo retraso, alboroto y charla suficientes para que la escasa concurrencia que había en la tienda se enterase de que Mrs. Dalrymple venía a recoger a miss Elliot. Por fin, ésta y su amiga, con la única escolta del lacayo —pues Mr. Elliot aún no había regresado—, salieron de la tienda. Después de mirarlas fijamente, el capitán Wentworth se volvió hacia Anne y se ofreció cortésmente con un gesto, si no con palabras, a acompañarla.

—Se lo agradezco mucho —respondió ella—, pero no iré en el coche. No hay sitio para todas. Regresaré a pie; prefiero pasear.

—¡Pero si está diluviando!

—No es más que una llovizna sin importancia.

Al cabo de una breve pausa, el capitán le enseñó el paraguas y dijo:

—Aunque llegué ayer, ya ve usted que estoy perfectamente equipado para Bath. Le suplico que haga uso de él si desea ir a pie. Pero creo que sería mejor que me permitiera ir en busca de un coche.

Ella le expresó de nuevo su gratitud, y rechazó el ofrecimiento, repitiéndole que apenas llovía. Por último, añadió:

—Además, estoy esperando a Mr. Elliot, que no tardará en llegar.

No había acabado de pronunciar estas palabras cuando hacía su aparición el aludido. El capitán Wentworth lo recordó de inmediato. No encontraba diferencia alguna entre él y el caballero que se había detenido en la escalera de Lyme a ver pasar a Anne; sólo se advertía, como nuevo rasgo, el aspecto y la actitud que le otorgaban su afortunada posición de amigo y pariente privilegiado de Anne. Entraba solícito y afanoso; parecía tener ojos sólo para ella. Se deshizo en excusas por su tardanza, se mostró enfadado consigo mismo por haberla hecho esperar, y le suplicó con vehemencia que se pusiera en movimiento sin perder un instante, antes de que arreciase la lluvia. A los pocos segundos Anne abandonaba la tienda del brazo de Mr. Elliot, y al pasar por delante del capitán sólo pudo decirle «Buenos días» y dirigirle una mirada dulce y furtiva.

Al alejarse la pareja, las mujeres que venían en el grupo del capitán Wentworth empezaron a hablar de ella.

—Parece que a Mr. Elliot no le disgusta su prima.

—Eso está bien claro. No cuesta imaginar en qué terminará. Prácticamente vive en la casa de los Elliot. ¡Qué buen tipo tiene él, por cierto!

—Sí; y miss Atkinson, que ha comido con él una vez en casa de Wallis, asegura que es el hombre más simpático que existe.

—Pues ella, Anne Elliot, es muy bonita, salta a la vista. Sé que ésta no es la opinión general, pero a mí me gusta más que su hermana.

—¡Y a mí!

—Y a mí también. No hay comparación posible. Pero los hombres andan locos detrás de miss Elliot. Anne es muy delicada para ellos.

Anne habría quedado sumamente agradecida a su primo si, al marchar hacia Camden Place, se hubiese limitado a acompañarla sin pronunciar palabra. Nunca tuvo que hacer mayor esfuerzo para escucharlo, y eso que no decaía un instante su galantería y que las cosas que decía eran siempre interesantes..., alabanzas a las virtudes y el buen criterio de Mrs. Russell y discretísimas insinuaciones acerca de Mrs. Clay. Pero en aquellos momentos Anne no podía pensar en otra cosa que en el capitán Wentworth. Le resultaba imposible descubrir la verdadera naturaleza de sus actuales sentimientos, ni averiguar si sufría o no los rigores de un desengaño. Y hasta que su incertidumbre sobre el particular se hubiera desvanecido, no volvería a sentirse tranquila. Confiaba en que con el tiempo esa sensación pasaría, por el momento tenía que confesar que era prisionera de ella.

Otra incertidumbre que le importaba resolver era el tiempo que el capitán Wentworth se proponía pasar en Bath. O no se lo había dicho o ella lo había olvidado. Tal vez sólo estuviera de paso. Pero lo más probable era que hubiese venido para quedarse un tiempo; y, en tal caso, siendo tan fácil encontrarse en Bath, nada tendría de extraño que Mrs. Russell tropezase con él. ¿Lo recordaría? ¿Qué ocurriría entonces?

Anne ya se había visto obligada a informar a su antigua amiga del proyectado matrimonio de Louisa Musgrove con el capitán Benwick, y no era poco lo que había tenido que luchar para moderar la sorpresa causada por la noticia; si ahora la casualidad hacía que la viese en compañía de Wentworth, podía caer sobre él, por conocer el asunto sólo a medias, la sombra de un nuevo prejuicio.

A la mañana siguiente salieron juntas Anne y Mrs. Russell, y durante la primera hora de paseo no dejó aquélla de mirar alrededor, temerosa de descubrirlo. Por fin, al bajar por Pulteney lo distinguió en la acera de la derecha, y lo bastante cerca para tenerlo delante de los ojos al dar unos cuantos pasos más. Iba él en medio de un grupo numeroso, de los muchos que pasaban por ahí, pero no había error posible. Miró instintivamente a Mrs. Russell, pero ésta no dio muestras de reconocerlo; era de suponer que no advertiría su presencia hasta el momento en que se cruzaran. Sin embargo, no dejaba de acecharla con el rabillo del ojo, y al acercarse el instante preciso, sin atreverse a volver la cabeza —pues su rostro no estaba para exhibiciones—, se cercioró de que Mrs. Russell dirigía la mirada hacia Frederick, y que lo hacía de manera intencional. Anne imaginó la poderosa fascinación que en esos momentos ejercería el capitán sobre su antigua amiga, la imposibilidad de que ésta no lo distinguiese, y el asombro que le causaría el que, después de transcurridos ocho o nueve años durante los cuales él vivió en climas lejanos e inclementes, conservase intacto su atractivo personal.

De pronto Mrs. Russell volvió la cabeza y dijo:

—Te preguntarás qué estaba mirando con tanto interés; pues miraba unos visillos de los que me hablaron anoche lady Alicia y Mrs. Frankland. Elogiaron los de una ventana que hay en una casa de esta calle como los más bonitos de todo Bath, pero no me acuerdo bien del número, y he estado buscándolos atentamente. Debo confesar que no he visto ninguno que responda a la descripción.

Anne se ruborizó y suspiró aliviada, esbozando una sonrisa de compasión y desdén. Lo que más le molestaba era que por mostrarse tan cautelosa había perdido la ocasión de comprobar si él había advertido su presencia.

El círculo de amistades que frecuentaba el capitán Wentworth no era bastante distinguido para los Elliot, que consumían las tardes en reuniones verdaderamente estúpidas, que cada vez los absorbían más. Anne estaba cansada de aquella situación incierta, y le dolía el no saber a qué atenerse, y sintiéndose animosa quizá porque las circunstancias no habían puesto a prueba sus energías, aguardaba impaciente la tarde del concierto. Éste se celebraba a beneficio de una persona que era protegida de Mrs. Dalrymple. Ni que decir tiene que los Elliot asistirían a él. Prometía ser un buen concierto, y el capitán Wentworth era amante de la música. Si pudiera hablarle otra vez, aunque sólo fuese por unos minutos, confiaba en sacar partido de ello; y en cuanto a la presencia de ánimo necesaria para dirigirse a él, estaba segura de que sabría sobrellevar el momento cuando éste llegase. El que Elizabeth le hubiese vuelto la espalda y Mrs. Russell no lo hubiera reconocido, le infundía valor y hacía que se considerase obligada a prestarle más atención.

En días anteriores había dicho a Mrs. Smith que pasaría la tarde con ella, pero pasó un momento por su casa para rogarle que la dispensara, prometiéndole que la visitaría sin falta al día siguiente. Mrs. Smith aceptó sin problemas sus excusas y dijo:

—Lo único que deseo es que cuando vengas me lo cuentes todo. ¿Quiénes vais?

Anne le hizo una completa enumeración, que no suscitó comentario alguno en su interlocutora, pero al despedirse agregó, entre seria y maliciosa:

—Bien, confío en que el concierto responda a tus espectativas, y si puedes no dejes de venir mañana, porque empiezo a presentir que en lo sucesivo me harás pocas visitas.

Estas palabras intrigaron a Anne y le produjeron cierta confusión; pero tenía prisa, y con esta disculpa, después de vacilar por un instante, se marchó.

20

Sir Walter, sus dos hijas y Mrs. Clay fueron los primeros en acudir aquella tarde al lugar del espectáculo,
y, como tenían que esperar a Mrs. Dalrymple, se ubica-
ron junto a una de las chimeneas de la sala octogonal.
De pronto se abrió la puerta y apareció el capitán
Wentworth; venía solo. Anne, que era quien se hallaba
más cerca de él, avanzó un paso y le dirigió la palabra
sin perder un instante. Parecía dispuesto a hacer una
mera reverencia y pasar de largo; pero un «¿Cómo está
usted?» suave y dulcísimo lo hizo acercarse a ella y devolverle su amable cortesía, indiferente a la presencia de
sir Walter y Elizabeth. El que éstos se encontrasen más
atrás favorecía los propósitos de Anne, que no se preocupó de las miradas que pudieran dirigirle y se sintió
animada y decidida a llevar a cabo lo que estimaba procedente.

Mientras ambos hablaban, llegó a oídos de la joven
el eco de un murmullo entre Elizabeth y su padre, y si
bien no logró distinguir las palabras, adivinó de sobra el
sentido. Al ver que el capitán hacía una reverencia,
Anne comprendió que su padre había juzgado oportuno dispensarle con el mismo ademán el honor de haberlo reconocido, y también mirando de soslayo, advirtió
que Elizabeth se dignaba otorgarle la merced de una

imperceptible cortesía. Todo esto, aunque tarde y a regañadientes, era mejor que nada, e infundió nuevas fuerzas a su espíritu.

Después de hablar del tiempo, de Bath y del concierto empezó a decaer la conversación de tal manera que Anne creyó que el capitán se despediría de un momento a otro. Sin embargo, no lo hizo; parecía no tener prisa por separarse de ella, lo cual la alegró, y esbozando una sonrisita, dijo:

—Apenas si nos hemos visto desde el día de Lyme. Yo temía que el susto le hubiese producido algún trastorno, sobre todo considerando el esfuerzo que tuvo usted que hacer para dominarse.

Anne le aseguró que no había sufrido a consecuencia de aquello.

—Fue un día aciago —comentó. Se pasó la mano por los ojos, como si aún le atormentase el recuerdo. Luego, sonriendo nuevamente, añadió—: Aquel día ha traído, no obstante, algunas consecuencias que distan mucho de ser infortunadas. Cuando usted tuvo la serenidad suficiente para concebir la iniciativa de enviar a Benwick en busca del médico no podía usted presumir que aquél fuera, con el tiempo, la persona más interesada en el restablecimiento de Louisa.

—Desde luego que no. Pero me parece... que debería haber pensado en que podían llegar a formar una pareja feliz. Los dos son buenos y tienen un carácter excelente.

—Sí —respondió Wentworth, sin mirarla directamente—; pero, en mi opinión, ahí acaba toda la semejanza entre sus temperamentos. Deseo con toda el alma su felicidad, y me alegro sinceramente de que las circunstancias los favorezcan. No tienen dificultades que vencer en su casa; ni oposición, ni prejuicios, ni dilaciones caprichosas. Los Musgrove se guían por sus propias inclinaciones, de un modo franco y cariñoso, y sólo desean, en su bondadoso corazón de padres, la dicha de sus hijas. Todo esto tal vez contribuya a su felicidad más que...

Se contuvo. Un recuerdo súbito pareció asaltarlo; se sintió invadido por la misma emoción que encendía el rostro de Anne y la obligaba a bajar la vista. Disipado el efecto de aquellas reflexiones, prosiguió Frederick:

—Confieso que me parece advertir una diferencia entre ellos, y demasiado profunda, tal vez, que afecta nada menos que a su condición intelectual. Considero a Louisa Musgrove una muchacha dulce, afectuosa y no exenta de inteligencia. Pero Benwick es algo más. Es un hombre inteligente y culto, y no he de negar que el que se enamoraran me ha sorprendido. Si esto hubiese sido consecuencia de la gratitud, si hubiera empezado a amarla impresionado por las preferencias que ella le demostraba, sería muy distinto. Pero tengo razones para suponer que no ha ocurrido así. Por el contrario, parece haber obedecido a un impulso completamente espontáneo, a un sentimiento fogoso de parte de él, y esto es lo que me asombra. ¡Un hombre como Benwick, con el corazón casi destrozado! Fanny Harville era un ser excepcional, y su amor por ella una verdadera pasión. ¿Cómo es posible que un hombre se desentienda del afecto que le inspiraba una mujer así? No debe ser..., no puede ser.

Tal vez por considerar que su amigo había olvidado a su fallecida esposa o por otro motivo que ignoramos, el capitán guardó silencio. Anne, que a pesar de lo agitado que éste se mostró al pronunciar la última parte de su monólogo, de los ruidos que se habían producido en la sala, del incesante golpear de la puerta y del murmullo de las conversaciones, había entendido perfectamente cada palabra, se sentía tan confusa que no podía dejar de experimentar un cúmulo de sensaciones contradictorias. No se encontraba bastante tranquila para discutir sobre tema tan sugestivo, pero al cabo de una breve pausa, impulsada por una necesidad de hablar, y sin sentir el menor deseo de que la conversación tomase un giro distinto, dijo:

—Usted ha permanecido en Lyme bastante tiempo, según creo.

—Unos quince días. No podía dejar a Louisa hasta que su curación estuviese asegurada. El accidente me afectó demasiado como para tranquilizarme pronto. Fue culpa mía..., sólo mía. Si no hubiese sido por mi debilidad ella no se habría obstinado. Los alrededores de Lyme son muy hermosos. He paseado muchas veces por ellos, a pie y a caballo, y cuanto más los conocía, más me gustaban.

—A mí me agradaría regresar a Lyme —dijo Anne.

—¿De verdad? Pues yo suponía que no había hallado usted allí nada que pudiera inspirarle semejante deseo. ¡El horror y las angustias que ha pasado usted, el esfuerzo que tuvo que hacer para conservar la presencia de ánimo! Yo juraría que las últimas impresiones que usted recibió en Lyme habrían sido muy desagradables.

—Las últimas horas fueron, en efecto, extraordinariamente penosas —admitió Anne—; pero una vez que han pasado los momentos de dolor, el recuerdo que dejan no es amargo. No se ama menos un lugar porque en él se haya sufrido, a menos que no se haya hecho más que padecer, y no ha sido eso lo que me ha pasado en Lyme. Allí sólo las dos últimas horas fueron de tribulación y zozobra; pero las anteriores habían sido deliciosas. ¡Había tantas cosas hermosas por conocer! Es verdad que he viajado tan poco que cualquier sitio que veo por primera vez me interesa, pero Lyme es verdaderamente muy hermoso, y, en general —se ruborizó ante ciertos recuerdos—, las impresiones que aquello me han producido han sido muy gratas para mí.

Cuando acababa de pronunciar estas últimas palabras se abrió la puerta de entrada y aparecieron las personas a quienes estaban esperando. «¡Lady Dalrymple, lady Dalrymple!», se oyó murmurar, y sir Walter, con toda solicitud compatible con una amable distinción, salió al encuentro de las señoras. Mrs. Dalrymple y miss Carteret, seguidas de Mr. Elliot y del coronel Wallis, que llegaron al mismo tiempo, hicieron su entrada en la sala. Se les unieron los otros, y formaron un grupo en el que Anne consideró necesario incluirse. No tuvo más remedio que separarse del capitán Wentworth. La interesante conversación tenía que interrumpirse por un tiempo, ¡pero la contrariedad era insignificante comparada con la dicha que inundaba su pecho! En los últimos diez minutos había sabido acerca de los sentimientos del capitán Wentworth hacia Louisa, y acerca de sus propios sentimientos en general, mucho más de lo que hubiera soñado descubrir. Anne se entregó a las exigencias de la reunión, a las atenciones propias del momento, con exquisito afán, aunque presa de una agitación que apenas si podía disimular. Todo lo veía a través del excelente humor que la animaba. Las ideas y sensaciones que la charla con Wentworth habían infundido en su espíritu hacían que se mostrase más amable y cortés que nunca, compadeciéndose de cualquiera que no fuese tan feliz como ella en ese momento.

Las tiernas emociones que la dominaban sufrieron un breve contratiempo cuando, al separarse del grupo con la intención de unirse de nuevo al capitán, advirtió que éste se había marchado. Aún llegó a tiempo de verlo dirigirse hacia donde tendría lugar el concierto. Se había ido, había desaparecido; se sintió profundamente decepcionada. Pero ya se encontrarían otra vez. Él la buscaría; ya hallaría ocasión durante la velada de acercarse a ella. Por el momento tal vez conviniera que estuviesen separados. Ella necesitaba un poco de aislamiento para ordenar sus pensamientos.

Al presentarse poco después Mrs. Russell, el grupo entró en la sala del concierto. Procuraron, como era de esperar, atraer hacia ellos las miradas, producir murmullos y molestar a todo el que hallaran a su paso.

Elizabeth y Anne Elliot se sentían dichosas de hacer su entrada en el salón. La primera, del brazo de miss Carteret y contemplando ante sí la amplia espalda de Mrs. Dalrymple, parecía haber colmado todos sus deseos, en cuanto a Anne..., pero sería ultrajante para ella comparar su felicidad con la de su hermana. La de ésta tenía su origen en una vanidad desmedida, mientras que la otra se inspiraba en un sentimiento puro de amor y generosidad.

Anne estaba como aturdida, ni siquiera fue consciente del esplendor de la sala. Su felicidad se escondía en lo más recóndito de su ser. Le brillaban los ojos y tenía las mejillas encendidas, pero no se enteraba de nada. Su pensamiento se hallaba concentrado en los detalles de la última media hora, y al tomar asiento dejó volar su fantasía. El tema que había elegido el capitán, sus frases, y, sobre todo, el gesto y la mirada no podían ser interpretadas más que en un sentido bien claro y preciso. El concepto que tenía Wentworth de la inferioridad de Louisa Musgrove, y que parecía muy interesado en dejar establecido, su extrañeza por el enamoramiento de Benwick, concebido como un impulso pasional, aquellos comentarios inacabados, el modo en que lanzaba miradas por demás significativas, todo ello demostraba que sus sentimientos se volvían por fin a ella; su ira y su rencor se habían desvanecido. Y ya no había que atribuir a un simple sentimiento de amistad el abandono de su actitud hostil, sino al tierno recuerdo que guardaba del pasado. Sí, algo tenía que haber del antiguo afecto; de otro modo ella no podía explicarse tan profunda transformación. Él la amaba, sin duda.

Estos pensamientos y las visiones que la embargaban eran lo suficiente como para afectar sus facultades de observación; de modo que paseó su mirada por la sala sin descubrir la menor señal de él, sin tratar casi de descubrirlo. Cuando se distribuyeron los asientos y se hubieron acomodado definitivamente miró alrededor para ver si por casualidad el capitán se hallaba en aquel mismo sector de la sala; pero no lo divisó, y como ya empezaba el concierto, tuvo que contentarse con una dicha relativa.

El grupo se había repartido entre dos bancos contiguos; Anne ocupaba el de delante, y Mr. Elliot, con la ayuda del coronel Wallis, se las ingenió para sentarse a su lado. Miss Elliot, situada entre sus primas, estaba encantada con la galantería del coronel Wallis.

El estado de ánimo de Anne era completamente favorable al espectáculo, y no le faltaron motivos para hallarlo entretenido. Se encontraba predispuesta a reflejar la alegría de cuanto la rodeaba, e incluso a disfrutar de los secretos de la música. No agotaron su paciencia los pasajes fatigosos, y al menos la primera parte del concierto la satisfizo enormemente. Hacia el final explicó a Mr. Elliot el significado de una canción italiana que acababa de interpretarse, leyendo el original en un programa que tenía delante.

—Éste es, poco más o menos, el sentido —dijo ella—, o, mejor dicho, el significado de las palabras, porque del sentido de una canción italiana no hay que hablar...; pero debe tener usted en cuenta que el italiano no es precisamente mi fuerte.

—Sí, sí, ya lo veo. Ha quedado claro que no sabe usted nada. Su conocimiento del idioma no le permite más que traducir de corrido un trozo de italiano plagado de términos en inglés, aunque, eso sí, claro y elegante. No tiene usted que molestarse en justificar su ignorancia. La prueba no ha podido ser más patente.

—No ha sido mi intención justificarme, pero le aseguro que temería el examen de un conocedor en la materia.

—He tenido el placer de visitar Camden Place lo suficiente como para creer conocer a miss Anne Elliot —dijo él—, y la considero una mujer demasiado modesta para aceptar sus propias virtudes, e incomparablemente más modesta de lo que suelen ser las mujeres.

—¡Por Dios, no me avergüence! Su elogio es exagerado. Ya se me ha olvidado lo que viene a continuación —dijo, consultando de nuevo el programa.

—Tal vez conozca detalles de su carácter —prosiguió Mr. Elliot en voz baja— desde hace mucho más tiempo de lo que usted se figura.

—¿De verdad? ¿Cómo es eso? Sólo puede haber sido desde que llegué a Bath; a menos que haya oído hablar de mí a los miembros de mi familia.

—Ya había oído hablar de usted antes de que viniese a Bath. Hace muchos años que conozco su carácter por boca de personas que la han tratado íntimamente. Su belleza, sus aptitudes, sus méritos, sus modales, todo me lo habían descrito y no se ha apartado de mi memoria.

No desagradaba a Mr. Elliot el interés que había logrado despertar. Nadie puede resistirse al sugestivo encanto de esta clase de misterios. Haber sido retratada tiempo atrás a una persona que se acaba de conocer por otra cuyo nombre se ignora no es cosa que pueda tomarse con indiferencia, y Anne experimentaba una gran curiosidad. Le preguntó, lo instigó con vehemencia, pero todo fue en vano. Él escuchaba encantado el interrogatorio, pero no soltaba prenda.

—No, no... En otra ocasión, tal vez; pero por el momento no quiero revelar nombres. Hacía tantos años que venía oyendo hablar en términos encomiables de miss Anne Elliot que, tras formarme un concepto muy elevado de sus virtudes, ardía en deseos de conocerla.

La única persona de la que Anne podía pensar que hubiese hablado de ella en términos favorables hace años era Mr. Wentworth, de Monkflord, el hermano del capitán Wentworth. Tal vez éste hubiese tratado a Mr. Elliot, pero no se animó a insinuar semejante conjetura.

—El nombre de Anne Elliot —prosiguió él— hace tiempo que suena dulcemente en mis oídos y su hechizo llena mis fantasías, y si me atreviera, susurraría mi íntimo anhelo de que nunca tomase usted otro nombre.

Tales o parecidas fueron las palabras que Anne creyó oír, pero no bien acabó de escucharlas le llamó la atención algo que se decía a sus espaldas y cuyo sentido le intrigó hasta el punto de considerar todo lo demás como nimio y banal. Sir Walter y lady Dalrymple hablaban entre sí.

—Un hombre apuesto —decía sir Walter—; un hombre verdaderamente apuesto.

—¡Un hombre hermoso, en verdad! —exclamó Mr. Dalrymple—, de los que se ven pocos en Bath. Debe de ser irlandés.

—No; precisamente conozco su nombre. Mi relación con él es de mera cortesía. Mr. Wentworth..., el capitán Wentworth, de la Armada. Su hermana se casó con mi inquilino de Somersetshire, Mr. Croft, que habita Kellynch.

Antes de que el diálogo llegara a este punto Anne acertó a descubrir al capitán Wentworth, que se encontraba a cierta distancia, rodeado de otros caballeros. Al fijar la vista en él, el capitán pareció desviar la suya. Por mucho que Anne insistiese en mirarlo, no logró que él dirigiera los ojos hacia ella. Pero el concierto proseguía, y se vio obligada a mirar hacia adelante, en dirección a la orquesta.

Cuando Anne se volvió nuevamente hacia Frederick, éste ya había cambiado de sitio. Aunque ella lo hubiese querido, le habría resultado imposible acercarse a él debido a la cantidad de gente que había, pero al menos lo había visto.

La insinuación de Mr. Elliot le impresionó sobremanera. No sentía el menor deseo de volver a hablarle, y habría dado cualquier cosa por que no estuviese tan cerca de ella.

Había terminado el primer acto y Anne esperaba que con este motivo se produjera un cambio favorable. Después de un breve silencio, algunos espectadores decidieron ir a tomar un té. Anne fue de quienes resolvieron quedarse, y permaneció en su sitio, en compañía de Mrs. Russell. La situación había mejorado, ya que se había librado de Mr. Elliot, y cualesquiera que fuesen sus recelos, fundados en la presencia de su antigua amiga, no pensaba recatarse de hablar con el capitán Wentworth si la ocasión se presentaba. La expresión de Mrs. Russell le indicaba claramente que ya lo había visto.

Él, sin embargo, no se acercaba a Anne. El anhelado entreacto iba a concluir sin resultado alguno. Regresaron los demás, la sala volvió a llenarse y cada uno ocupó su asiento. Otra hora de placer o de martirio iba a transcurrir; otra hora de música llevaría placer o tedio a los concurrentes, según fuera su gusto sincero o fingido. Pero para Anne sería, sin duda, una hora de intensa zozobra. Comprendía que sería muy doloroso verse obligada a abandonar la sala sin cambiar con el capitán una mirada amistosa.

Al volver a sentarse quienes habían salido en el entreacto hubo algunos cambios y sustituciones que permitieron a Anne ubicarse en un lugar más favorable. El coronel Wallis renunció a sentarse, y Elizabeth y miss Carteret invitaron a Mr. Elliot a ocupar un asiento junto a ellas, y lo hicieron de modo tan apremiante que no hubo manera de desairarlas, y por haber abandonado sus puestos algunos espectadores, y valiéndose de sus propias estratagemas, Anne logró situarse más al extremo del banco que antes y más al alcance, por lo tanto, de cualquiera que pasase por el pasillo. Por supuesto, no podía llevar esto a cabo sin que su conducta pudiese ser comparada con la de miss Larolles, pero lo hizo, sin embargo, y no con mayor disimulo que la voluble dama de la obra de Burney. Como resultado de su plan, que consistía en ceder amablemente los lugares que iba ocupando, antes de que el concierto hubiera terminado llegó a encontrarse en el extremo mismo del banco.

Tal era su situación, con la ventaja de que un asiento cercano se hallaba vacío, cuando divisó al capitán Wentworth. Se acercaba a ella. La miró, pero con expresión seria y vacilante. Poco a poco fue acortando la distancia, hasta que estuvo lo bastante cerca para hablarle. Anne comprendió que algo le ocurría. El cambio de actitud era evidente. ¿Cuál podría ser la causa? Tal vez su padre, o Mrs. Russell. ¿Se habrían cruzado acaso miradas hostiles? Empezó a hablar del concierto fríamente, tanto que recordaba al capitán Wentworth de Uppercross. Se confesó defraudado, pues había esperado algo mejor, y, por fin, declaró que estaba deseando que terminase.

Anne defendió, aunque sin demasiada vehemencia, a los músicos, en todo momento se mostró tan dulce y tolerante que él incluso esbozó una sonrisa. El diálogo se prolongó todavía unos minutos, y él se mostró tan animado que llegó a mirar alrededor en busca de un asiento próximo. En aquel momento Anne se volvió, pues alguien la había tocado en el hombro. Era Mr. Elliot, que entre mil excusas venía a suplicarle que otra vez le tradujese una canción italiana, pues miss Carteret quería tener una idea de lo que iba a interpretarse a continuación. Anne no pudo negarse, pero la verdad era que jamás el ser cortés había supuesto mayor sacrificio para ella. Unos cuantos minutos, los menos posibles, se consumieron en responder a la solicitud. Cuando, libre ya de Mr. Elliot, se volvió, descubrió que el capitán Wentworth se despedía de forma precipitada y con expresión grave. Se marchaba ya, pues tenía urgencia por llegar a su casa.

—¿Es que no se quedará a escuchar la siguiente aria? —le preguntó Anne súbitamente asaltada por una sospecha, que redobló su deseo de infundirle valor y esperanza.

—¡No! —contestó él con aspereza—. No hay aquí nada que merezca el que yo me quede.

¡Estaba celoso de Mr. Elliot! No había otra explicación posible. ¡El capitán Wentworth sentía celos! ¡Cómo podía ella haber sospechado siquiera semejante cosa hacía una semana, tres años antes! El placer que experimentó ante este hecho fue inenarrable. Pero no tardaron en asaltarle otros pensamientos de naturaleza distinta. ¿Cómo podría disipar aquellos celos? ¿De qué medios habría de valerse para que él comprendiese la verdad? ¿En qué forma, dada su difícil situación de mujer, podría revelarle sus verdaderos sentimientos? Las atenciones de Mr. Elliot constituían para ella un obstáculo muy penoso. El daño que acarreaban era incalculable.

21

Al día siguiente Anne recordó con gran satisfacción la promesa que había hecho de visitar a Mrs. Smith, previendo que el cumplirla le proporcionaría la preciosa ventaja de no encontrarse en su casa a la hora en que solía acudir Mr. Elliot, pues su objeto primordial era huir de éste.

Y no es que le guardase rencor. Aparte de aquella inconveniente y desafortunada preferencia, era acreedor a su gratitud y tal vez a su compasión. No era posible dejar de pensar en las extrañas y singulares circunstancias que habían envuelto los momentos iniciales de su trato, ni olvidar los derechos que pudiera tener a ganarse su interés por la situación de ambos, los sentimientos que lo animaban y la inclinación que sentía hacia ella. Todo aquello era extraordinario, halagüeño incluso, pero también inoportuno y lamentable. Lo que ella hubiera podido sentir de no hallarse de por medio el capitán Wentworth no viene al caso, porque el capitán Wentworth se hallaba de por medio y, fuera cual fuere la solución del enigma, su corazón sería siempre para él. Su matrimonio con Frederick, estaba seguro de ello, no habría de apartarla de otro hombre más que la ruptura definitiva.

Nunca habían atravesado las calles de Bath pensamientos más amorosos ni propósitos más firmes de constancia que los que embargaban a Anne mientras se dirigía de Camden Place a Westgate Buildings. Habrían bastado para hacer más diáfano el aire e impregnarlo de aromas deliciosos.

Anne tenía la certeza de que sería recibida con alegría, y su amiga se mostró sinceramente agradecida, sobre todo porque no la esperaba, a pesar de haber mediado una promesa formal.

Mrs. Smith le pidió de inmediato una completa y detallada reseña del concierto, y los recuerdos que Anne tenía de él eran lo bastante gratos para animar su rostro y hacer del tema un motivo de agradable conversación. Todo lo que dijo, sin embargo, resultaba poco para lo que cabía esperar de una espectadora perspicaz y una preguntona como Mrs. Smith, que por boca de una lavandera y una criada se había enterado de mucho más de lo que Anne podía contarle respecto al esplendor de la velada. En vano le suplicó que le narrara ciertos pormenores acerca de la concurrencia, pues Mrs. Smith conocía de nombre a todo el que en Bath significaba o representaba algo.

—De modo que los pequeños Durand estaban allí —dijo la viuda—, escuchando boquiabiertos como pichones que esperan a que les den de comer en el pico. No pierden un concierto.

—No los vi —respondió Anne—, pero Mr. Elliot me dijo que sí estaban.

—Los Ibbotson también asistieron, ¿verdad? Y las dos nuevas bellezas, con ese oficial irlandés que, según dicen, está interesado por una de ellas.

—No lo sé. No creo que estuvieran.

—¿Y la anciana lady Mary Madeau? Debes de haberla visto, porque nunca se pierde un concierto. Y tú, por ir en compañía de Mrs. Dalrymple, seguramente te colocaste en un lugar preferente, cerca de la orquesta, imagino.

—No; y eso era precisamente lo que temía. Me habría disgustado por muchas razones. Pero afortunadamente Mrs. Dalrymple prefiere estar lejos, y conseguimos una buena ubicación, al menos para oír; no digo para ver, porque, según parece, no he visto nada.

—Pues yo creo que viste lo suficiente. Aún en medio de una muchedumbre se puede disfrutar íntimamente, y eso es lo que te ha pasado a ti. Estuvisteis juntos bastante rato, y lo demás debía de teneros sin cuidado.

—Pero debí mirar más alrededor —dijo Anne mientras recapacitaba en que no había habido falta de atención por su parte, sino escasez de objetivos interesantes.

—No, no... Creo que, sencillamente, empleaste mejor tu atención. No necesitas aclararme que tuviste una gran tarde. Lo adivino en tu mirada. Sé perfectamente cómo pasaste las horas..., que ni por un instante dejaste de oír cosas muy agradables. Durante el entreacto hubo conversación.

Anne esbozó una sonrisa y dijo:

—¿Ves eso en mi semblante?

—Sí, lo veo. Y veo también que anoche estuviste en compañía de la persona que más te agrada en el mundo.

Anne se ruborizó, incapaz de articular palabra.

—Y siendo esto así —continuó Mrs. Smith—, comprenderás lo mucho que te agradezco el que hayas venido esta mañana. Ha sido muy amable por tu parte el venir a sentarte aquí conmigo, cuando tantas cosas gratas reclaman tu presencia.

Anne estaba asombrada y confusa ante la perspicacia de su amiga. No cesaba de torturar su imaginación tratando de descubrir cómo habría conseguido su amiga enterarse de lo que sentía por el capitán Wentworth. Después de un instante de silencio, preguntó Mrs. Smith:

—Dime, ¿sabe Mr. Elliot que tú y yo somos amigas? ¿Sabe acaso que estoy en Bath?

—¡Mr. Elliot! —exclamó Anne, azorada. Un instante de reflexión le bastó para percatarse del error en que estaba su amiga. Lo comprendió al vuelo y recobrando la serenidad al notar que volvía a pisar terreno firme, añadió de inmediato, ya más tranquila—: ¿Conoces a Mr. Elliot?

—Le he tratado bastante —respondió pensativa Mrs. Smith—. Pero al parecer nuestra amistad ya es cosa del pasado. Hace mucho tiempo que no nos vemos.

—Pues no sabía nada. Nunca me lo ha dicho. Si yo hubiera estado enterada de ello, le hablaría de ti.

—A decir verdad —repuso Mrs. Smith, adoptando su habitual jovialidad—, eso es precisamente lo que desearía. Necesito que hables de mí con Mr. Elliot. Puede prestarme un gran servicio. Y si tú, mi querida Anne, lo tomas como algo personal, no dudo que lo hará.

—Sería para mí una satisfacción poder serte útil —dijo Anne—; pero me parece advertir que crees que poseo cierta influencia sobre él, y eso está muy lejos de la realidad. Ignoro por qué te has formado ese concepto, pero debo advertirte que no tienes que considerarme sino como mera pariente de Mr. Elliot. Si en calidad de tal supones que pueda solicitar alguna cosa de él, no vaciles en utilizar mis buenos oficios.

Mrs. Smith la miró fijamente y, con una sonrisa, contestó:

—Reconozco que me he precipitado un poco. Perdona. Debería haber esperado a recibir una notificación oficial. Pero ahora, Anne querida, te suplico que me indiques el momento oportuno en que podré hablarte. ¿Será la semana que viene? Seguramente que para la semana que viene ya estará todo arreglado y podré trazar mi plan, aprovechando la buena suerte de Mr. Elliot.

—No —contestó Anne—; la próxima semana, no. Puedes estar segura de que no se habrá concertado nada de lo que te figuras. No pienso casarme con Mr. Elliot, y me gustaría saber en qué te fundas para imaginarlo.

Mrs. Smith volvió a clavar los ojos en Anne de un modo insistente, sonrió otra vez y sacudió la cabeza, exclamando:

—¡Ahora sí que no te entiendo! ¡Daría cualquier cosa por saber a qué viene eso! Ni por un instante sospeché que pudieras mostrarte cruel conmigo. Hasta que se presenta la ocasión no hay mujer que confiese lo que ha de aceptar. Es cosa sabida entre nosotras que todo hombre es rechazado... hasta que formaliza su pretensión. Pero ¿por qué has de mostrarte esquiva? Permíteme que interceda por... no diré por mi amigo actual, pero por mi amigo de otros tiempos. ¿Dónde podrías encontrar un marido más a tu medida, atento y simpático? No me prohíbas que te recomiende a Mr. Elliot. No es posible que hayas oído hablar mal de él al coronel Wallis; y ¿quién puede conocerlo mejor que el coronel Wallis?

—Querida mía, no hace ni medio año que Mr. Elliot perdió a su mujer. No creo que sea lícito suponer que ya está cortejando a otra.

—Si en eso residen todos tus reparos, bien seguro puede estar Mr. Elliot, y no me inspira la menor zozobra. Sólo te pido que cuando estéis casados no te olvides de mí. Hazle saber que soy tu amiga, y entonces apenas advertirá las molestias que pueda ocasionarle; molestias que ahora no puede pedirse que se tome un hombre tan ocupado como él. Es lógico. El noventa y nueve por ciento de los hombres haría lo mismo. Comprendo perfectamente que no se haga cargo de la importancia que tiene esto para mí. Bien, miss Elliot, espero y confío en que seas muy feliz. Mr. Elliot es lo bastante perspicaz como para apreciar el valor de una mujer como tú. No te sientas intranquila como yo. Puedes sentirte segura, tanto por lo que hace a la opinión de la gente como por su carácter. No se dejará llevar a la ruina por los demás.

—No —dijo Anne—. Yo creo todo eso de mi primo. Manifiesta un temperamento flemático y resuelto, poco asequible a influencias peligrosas. Me inspira un gran respeto, y no he visto nada en él que me induzca a pensar de otro modo. Pero hace poco que he empezado a tratarlo y no me parece que sea sencillo llegar a conocerlo. Y ahora que me has oído hablar de Mr. Elliot de este modo, ¿no te convences de que no significa nada para mí? Pues te aseguro que así es. Si me lo propusiera (y no tengo razones para sospechar que esto haya cruzado por su mente), no lo aceptaría. Te aseguro que no. Y ten por cierto que Mr. Elliot no ha contribuido en absoluto a la satisfacción que según supones me proporcionó el concierto de anoche. No fue Mr. Elliot el que...

Anne guardó silencio, lamentaba profundamente el haber ido tan lejos, pero Mrs. Smith difícilmente habría llegado a convencerse tan pronto del fracaso de Mr. Elliot a menos que vislumbrase la existencia de un nuevo personaje. Renunció de inmediato la viuda a seguir indagando, fingiendo desconocer lo que pudiera haber detrás de aquellas palabras, y Anne, eludiendo las preguntas que la amenazaban, se confesó impaciente por saber cómo se le habría ocurrido a su amiga pensar que tenía la intención de casarse con Mr. Elliot, o quién se la había sugerido.

—Dime, ¿cómo se te ha ocurrido semejante cosa?

—En primer lugar —respondió Mrs. Smith— porque supe que siempre andabais juntos, y, en segundo lugar, porque cualquiera que se interesara por vosotros dos lo pensaría. Pero te advierto que quienes te conocen suponen lo mismo que yo. Sin embargo, la verdad es que no he oído nada del asunto hasta hace dos días.

—Pero ¿se ha hablado de ello en realidad?

—¿No te fijaste en la mujer que ayer te abrió la puerta?

—¿No fue Mrs. Speed, como de costumbre, o la criada? No me fijé.

—Pues fue mi amiga, Mrs. Rook, la enfermera, que hace tiempo tenía ganas de conocerte, y se alegró muchísimo de que se le ofreciera la ocasión. Hasta el domingo estuvo asistiendo a su paciente en Marlborough Buildings, y fue ella la que dijo que ibas a casarte con Mr. Elliot. Lo sabía por la misma Mrs. Wallis, quien me parece una fuente digna de confianza. El lunes Mrs. Rook estuvo sentada una hora aquí conmigo, por la tarde, y me contó toda la historia.

—¡Toda la historia! —exclamó Anne entre risas—. No pudo ser muy larga la historia reseñada sobre un cúmulo de infundios.

Mrs. Smith no dijo nada.

—Pero aunque no sea cierta esa pretensión de Mr. Elliot —continuó Anne de inmediato—, yo desearía igualmente serte útil. ¿Puedo indicarle que te encuentras en Bath? ¿Debo llevarle algún mensaje de tu parte?

—No, gracias. Nada. En el entusiasmo del momento te he expuesto mi deseo de que te interesaras en más cosas, pero ya no. Gracias, no tienes que molestarte.

—Me parece haberte oído decir que hace muchos años frecuentabas la amistad de Mr. Elliot.

—Sí, lo he dicho.

—¿Antes de casarse?

—En efecto; aún no se había casado cuando lo conocí.

—Y... ¿fuisteis muy amigos?

—Íntimos.

—¿Sí? Pues dime cómo era él en aquella época. Tengo gran curiosidad por saber cosas sobre la juventud de Mr. Elliot. ¿Era ya entonces lo que ahora aparenta?

—No lo veo hace tres años —respondió Mrs. Smith; y se advertía en el tono de la respuesta tanta reserva y cautela que no era posible ahondar más en la materia.

Anne sólo consiguió que su curiosidad aumentase. Por un instante ambas permanecieron en silencio. Mrs. Smith persistía en su actitud de profunda meditación.

—¡Perdóname, Anne querida! —exclamó por fin con su acostumbrada cordialidad—; perdona el laconismo de mis respuestas, pero estoy perpleja. No dejo de meditar acerca de lo que discretamente puedo revelarte, porque son muchas las cosas que hay que tener en cuenta. La oficiosidad es siempre molesta, así como lo es suscitar impresiones amargas y causar disgustos. Hasta la superficie tranquila con que a veces se manifiesta una paz familiar, debe respetarse por ficticia que sea. Sin embargo, estoy decidida, y creo que hago bien, a ponerte al corriente del verdadero carácter de Mr. Elliot. Aunque estoy convencida de que por el momento no tienes la intención de aceptarlo, ¿quién sabe lo que puede ocurrir el día de mañana? Es posible que tus sentimientos hacia él cambien con el tiempo. Oye, pues, la verdad, ahora que te encuentras libre de prejuicios. Mr. Elliot es un hombre sin corazón ni conciencia; un ser cauteloso, sereno y cruel que sólo piensa en sí mismo, que por su interés y conveniencia personales es capaz de cualquier maldad y de cualquier traición, siempre que pueda cometerlas sin comprometer las apariencias. No vacila en desdeñar y abandonar sin remordimiento alguno a aquellos de cuya ruina es el responsable. La compasión y la justicia no significan nada para él.

El gesto de asombro de Anne y sus exclamaciones de sorpresa interrumpieron por un instante a Mrs. Smith, quien, ya más tranquila, prosiguió:

—Veo que mis palabras te estremecen. Pero considera que te hablo con la indignación propia de una mujer ultrajada. Sin embargo, procuraré dominarme. No quiero exagerar su culpabilidad, y sólo relataré lo que yo misma he observado en él. Los hechos hablarán por sí solos. Era íntimo amigo de mi pobre marido, que confiaba en él, lo quería entrañablemente y lo juzgaba igualmente bueno. Su amistad era anterior a nuestro matrimonio. Cuando los conocí ya eran íntimos, y me sentí cautivada por él, a quien encontré admirable. Ya sabes que a los diecinueve años se enjuicia con cierta ligereza, pero Mr. Elliot me pareció tan bueno como cualquier hombre y mucho más simpático y atractivo que la mayoría. Nosotros vivíamos en la ciudad, con bastante holgura. Su situación era entonces inferior a la nuestra; de hecho, era pobre. La vivienda que ocupaba en el Temple era lo máximo que podía permitirse para mantener decorosamente su calidad de caballero. En nuestra casa encontraba un hogar siempre que lo necesitaba, y en ella fue acogido con cariño, como si de un hermano se tratara. Mi pobre Charles, que era el ser más generoso que conocí, habría compartido con él su último chelín; su bolsa estaba siempre abierta, y me consta que lo socorrió en muchas ocasiones.

—Eso debió de ser precisamente en la época de la vida de Mr. Elliot que tanta curiosidad me inspiró siempre —intervino Anne—. Fue por esos días, sin duda, cuando lo conocieron mi padre y mi hermana. Yo sólo sabía de él por lo que había oído hablar, pero hubo algo en su conducta para con mi hermana y mi padre y en las circunstancias que rodearon su matrimonio que no guarda relación con su actual comportamiento. Aquello parecía revelar a un hombre de otra condición moral.

—Lo sé, lo sé —repuso Mrs. Smith—. Había empezado a tratar a sir Walter y a tu hermana antes de que yo lo conociera, pero lo oí después hablar de ellos. Sé muy bien que lo invitaron con insistencia, pero también sé que no estimó conveniente ir a verlos. Tal vez pueda yo aclararte aquellos aspectos que desconoces, pues estuve al corriente de todo lo relativo a su matrimonio. Todas las ventajas y desventajas fueron sometidas a mi consejo. Yo era la confidente de sus proyectos e ilusiones, y aunque no conocí a su mujer hasta que se casó con ella, porque su posición social no lo consentía, la traté hasta el día de su muerte, y estoy en condiciones de responder a cuanto quieras preguntarme sobre el particular.

—No —dijo Anne—, respecto a ella no necesito saber nada. Siempre tuve la idea de que no fueron felices. Pero sí quisiera averiguar la causa que lo movió a desdeñar la amistad de mi padre en aquella época. Sir Walter se hallaba muy bien dispuesto en su favor. ¿Por qué huyó Mr. Elliot?

—Mr. Elliot —contestó Mrs. Smith— tenía por entonces una idea fija: hacer fortuna, y del modo más rápido posible. Resolvió prosperar por medio del matrimonio. Por lo menos había decidido no desbaratar su porvenir contrayendo un matrimonio imprudente. Tenía la creencia, no sé si bien o mal fundada, de que las invitaciones de tu padre y tu hermana ocultaban la intención de que se casara con ésta, lo cual habría echado por tierra sus anhelos de riqueza e independencia. Te aseguro que no fue otro el motivo de su negativa. Me contó la historia entera, pues a mí no me ocultaba nada. No pudo por menos de sorprenderme el que a poco de separarme de ti, dejándote en Bath, trabara amistad con un primo tuyo. Y por él he recibido constantemente noticias de tu padre y de tu hermana. Mientras él me pintaba una miss Elliot, yo pensaba, dulce y cariñosamente, en otra.

—¿Significa eso que en ocasiones hablabas de mí con él? —preguntó Anne.

—Ya lo creo, y muchas veces. Yo solía ufanarme de mi Anne Elliot, y afirmaba con vehemencia que eras una muchacha completamente distinta de...

Se contuvo a tiempo.

—Esto se relaciona con lo que anoche me dijo Mr. Elliot —se apresuró a apuntar Anne—. He ahí la clave. Me enteré de que había oído hablar de mí a menudo, pero no atinaba a descubrir quién podía haber sido su misterioso interlocutor. ¡Qué extrañas quimeras nos forjamos cuando se trata de nuestro querido «yo»! ¡Cuán fácil es engañarse! Pero perdóname por haberte interrumpido. ¿Decías que Mr. Elliot se casó por dinero? Imagino que eso te haría descubrir la clase de hombre que era.

Mrs. Smith vaciló por un instante; luego, dijo:

—La experiencia te enseña que, desgraciadamente, son muchos los hombres y mujeres que lo hacen, y ya no te sorprende como debería hacerlo. Yo era muy joven, mi marido también, y ambos formábamos una pareja irreflexiva y bulliciosa que no se cuidaba de las normas estrictas que deben regir la conducta humana. No vivíamos más que para el placer. Ahora pienso de otro modo, pues la edad, las dolencias y los sinsabores me han impuesto otros principios. Pero debo confesar que entonces no veía nada reprochable en el proceder de Mr. Elliot. Porque buscar aquello que le conviniere podía considerarse un deber.

—Y ella, ¿era mujer de muy baja condición?

—Sí; eso fue lo que le objeté. Pero no me hizo caso. Lo único que deseaba era dinero. Ella era hija de un panadero y nieta de un carnicero, pero a él no le importaba. Se trataba de una muchacha muy hermosa, y había recibido una educación bastante esmerada. Lanzada al mundo por unas primas suyas, acertó a dar con Mr. Elliot y se enamoró de él, que no puso el menor reparo al linaje. Todas las precauciones se redujeron a comprobar, antes de comprometerse, a cuánto ascendía su fortuna. No dudes de que, sea cual fuese la estima que ahora pueda otorgar Mr. Elliot a su situación social, cuando joven no le concedía ningún valor. Alguna esperanza cifraba en la propiedad de Kellynch, pero el honor de la familia le tenía sin cuidado. Mil veces le oí declarar que si las baronías pudieran venderse cualquiera tendría la suya por cincuenta libras, con armas, divisa y librea; pero no quiero repetir ni la mitad de lo que solía proclamar al respecto. No sería noble por mi parte. Te enseñaré la prueba de que lo que he dicho hasta ahora es verdad.

—No, querida; no necesito ninguna prueba —exclamó Anne—. En lo que acabas de decir no hay nada que parezca contradecirse con lo que debía de ser Mr. Elliot hace unos años. Todo ello no hace sino confirmar nuestras sospechas. Lo que sí me intriga es que ahora se comporte de forma tan distinta.

—Pues aunque no sea más que para complacerme, si tienes la bondad de llamar a Mary... Pero no, espera: vas a hacerme un favor más grande yendo a mi dormitorio y trayéndome una caja labrada que encontrarás en la parte superior del armario.

Al advertir Anne que su amiga deseaba fervientemente que lo hiciese, fue al dormitorio, trajo el estuche y lo puso delante de Mrs. Smith, que al abrirlo dejó escapar un suspiro.

—Está lleno de papeles de mi marido, y no son más que una pequeña parte de los que tuve que examinar a su muerte. La carta que voy a enseñarte fue escrita por Mr. Elliot antes de nuestro matrimonio. Y sin saber cómo, se ha salvado. Charles, como todos los hombres, era muy despreocupado para estas cosas, y cuando tuve que ordenar sus papeles la hallé entre otros insignificantes, mientras que varios documentos de verdadera importancia habían desaparecido. Aquí está. No la quemé porque, estando ya entonces bastante resentida con Mr. Elliot, decidí conservar todos los documentos relativos a los tiempos en que fuimos amigos, y ahora me complace doblemente el que la leas.

La carta, dirigida a Charles Smith, Esquire, en Turnbridge Wells, y fechada en Londres en junio de 1803, rezaba así:

Querido Smith:

He recibido tu misiva. Tu amabilidad me confunde. Ojalá que la naturaleza produjese más corazones como el tuyo, pero llevo treinta y tres años en el mundo y aún no he topado con otro semejante. Por ahora, puedes creerme, no necesito de tu ayuda, porque ya dispongo otra vez de dinero. Felicítame: he conseguido librarme de sir Walter y de miss Elliot. Han vuelto a Kellynch, y casi me han hecho jurar que he de visitarlos este verano; pero te aseguro que mi primera visita a Kellynch será en compañía del perito que me oriente respecto a la manera de subastarlo en las mejores condiciones. El baronet, sin embargo, no parece haber renunciado al matrimonio. Es bastante tonto. Si se casa, empero, confío que me dejen en paz, lo cual ya es una ventaja que bien vale la herencia. Lo encuentro peor que el año pasado. Quisiera llamarme cualquier cosa antes que Elliot. Estoy harto del apellido. He logrado librarme del nombre de Walter, gracias a Dios, y te ruego que no vuelvas a insultarme con mi segunda «W».

Te ofrece su amistad sincera, tu entrañable,

W. M. ELLIOT.

Anne se sintió indignada al leer el contenido de semejante carta, y al observar Mrs. Smith que se ruborizaba, exclamó:

—Los términos en que se expresa son altamente irrespetuosos, según creo. Aunque no recuerdo las palabras exactas, tengo una idea bastante aproximada del sentido. La carta pinta al hombre. Revela claramente las obligaciones que tenía respecto de mi marido. ¿Puede concebirse algo más bajo y despreciable?

Anne estaba demasiado impresionada por las ofensivas palabras dirigidas hacia su padre como para responder de inmediato. No tuvo más remedio que entregarse, resignada, a profundas reflexiones, y llegó a la conclusión de que haber leído aquella carta constituía una violación de las leyes del honor; que nadie podía lícitamente ser juzgado por semejante testimonio, y que la correspondencia privada debía permanecer oculta a los ojos del prójimo. Al cabo de unos minutos logró sobreponerse lo suficiente para devolver la misiva y decir:

—Gracias. Sin duda es una prueba irrebatible de todo lo que me has dicho. Pero ¿para qué habrá querido Mr. Elliot relacionarse nuevamente con nosotros?

—También puedo responder a eso —contestó Mrs. Smith con una sonrisa.

—¿Sí?

—Te he mostrado a Mr. Elliot tal y como era hace doce años, y ahora voy a mostrártelo tal como es actualmente. No puedo exhibirte pruebas escritas ya, pero sí todos los testimonios verbales que deseas acerca de lo que se propone y de lo que hace. Ya no es un hipócrita. Desea sinceramente casarse contigo. Sus atenciones para con tu familia son espontáneas, casi cordiales. Y te diré que la fuente de mi certidumbre es... su amigo el coronel Wallis.

—¡El coronel Wallis! ¿Lo conoces también?

—No, no ha llegado a mí la noticia tan directamente; ha venido de un modo más indirecto, pero ello no le resta veracidad. La corriente llega a mí tan limpia como salió del manantial. Las impurezas que haya arrastrado se quitan fácilmente. Mr. Elliot confesó sin reservas al coronel Wallis sus intenciones con respecto de ti, y el coronel, que al parecer es un hombre bondadoso, discreto y serio, tiene una esposa tan bonita como estúpida a la que cuenta todo lo que no debería contarle. Ella, comunicativa como todo convaleciente, se lo repite a la enfermera, y la enfermera, que conoce nuestra amistad, me lo dice a mí. El lunes por la tarde mi buena amiga, Mrs. Rook, me comunicó todas las maquinaciones que se fraguan en Marlborough Buildings. Por eso, al decirte yo que me hallaba en posesión de toda la historia ya ves que no fantaseaba.

—Pero, amiga querida, tu oráculo es bastante deficiente. Hay algo que se le escapa. El que Mr. Elliot abrigue respecto de mí estas o aquellas intenciones no tiene nada que ver con todo lo que ha tramado para reconciliarse con mi padre. Además, es anterior a mi llegada a Bath, pues cuando llegué ya los encontré tan amigos.

—Lo sé, estoy enterada de ello, pero...

—Nada, amiga mía, que no debemos esperar noticias muy fidedignas por ese conducto. Los hechos y los comentarios que van de mano en mano entre la ignorancia de unas y las falsas interpretaciones de otras dejan por el camino gran parte de la verdad.

—Sólo te pido que me oigas con un poco de calma. Pronto decidirás el crédito que tales informes te merecen después de atender a ciertos pormenores que voy a revelarte y que puedes confirmar o desautorizar por ti misma de inmediato. Nadie ha supuesto que hayas sido tú el motivo de su primera intentona. Él te había visto antes de venir a Bath y te admiraba extraordinariamente sin saber quién eras. Por lo menos, eso es lo que dice mi confidente. ¿Es cierto? ¿Te ha visto él el verano pasado o el último otoño en alguna ciudad del oeste? Y conste que empleo sus mismas palabras.

—Me vio, en efecto. Hasta aquí todo es verdad. Fue en Lyme donde nos cruzamos.

—Bien —prosiguió triunfante Mrs. Smith—; restituye el crédito a mi amiga en lo concerniente a este primer punto. De modo que te vio en Lyme, y le gustaste tanto que se llevó una enorme alegría al encontrarte de nuevo en Camden Place, ya como miss Elliot; y a partir de este momento sus visitas tuvieron un doble objetivo. Pero había otro, anterior, que voy a descubrirte. Si algo de lo que digo lo encuentras falso o improbable, no dudes en advertírmelo. Mis noticias son que la amiga de tu hermana, la señora que vive con vosotras, y de la cual ya me has hablado, vino a Bath con miss Elliot y sir Walter en septiembre, es decir, cuando ellos se instalaron aquí, y desde entonces no se ha separado de la familia. Es, al decir de las gentes, una mujer inteligente, atractiva y malintencionada, pobre y de carácter muy afable, pero la situación que ocupa y el modo que tiene de comportarse da pábulo a que quien conoce a sir Walter la considere como presunta Mrs. Elliot, y a todos extraña el que miss Elliot parezca desconocer el peligro que amenaza a la familia.

Mrs. Smith hizo una pausa, pero como Anne permaneció callada, continuó:

—Tal era la opinión que se habían formado todos aquellos que conocen a tu familia mucho antes de que tú llegases. El coronel Wallis no le perdía la pista a tu padre, aunque aún no visitaba Camden Place, pero el interés que le inspiraba Mr. Elliot le hacía vigilar atentamente lo que ocurría en la casa, y al venir éste, como vino, sólo por dos días, poco antes de Navidad, le dio cuenta detallada del cariz que presentaban las cosas y de las habladurías que corrían acerca del caso. Con esto ya empezarás a advertir el profundo trastorno que el tiempo ha introducido en las ideas de Mr. Elliot respecto a la baronía. En cuestiones de parentesco y de sangre ya es otro hombre. Como hace tiempo que dispone de más dinero del que puede gastar, la avaricia no lo tentaba, y empezó a poner sus ambiciones en el título que tal vez herede. Yo ya pensaba en esto antes de que nuestra relación quedara interrumpida, pero ahora estoy convencida de ello. Le intranquiliza la posibilidad de dejar de ser algún día sir William. Ya comprenderás, por lo tanto, que las noticias de su amigo no podían agradarle, y no te será difícil calcular el efecto que produjeron en él. Entre los dos decidieron que Mr. Elliot viniese a Bath tan pronto como le fuera posible y por un tiempo fijase su residencia aquí. De ese modo podría reanudar su amistad con la familia y adquirir sobre ella ascendiente suficiente para apreciar el riesgo que lo amenazaba y de hacer fracasar, si podía, los proyectos de Mrs. Clay. En opinión de ambos no había otra solución, y el coronel Wallis lo ayudaría en cuanto estuviera de su parte. Éste, su atractiva y necia esposa, y todo el mundo tenía que ser presentado. Mr. Elliot volvió como habían acordado. En cuanto hubo hecho las primeras gestiones, obtuvo el perdón, como sabes, y fue admitido nuevamente en la familia. Desde entonces sus visitas no tuvieron otro objeto (hasta tu llegada) que vigilar a sir Walter y a Mrs. Clay. No perdió ocasión de interponerse entre ellos, de cruzarse en su camino, visitando la casa a todas horas... Pero al respecto no necesito ahondar. Bien, puedes figurarte lo que es capaz de hacer un hombre astuto, y con esta indicación te bastará para explicarte el plan que le has visto desarrollar.

—Sí —contestó Anne—; nada de lo que me dices está en desacuerdo con lo que he sabido y con lo que he imaginado. Siempre hay algo ofensivo en los detalles de una estrategia basada en la hipocresía. Las maniobras del egoísmo no pueden por menos de causar indignación, pero, en realidad, nada de lo que oigo me sorprende. Sé de algunas personas a quienes seguramente sorprenderían estas revelaciones acerca de Mr. Elliot y que difícilmente creerían que son ciertas, pero por lo que a mí se refiere, nunca he llegado a estar tranquila y satisfecha. Ni por un instante he dejado de sospechar que su conducta ocultaba algo. Y confieso que me gustaría conocer su opinión actual acerca de las probabilidades relativas al suceso que tanto le espanta; quisiera saber si considera el peligro conjurado o no.

—En mi opinión —dijo Mrs. Smith—, lo considera conjurado en parte. Piensa que Mrs. Clay, amilanada ante sus intromisiones, no se atreve a proceder como lo haría si él no estuviese presente. Pero como Mr. Elliot ha de marcharse un día u otro, no creo que deba considerarse libre del riesgo mientras ella conserve la influencia que actualmente ejerce. Mrs. Wallis ha concebido una idea peregrina, según me ha contado la enfermera, que consiste en incluir entre las cláusulas del matrimonio de Mr. Elliot contigo, la de que tu padre no se case con Mrs. Clay. Es una ocurrencia propia de una mujer como ella, y el absurdo de la misma no se escapa a la discreta enfermera Rook. «Porque no se puede dudar, señora», me decía, «que eso no impediría que se casase con otra mujer». Por cierto que no considero a la enfermera muy opuesta a las segundas nupcias de sir Walter; no le desagradaría, porque, hay que conceder algo al egoísmo, ¿quién puede afirmar que no la asaltan ciertas visiones anticipadas en las que se presenta como posible el que algún día llegue a emplearse en el cuidado de Mrs. Elliot gracias a las recomendaciones de Mrs. Wallis?

—Oír esto me complace —dijo Anne después de una breve reflexión—. Por supuesto, ahora su compañía me resultará más incómoda; pero, en cambio, ya no dudo acerca de la conducta que debo seguir. Será mucho más directa. Evidentemente, Mr. Elliot es un hombre ladino y artero, que sólo se guía por su conveniencia y su egoísmo.

Pero todavía no había llegado el momento de terminar con Mr. Elliot. Mrs. Smith pretendió dar el tema por concluido, al menos por el momento, pero Anne, en razón del interés que lógicamente debía dedicar a su propia familia y las graves acusaciones que se habían acumulado sobre el caballero no se mostraba muy dispuesta a ello. Requirió, pues, explicaciones sobre aquello que sólo de un modo somero se le había insinuado, y escuchó un largo relato que, si no justificaba por completo la exagerada amargura de Mrs. Smith, probaba de sobra el comportamiento inicuo de Mr. Elliot para con ella y su malvada inhibición respecto a todo deber de caridad y justicia.

Anne supo que la amistad no se había destruido por el matrimonio de Mr. Elliot, sino que habían continuado tan unidos como antes, y que éste indujo a su amigo a realizar gastos que no guardaban proporción con su fortuna. Mrs. Smith no quería reprochárselo a sí misma, ni su ternura le permitía echar sobre su marido el peso de la culpa; pero Anne comprendió perfectamente que llevaban un tren de vida desmedido para su renta y que desde el principio se habían conducido sin prudencia alguna y de modo por demás extravagante. A juzgar por lo narrado, Anne llegó a la conclusión de que Mr. Smith había sido un hombre impresionable, dócil, de costumbres desordenadas y poco inteligente, mucho más afectuoso que su amigo, de carácter completamente distinto. Tras alcanzar Mr. Elliot, por medio de su matrimonio, una situación opulenta y hallándose en condiciones de satisfacer cualquier capricho —eso sí, compatible con el orden que había impuesto a su existencia, pues dentro de su liberalidad era un hombre prudente—, y viéndose rico precisamente en los días en que su amigo empezaba a empobrecer, no parecía haberse preocupado de la situación financiera de éste sino que, por el contrario, lo había animado a hacer dispendios que sólo podían conducirlo a la ruina... Y, como era de esperar, los Smith se arruinaron.

La muerte había sorprendido al marido a tiempo de ahorrarle el disgusto. Ya en vida de él habían atravesado períodos bastante difíciles, suficientes para poner a prueba el afecto de sus amigos y convencerse de que el de Mr. Elliot valía más no ponerlo a prueba; pero sólo después del triste suceso Mrs. Smith llegó a conocer la desventurada situación en que se hallaban sus negocios. Confiando aún en Mr. Elliot, lo cual debía atribuirse más al afecto que sentía por él que a su buen criterio, lo nombró su albacea testamentario. Él, sin embargo, no aceptó la designación, y las dificultades y sinsabores que cayeron sobre ella con motivo de esta negativa, unidos a los sufrimientos inevitables propios de la situación, habían sido tales que no podían ser narrados sin angustia ni escuchados sin despertar una profunda indignación.

Anne leyó algunas cartas escritas por Mr. Elliot en respuesta a los desesperados pedidos de Mrs. Smith, y todas ellas evidenciaban que el caballero no tenía ninguna intención de verse mezclado en gestiones que pudieran ocasionarle molestias infructuosas, y bajo las apariencias de una glacial cortesía, en todas se dejaba traslucir una indiferencia absoluta a las desdichas que se cernían sobre la infortunada Mrs. Smith. Constituían una espantosa prueba de ingratitud, y Anne advertía en semejante conducta una maldad mayor que en muchos crímenes flagrantes. El relato de innumerables calamidades que en charlas anteriores sólo habían sido mencionadas de pasada, hizo que Anne percibiese los prodigios que en aquella mujer había operado el consuelo, y no podía por menos de asombrarse ante la serena resignación que habitualmente conservaba.

Entre los detalles de tan amarga historia había alguno que irritaba a Anne sobremanera. Del relato se deducía fácilmente que ciertas propiedades que el marido poseía en las Indias Occidentales, y que habían sido embargadas por falta de pago de las contribuciones, podían ser recuperadas llevando a cabo las oportunas gestiones, y si bien aquellas fincas no constituían un gran patrimonio, sin duda bastarían para proporcionar a la viuda una existencia relativamente desahogada. Pero no había nadie que mediase en el asunto. Mr. Elliot no estaba dispuesto a hacer nada, y ella, que era impotente a causa de sus dolencias, se veía incapacitada, debido a su indigencia, para valerse de otras personas. No tenía parientes cercanos que pudieran auxiliarla siquiera con el consejo, ni disponía de medios para buscar la protección de la ley. Todo esto contribuía a aumentar la amargura de su situación. Y era doloroso pensar que un poco de ayuda le bastaría para mejorar de posición y que un retraso más prolongado podría acarrear la caducidad de sus derechos.

Tal era el punto en que Mrs. Smith había pensado valerse de la influencia que Anne pudiera ejercer sobre Elliot. Al meditar en días anteriores sobre la posibilidad de que la pareja se uniera en matrimonio había experimentado serios temores de perder el afecto de su amiga, pero convencida de que Mr. Elliot aún no podía haber iniciado ninguna gestión encaminada a romper definitivamente la relación que existía entre ambas, por ignorar que ella se hallaba en Bath, se le ocurrió la idea de utilizar en su favor la influencia de Anne, y de inmediato concibió el propósito de interesarla en aquel empeño, dentro de las precauciones que el carácter de Mr. Elliot exigía hasta que la resuelta negativa de su amiga a casarse con aquél hizo cambiar por completo el aspecto de las cosas, y aunque esa actitud echaba por tierra sus recién concebidas ilusiones, le proporcionó al menos el consuelo de ofrecer a Anne la historia real y exacta de los hechos.

Después de escuchar aquella minuciosa descripción que pintaba con claridad el carácter de Mr. Elliot, Anne no pudo evitar mostrarse extrañada por las referencias favorables que Mrs. Smith había hecho de él al comienzo de la conversación. ¡Si se lo había recomendado prodigándole sinceras alabanzas!

—Querida mía —respondió Mrs. Smith—, no podía hacer otra cosa; estaba segura de que te casarías con él, aun cuando todavía no te lo hubiera propuesto, y eso me impedía revelarte la verdad. Sentía una opresión en el pecho al hablar de vuestra felicidad, pero como se trata de un hombre agradable y seductor, no era lógico suponer que fallasen sus esperanzas tratándose de una mujer como tú. Fue muy cruel con su primera esposa, pero ella era una mujer ignorante e incapaz de hacerse respetar; por no hablar de que él nunca llegó a amarla. Yo abrigaba la esperanza de que contigo se condujese de otro modo.

Anne se estremecía al pensar en la posibilidad de que las circunstancias la hubieran inducido a casarse con él, y temblaba ante las amarguras que habría sufrido de hacerlo. Hasta hubiera sido probable que Mrs. Russell tratara de persuadirla. Y en tal supuesto, ¿cuál de las dos habría experimentado dolor más profundo cuando al cabo del tiempo se hubiese impuesto la verdad?

Ante todo había que procurar que Mrs. Russell no continuase en el engaño en que estaba.

Y uno de los primeros resultados de aquella charla, que les había ocupado la mañana entera, fue que Anne pidiese autorización a Mrs. Smith para poner al corriente a su antigua amiga de todo lo relativo a la verdadera personalidad de Mr. Elliot.

22

Anne regresó a su casa sin dejar de pensar en lo que ahora sabía. El haberse enterado de cómo era en realidad Mr. Elliot había disipado, al menos en parte, sus inquietudes. Ya no tenía respecto a él ninguna obligación de afecto y ternura. Como rival del capitán Wentworth, no merecía otra consideración que la que hubiera de otorgarse a cualquier contrincante inoportuno, y sus inconvenientes atenciones de la noche anterior, con las fatales consecuencias que hubiese podido ocasionar, sólo debían mirarse con desagrado y aun hostilidad. Ya no sentía la menor compasión por él. Pero ahí terminaban las ventajas de la nueva situación. Por muchos motivos, al mirar alrededor o meditar sobre el porvenir, no veía nada que no le produjese desconfianza o recelo. Experimentaba una enorme tristeza al pensar en la cruel desilusión que se llevaría Mrs. Russell y en la humillación a que se verían sometidos su padre y su hermana. Preveía muchos y serios disgustos, y no sabía de qué manera evitarlos. Le alegraba, no obstante, haberse enterado de la verdad. Nunca como en ese momento juzgó tan meritorio el que hubiese conservado la amistad de una mujer como Mrs. Smith, y la recompensa se había hecho esperar. Mrs. Smith había procedido con ella como nadie lo hubiera hecho. ¡Ah, si pudiera encontrar el modo de comunicar a su familia aquellas importantes revelaciones! Pero esta ilusión era vana. Le contaría a Mrs. Russell cuanto sabía, la consultaría al respecto, y, habiendo hecho cuanto estaba de su parte, se limitaría a esperar la marcha de los acontecimientos con toda la serenidad posible; aunque, a decir verdad, era preciso que todas las precauciones y reservas se concentrasen en aquel rincón de su alma que no podía descubrir a su antigua amiga, guardándose para sí todas las ansiedades y zozobras.

Cuando llegó a su casa se enteró de que, como esperaba, había conseguido burlar a Mr. Elliot y de que éste había hecho aquella mañana una larga visita, pero apenas comenzaba a alegrarse de ver aplazado el peligro hasta el día siguiente, cuando le comunicaron que el caballero regresaría por la tarde.

—Yo no tenía la menor intención de decirle que viniera —comentó Elizabeth con afectada indiferencia—, pero se insinuó de tal modo...; al menos eso dice Mrs. Clay.

—Lo digo y lo sostengo. Nunca he visto a nadie solicitar una invitación con mayor empeño. ¡Pobre hombre! Sentí lástima, porque Elizabeth parece disfrutar mostrándose cruel con él.

—Estoy demasiado habituada a estos juegos para sucumbir ante los manejos de un hombre —replicó Elizabeth—. Sin embargo, al notar lo sinceramente que lamentaba no haber encontrado a mi padre esta mañana, me apresuré a complacer sus deseos, porque no quiero dejar pasar la ocasión de que él y sir Walter se encuentren. ¡Disfrutan tanto con la mutua compañía! ¡Se los ve tan encantados! ¡Mr. Elliot respeta y admira tanto a mi padre...!

—¡Ya lo creo! —exclamó Mrs. Clay sin osar dirigir la mirada hacia Anne—. Parecen padre e hijo. Querida miss Elliot, ¿puedo llamarlos padre e hijo?

—Ése es su problema —respondió Anne con cierta aspereza—. Pero yo apenas si encuentro diferencia entre sus atenciones y las de otro cualquiera.

—¡Mi querida miss Elliot! —exclamó Mrs. Clay alzando las manos con expresión de asombro.

—No te preocupes más por él —intervino Elizabeth—. Ya has visto que lo he invitado y que lo he despedido con una sonrisa. Al enterarme de que pensaba ir mañana a ver a sus amigos de Thurnberry Park y que pasará el día allí, le expresé mis más sinceros sentimientos de compasión.

Anne admiraba el disimulo de Mrs. Clay al fingir esperar con placer la llegada de una persona cuya presencia constituía un obstáculo para su objetivo esencial. Era imposible que dejase de odiar con toda su alma a Mr. Elliot, y sin embargo adoptaba un aire de complacencia y había en su mirada tal amabilidad que parecía satisfecha de la escasa libertad con que contaba para dedicar a sir Walter la mitad del tiempo que antes solía dedicarle.

Para la misma Anne era inquietante ver entrar a Mr. Elliot en la casa y le irritaba el observar cómo se acercaba para hablarle. Siempre había sospechado que no era sincero, pero ahora estaba completamente segura de su hipocresía. Las amables diferencias que prodigaba a su padre contrastaban enormemente con el lenguaje utilizado en la carta; cuando recordaba el modo en que se había comportado con Mrs. Smith, tenía que hacer un gran esfuerzo para contemplar con calma su expresión dulce y risueña y escuchar sus expresiones de bondad ficticia. Pero ella se proponía evitar todo cambio en su modo de tratarlo, a fin de no despertar sospechas. Debía alejar a toda costa cualquier motivo de extrañeza, aunque estaba decidida a conducirse con la mayor frialdad que le permitiese un trato meramente cortés. Además, se proponía poner fin poco a poco a aquella ociosa confianza que se había establecido entre ellos. En consecuencia, se mantuvo más reservada y distante que la noche precedente.

Mr. Elliot intentó reavivar el interés de Anne acerca de cómo y dónde podía haber oído hablar de ella anteriormente en términos elogiosos, y esperaba con impaciencia que ella se mostrase intrigada al respecto; pero fue en vano. Imaginaba él que tal vez fuera necesaria la animación de un lugar público para vencer la vanidad de su modesta prima, o al menos creía que nada podría conseguir ahora, ya que las insistentes preguntas de los otros presentes sólo le permitían dirigirle la palabra en raras ocasiones. No podía sospechar que actuase en contra de sus proyectos el que Anne estuviese al corriente de ciertos episodios de su vida pasada y que los considerase reprobables e imperdonables.

No fue poca la satisfacción que Anne experimentó al enterarse de que Mr. Elliot saldría de Bath al día siguiente, temprano por la mañana, y que su ausencia duraría casi dos días. Fue invitado a Camden Place para la tarde de su regreso, pero desde el jueves hasta el sábado no había necesidad de pensar en él. Bastante molestaba a Anne la presencia inevitable de Mrs. Clay, pero la adición de otro hipócrita redomado al círculo familiar hacía imposible toda ilusión de paz y tranquilidad. Era muy amargo para ella pensar en los ultrajes que Elizabeth y su padre habían recibido y aún más triste considerar las mil mortificaciones que los amenazaban. Pero el egoísmo de Mrs. Clay no era tan indignante como el de aquel hombre, y Anne habría aceptado de buen grado el matrimonio de la señora con su padre si de ese modo éste se veía libre de las sutiles maquinaciones de Mr. Elliot para impedirlo.

El viernes por la mañana a Anne se le ocurrió ir temprano a casa de Mrs. Russell a fin de comunicarle cuanto sabía, y habría partido inmediatamente después de tomar el desayuno si no hubiera observado que en aquel momento Mrs. Clay se disponía a salir para cumplir un encargo de Elizabeth, lo que hizo que demorase su proyecto hasta hallarse segura de evitar la compañía de la viuda. Una vez que ésta se hubo marchado, Anne informó a Elizabeth y a su padre de su intención de visitar a su antigua amiga.

—Muy bien —dijo Elizabeth—, exprésale mis más sinceros deseos. ¡Ah!, y devuélvele ese libro soporífero que me ha prestado, pero dile, por supuesto, que lo he leído. Esos poemas me han parecido insoportables. Mrs. Russell parece empeñada en fastidiarme con sus nuevos libros. No le digas nada, pero el vestido que llevaba la otra noche me pareció espantoso. Yo creí que tenía cierto gusto para vestir, pero no pude creerlo al verla en el concierto. ¡Tenía un aspecto tan anticuado y solemne! Además, se sienta tan derecha... En fin, no se te olvide darle mis afectos.

—Y los míos —intervino sir Walter—. Dile que me propongo visitarla muy pronto, aunque sólo pienso dejar mi tarjeta. No está bien visto visitar por la mañana a una mujer de su edad. Además, la última vez que estuve en su casa observé que bajaban los visillos a toda prisa.

Mientras sir Walter hablaba, llamaron a la puerta. ¿Quién podía ser? Anne recordó que Mr. Elliot solía presentarse de manera inesperada, de modo que no le habría extrañado verlo entrar, si no le supiera a siete millas de distancia. Oyeron a continuación el ruido que al llegar hacían algunas personas, y de inmediato entraron en la estancia Mr. Charles Musgrove y su esposa.

La primera reacción que produjo aquella presencia fue de sorpresa, pero Anne se alegró muchísimo de verlos, y la contrariedad de Elizabeth y sir Walter no fue tan profunda que les impidiese adoptar un aire de relativa satisfacción al verlos. Tan pronto como se aseguraron de que aquellos parientes tan cercanos no tenían intención de alojarse en la casa, sir Walter y Elizabeth se mostraron más cordiales y empezaron a hacerles los honores de rigor. Venían a Bath por algunos días con Mrs. Musgrove y se hospedaban en White Hart. Esto lo dijeron enseguida; pero hasta que los dueños de la casa no condujeron a Mary al otro salón para charlar con ella animadamente, Anne no pudo conseguir de Charles una explicación satisfactoria del motivo del viaje o la aclaración de ciertas sonrisas significativas que Mary había esbozado al hablar de negocios particulares, así como de la confusión que en ellos se advertía al referirse a la identidad de quienes los acompañaban.

Anne se enteró entonces de que estos eran, además de Mrs. Musgrove, Henrietta y el capitán Harville. Charles le dio cuenta clara y detallada de todo, y en aquella narración Anne tuvo ocasión de advertir muchos rasgos característicos de las costumbres familiares. La primera idea del proyecto había surgido del capitán Harville, a quien unos asuntos reclamaban en Bath. Una semana antes había empezado a hablar de su proyecto, y, por hacer algo, ya que cazar no se podía, Charles se ofreció a acompañarlo, lo que agradó extraordinariamente a Mrs. Harville por considerarlo muy ventajoso para su marido, pero Mary, que no soportaba la idea de quedarse sola, se deprimió tanto que por uno o dos días el proyecto pareció suspendido o casi abandonado. Mr. y Mrs. Musgrove encontraron una solución. La madre deseaba visitar a unos antiguos amigos que tenía en Bath, y se ofrecía una buena oportunidad para que Henrietta fuese a encargar los vestidos de boda para ella y su hermana. Acabó por decidirse que su madre los acompañase, lo que al capitán Harville pareció muy bien. Como medida prudente se acordó que Mary también los acompañaría. Habían llegado la noche anterior, ya tarde. Mrs. Harville, sus hijos y el capitán Benwick se quedaban en Uppercross con Mr. Musgrove y Louisa.

Lo único que Anne encontraba sorprendente en todo aquello era que las cosas estuviesen adelantadas hasta el punto de que ya se hablara de vestidos de boda, pues suponía la existencia de ciertas dificultades económicas que impedían que el matrimonio se celebrase tan pronto. Pero Charles le informó de que muy recientemente —después de la última carta de Mary—, un amigo de Charles Hayter le había proporcionado una plaza que pertenecía a un muchacho que no tomaría posesión de ella hasta que pasasen algunos años. Con esta colocación y la firme promesa de un destino más permanente y mejor remunerado, del que había de entrar en posesión antes de extinguirse el plazo correspondiente al primero, las dos familias habían accedido a complacer los deseos de los novios, y por lo tanto el matrimonio se celebraría dentro de muy pocos meses, casi al mismo tiempo que el de Louisa.

—Es un gran destino —añadió Charles—; sólo dista veinticinco millas de Uppercross, y está en una comarca deliciosa, la más hermosa de Dorsetshire. Se encuentra en el centro de uno de los mejores parajes del reino y lo rodean tres grandes propietarios, a cual más celoso. Para dos de ellos al menos, Charles Hayter cuenta con magníficas recomendaciones. Sin embargo, no aprecia su suerte debidamente; ya sabes que es poco aficionado a los deportes, lamentablemente.

—¡Qué buena noticia! —exclamó Anne—. Me alegra muchísimo el que las cosas se hayan arreglado así y que las perspectivas halagüeñas de una hermana no ensombrezcan las de la otra y ambas disfruten de la misma prosperidad e idéntico bienestar. Supongo que tu padre y tu madre estarán contentos con los yernos que les ha tocado en suerte.

—Sí. Mi madre habría preferido que los dos muchachos estuvieran en mejor posición económica, pero aparte de eso no tiene otro reparo que ponerles. Económicamente hablando, casar a dos hijas a un tiempo no es cuestión baladí, y a mi padre le preocupa por muchos aspectos. Sin embargo, yo no pienso poner ninguna objeción. Es natural que las dos hijas tengan su dote, y todo cuanto puedo decir es que mi padre siempre ha sido conmigo sumamente cariñoso y liberal. A Mary el que Henrietta se case le tiene sin cuidado. Ya sabes que siempre ha pensado de la misma manera. Pero lo que ocurre es que no hace justicia a Charles ni piensa bastante en Winthrop. No puedo hacerle entender el valor de esa posición. Para los tiempos que corren es una magnífica alianza; siempre he estimado a Charles Hayter y no voy a cambiar ahora de opinión.

—Unos padres tan excelentes como Mr. y Mrs. Musgrove —dijo Anne— se merecen casar bien a sus hijos. Hacen cuanto pueden por su felicidad. No es poca suerte para una muchacha tener progenitores tan generosos. Tu padre y tu madre nunca abrigaron esos delirios de grandeza que a menudo causan la desdicha de jóvenes y viejos. Imagino que Louisa estará completamente repuesta.

—Sí, creo que sí... —respondió él con tono vacilante—. Está mucho mejor, pero ha cambiado bastante. Ya no corre de un lado a otro, ni salta, ni ríe, ni baila; es otra muchacha. Si alguien casualmente cierra una puerta de golpe, se sobresalta. Benwick se pasa el día a su lado murmurándole al oído y leyéndole versos.

—Ya sé yo que eso no te agrada mucho —dijo Anne sin poder contener la risa—, pero no se puede negar que es un muchacho excelente.

—Eso nadie lo pone en duda. Supongo que no me juzgarás tan intolerante que deje de conceder a todo hombre el derecho a entregarse a la afición que crea más conveniente. Siento bastante aprecio por Benwick y sé que cuando se consigue hacerle hablar siempre tiene muchas cosas que decir. Sus lecturas no le han hecho el menor daño, porque ha combatido tanto como ha leído. Es un muchacho valiente. El lunes pasado tuve ocasión de conocerlo mejor. Estuvimos toda la mañana cazando conejos en el coto de mi padre, y él lo hizo tan bien que desde entonces me cae doblemente simpático.

La conversación se vio interrumpida pues Charles tenía que ir con los demás a admirar los espejos y el juego de loza, pero Anne no necesitaba oír más para imaginar la actual situación de sus parientes de Uppercross y alegrarse por ellos. Suspiraba al tiempo que experimentaba una íntima satisfacción, pero no había en aquellos suspiros señal alguna de envidia. Ciertamente, habría dado cualquier cosa por encontrarse en la misma situación, pero ese lícito anhelo no empañaba la felicidad que sentía por los otros.

La visita transcurrió en un clima de alegría. Mary estaba de un humor excelente, compartía el júbilo con los demás y se hallaba encantada con el cambio. Le satisfacía tanto haber hecho el viaje en el coche de su suegra, tirado por cuatro caballos, y el verse libre de Camden Place, que estaba dispuesta a admirar el suntuoso mobiliario y la exquisita decoración de la casa a medida que le enseñaban las estancias de ésta.

Hubo momentos en que Elizabeth se sintió extrañamente inquieta. Comprendía que no había más remedio que invitar a comer a Mrs. Musgrove y sus acompañantes, pero le aterraba la idea de que todos aquellos que estaban acostumbrados al lujo desplegado por los Elliot de Kellynch conociesen la modestia con que vivían y el reducido número de criados con que contaban, lo cual habría quedado de manifiesto en el caso de tener que ofrecer un banquete. La cortesía y la vanidad libraron en su interior una dura batalla, pero triunfó la vanidad, y Elizabeth recobró la calma. Sus reflexiones fueron de este tenor:

—No solemos dar comidas. De hecho, pocos lo hacen en Bath, ni siquiera lady Alice, que se ha abstenido de invitar a la familia de su propia hermana, no obstante haber estado aquí casi un mes. Además, sería incómodo para Mrs. Musgrove... Estoy segura de que preferirá no venir, pues no creo que entre nosotros se encontrara a sus anchas. ¿Verdad que no suelen verse salones como estos? Les encantará venir mañana por la tarde. Será una reunión íntima, pero elegante y selecta.

Con esto, Elizabeth vio desvanecidas sus preocupaciones. Invitó a los presentes y prometió hacerlo a los que faltaban. Mary experimentó una gran satisfacción; se la invitaba para que conociera a Mr. Elliot, a Mrs. Dalrymple y a miss Carteret, que por fortuna también asistirían. La atención que les dispensaba no podía ser más halagüeña. Miss Elliot tendría el honor de visitar aquella misma mañana a Mrs. Musgrove; Anne saldría con Charles y con Mary e irían a saludar de inmediato a dicha señora y a Henrietta.

Todo esto hizo que Anne tuviese que aplazar su proyecto de reunirse con Mrs. Russell. Charles, Mary y ella se dirigieron hacia Rivers Street, donde sólo permanecieron un par de minutos; pero Anne, convencida de que la dilación no habría de traer consecuencias, marchó a White Hart, deseosa de ver cuanto antes a sus amigas y compañeras del último otoño.

Cuando llegaron a White Hart, Mrs. Musgrove y Henrietta, que se hallaban a solas, le dieron una cariñosa bienvenida. En el rostro de la última se reflejaba, embelleciéndola, su nueva felicidad, que la movía a interesarse por cosas y personas que antes le pasaban completamente inadvertidas. El sincero afecto de Mrs. Musgrove hacia Anne había aumentado considerablemente por lo mucho que ésta había ayudado en momentos tristes y difíciles. Aquella cordialidad efusiva y sincera encantaba a la joven, tanto más cuanto que en su casa no estaba habituada a disfrutar de esa clase de conductas. Le rogaron encarecidamente que las acompañase siempre que le fuera posible, la invitaron todos los días, en una palabra, se la trató como a un miembro más de la familia. Ella prometió, a cambio, su ayuda incondicional, y cuando tras marcharse Charles se quedaron a solas, escuchó de labios de Mrs. Musgrove la historia referente a Louisa y luego Henrietta le contó la suya propia. De vez en cuando hacía indicaciones acerca de alguna tienda o de prendas que les convendría comprar. Todo esto en los escasos momentos en que Mary no monopolizaba la conversación o la atención de todos, pues había que ocuparse de arreglar los detalles de su vestido, responder a sus mil preguntas, buscarle las llaves, ordenar las joyas que llevaba encima y convencerla de que nadie pretendía ofenderla, porque, no obstante hallarse en aquellos momentos asomada a la ventana y entretenida mirando entrar a la gente en el Pump Room, no dejaba de importunar a su hermana.

Todo indicaba que se trataría de una mañana agitada. Una familia numerosa no puede alojarse en un hotel sin dar lugar a escenas por demás variadas. Cada cinco minutos llegaba una cuenta, los criados no acababan de entrar con paquetes y encargos, y Anne todavía no llevaba media hora en la habitación que servía de comedor cuando ya se hallaba ocupada por multitud de objetos de formas diversas. Alrededor de Mrs. Musgrove se sentaban algunos viejos amigos, y al rato apareció Charles acompañado de los capitanes Harville y Wentworth. La sorpresa ocasionada por la entrada de este último debía ser pasajera para Anne, porque no era posible que hubiera dejado de pensar en que la llegada de aquellos amigos comunes tenía que ponerlos de nuevo frente a frente. La última entrevista con Frederick había sido de la mayor importancia, pues el capitán había revelado la naturaleza de sus verdaderos sentimientos. A pesar de las cosas gratas que había deducido, el semblante de Wentworth reflejaba, o al menos eso temía ella, que aún persistía en su ánimo aquella desagradable impresión que le había hecho abandonar rápidamente la sala de concierto. No daba señales de desear acercarse a la joven para entablar conversación.

Anne se propuso conservar la calma y dejar que los acontecimientos siguieran su curso natural. Para aumentar su confianza y su tranquilidad, no paraba de repetirse: «No hay duda de que si en ambos todavía persiste el afecto, nuestros corazones no tardarán en entenderse. No somos niños para irritarnos caprichosamente, para dejarnos llevar de interpretaciones hechas a la ligera, ni para entregarnos a juegos que pongan en peligro nuestra felicidad.» Pero a pesar de esto, en pocos minutos comenzó a temer que el hallarse juntos en tales circunstancias los expusiera seriamente a que se alzara entre ellos una barrera de suposiciones infundadas, sumamente difícil de destruir.

—¡Anne! —la llamó Mary desde la ventana—, allí, junto a aquellas columnas, creo haber visto a Mrs. Clay acompañada de un caballero. Acaban de doblar en Bath Street. Conversan muy animadamente. ¿Quién es él? Ven a decírmelo. ¡Santo cielo, ya lo recuerdo! ¡Se trata del mismísimo Mr. Elliot!

—No —exclamó Anne—, estoy segura de que no puede ser Mr. Elliot. Pensaba salir de Bath a las nueve de hoy y no volvería hasta mañana.

Al decir esto observó que el capitán Wentworth la miraba, lo cual aumentó su inquietud y su amargura, y la hizo deplorar profundamente el haber hablado tanto, a pesar de lo poco que significaban sus palabras.

Mary, decidida a que todos supiesen que reconocía a su primo, comenzó a charlar con entusiasmo, haciendo mil comentarios acerca de los rasgos familiares, insistiendo firmemente en que aquél era Mr. Elliot, y llamando a su hermana para que lo comprobase por sí

misma. Anne no se movió y procuró aparentar frialdad
e indiferencia, pero no tardó en sentirse nuevamente
angustiada al sorprender a algunos de los presentes
cambiando miradas significativas, como dando a entender que estaban al corriente del secreto. Estaba claro
que circulaba un rumor concerniente a ella, y la breve
pausa que siguió le dio la seguridad de que seguiría ex-
tendiéndose.

—Ven, Anne —insistió Mary—; ven y mira por ti
misma. Si no te das prisa te lo perderás. En este momento se despiden, se estrechan la mano. Él ya se vuelve. ¡Parece mentira que no reconozcas a Mr. Elliot!
¡Cualquiera diría que has olvidado que te cruzaste con
él en Lyme!

Tanto por apaciguar a su hermana como para disimular su propia turbación, Anne se acercó lentamente a
la ventana. Llegó a tiempo de comprobar que aquel caballero era, en efecto, Mr. Elliot —nunca lo hubiera
creído—, y que se marchaba por un lado mientras Mrs.
Clay se dirigía a toda prisa en dirección opuesta. Tratando de ocultar la extrañeza que le producía sorprender aquel misterioso encuentro entre dos personas a
quienes animaban intereses tan opuestos, dijo tranquilamente:

—Sí, no hay duda de que es Mr. Elliot. Por lo visto
ha cambiado la hora de salida, cosa que no me esperaba.

Y fingiendo la calma más absoluta, volvió a sentarse, con la secreta esperanza de haberse mostrado lo bastante indiferente.

La visita se despidió y Charles, después de acompañarlos cortésmente hasta la puerta, hizo un jocoso ademán dando a entender lo inoportunos que habían sido,
y dijo:

—Bien, mamá, he hecho algo que te gustará. Vengo
del teatro, y he reservado un palco para mañana por la
tarde. ¿Soy o no soy un buen chico? Sé lo mucho que te

gustan las comedias. Caben nueve, de modo que hay sitio para todos nosotros. He invitado al capitán Wentworth. Creo que a Anne no le molestará acompañarnos. A todos nos gusta el teatro. ¿No he hecho bien, mamá?

Mrs. Musgrove ya empezaba a expresar su alegría, mostrándose dispuesta a presenciar la función si Henrietta y los demás lo deseaban, cuando Mary los interrumpió bruscamente exclamando:

—¡Charles, por Dios! ¡Cómo se te ha ocurrido semejante cosa! ¡Reservar un palco para mañana! ¿Ya te has olvidado de que estamos invitados en Camden Place para mañana por la tarde, y que el motivo es presentarnos a Mrs. Dalrymple, a su hija y a Mr. Elliot..., miembros importantísimos de nuestra familia? ¿Cómo puedes ser tan olvidadizo?

—¡Bah, bah! —replicó Charles—. ¿Quién hace caso de una reunión vespertina? No tiene nada de particular que se le olvide a uno. Si tu padre deseaba vernos, podía habernos convidado a comer. Tú puedes hacer lo que quieras, pero yo iré al teatro.

—¡Eso sería imperdonable! ¡Después de haber prometido ir...!

—Yo no he prometido nada; me he limitado a sonreír, a hacer una reverencia y a decir: «Encantado.» En eso no hubo la menor promesa.

—Pero tienes que ir, Charles. Tu ausencia sería inexcusable. Hemos sido invitados especialmente para hacer las presentaciones. Siempre hemos estado en buenas relaciones con los Dalrymple. Cualquier cosa que ocurriera en una de las casas se informará de inmediato a la otra. Has de saber que somos parientes muy cercanos, y además, estará Mr. Elliot, a quien tantos deseos tenías de conocer. Mr. Elliot merece toda clase de atenciones. Piensa que es el heredero de mi padre..., el futuro jefe de la familia.

—No me hables de herederos ni de jefes de familia —la atajó Charles—. No soy de los que abandonan el poder reinante para adorar el nuevo sol. Si no voy por consideración a tu padre, sería infame que modificara mi resolución por acatamiento al heredero. ¿A mí qué me importa Mr. Elliot?

Aquella frase desdeñosa pareció dar alas a Anne. Advertía que el capitán Wentworth seguía con profunda atención el curso del diálogo. Al escuchar las últimas palabras sus ojos pasaban alternativamente de ella a Charles.

El matrimonio aún continuó hablando un rato en el mismo tono; él, entre grave y festivo, mantenía su decisión de ir al teatro, mientras ella, completamente seria, discutía obstinadamente; y aunque declaraba su propósito de acudir a Camden Place, no ocultaba su opinión de que si ella no asistía a la representación se sentiría muy ofendida.

—Lo que debemos hacer es aplazarlo —terció Mrs. Musgrove—. Tú, Charles, vuelve y cambia la reserva por otra para el martes. Sería una pena el que nos dividiésemos y nos privásemos de Anne, ya que no puede faltar a la reunión en casa de su padre; y ni Henrietta ni yo disfrutaremos tanto de la obra si ella no viene con nosotros.

Anne le agradeció sinceramente el cumplido, tanto por la delicada amabilidad que entrañaba, como porque le ofrecía la oportunidad de decir con tono decidido:

—Si sólo debiera atenerme a mi propia inclinación, señora, le advierto que la reunión en mi casa, aparte de lo que a Mary pueda importarle, no sería obstáculo alguno. Confieso que no me atraen esas reuniones, y renunciaría muy gustosa a la de mañana a cambio de presenciar en su compañía una función de teatro; pero tal vez sea mejor no hacerlo.

Ya lo había soltado; pero al instante se echó a temblar, consciente de la gravedad de sus palabras, y ni se atrevió a observar el efecto que producían.

Se decidió de inmediato que irían al teatro el martes, lo cual no impidió que Charles zahiriese a su mujer declarando que, aunque nadie lo acompañara, él pensaba ir al día siguiente a ver la función.

El capitán se puso de pie y se acercó a la chimenea, pero no tardó en cambiar de sitio para colocarse al lado de Anne, revelando ya mayor soltura y desenfado.

—No lleva usted tanto tiempo en Bath —dijo— como para conocer los encantos de las reuniones que aquí se celebran.

—Claro que no. Pero el modo en que suelen desarrollarse no va conmigo.

—Pues a mí me ocurre otro tanto. Además, no sé jugar a las cartas. Ya sé que usted tampoco, pero la gente cambia con el tiempo.

—No creo haber cambiado hasta ese punto —exclamó Anne, y se detuvo bruscamente por miedo a que sus palabras fueran interpretadas erróneamente.

Después de un breve silencio, y como obedeciendo a una inspiración repentina, dijo Wentworth:

—Ocho años y medio no son poco tiempo, ciertamente.

Dejemos que Anne, en momentos de mayor tranquilidad, se entregue a dilucidar el arduo problema de imaginar si el capitán habría seguido avanzando por aquel resbaladizo sendero. En la presente ocasión se vio obligada a volver a la realidad apenas se desvaneció en sus oídos el eco de las últimas palabras de Wentworth, ya que Henrietta, aprovechando la oportunidad, quería salir a la calle antes de que llegasen nuevas visitas, y le pidió que la acompañase.

No había más remedio que separarse. Anne declaró que lo haría encantada, y trató de aparentarlo, pero no dejó de pensar que si Henrietta se hubiera dado cuenta del esfuerzo que tenía que hacer para levantarse de aquella silla y abandonar la estancia, seguramente habría encontrado en el amor a su primo y en la certeza del cariño de éste sobradas razones para compadecerla.

Los preparativos quedaron bruscamente suspendidos. Se oyeron ruidos alarmantes; llegaba una nueva visita. Se abrió la puerta y aparecieron sir Walter y Elizabeth, lo que produjo en los presentes un estremecimiento, e impuso a todos una actitud cortés pero reservada. Anne no pudo evitar sentirse inquieta, y al mirar a los demás advirtió que les pasaba lo mismo. La alegría, el bienestar y la franca libertad que reinaban desaparecieron como por ensalmo, y se adoptó, sin previo acuerdo, un silencio forzado, apenas interrumpido por breves frases insustanciales, que no era otra la forma de corresponder a la actitud soberbia del padre y de la hija. ¡Cuánto mortificaba a Anne observar todos aquellos detalles! Sin embargo, lo que vio le proporcionó una grata impresión. Elizabeth había dado otra vez señales de reconocer al capitán Wentworth, y en esta ocasión lo saludó con mayor gracia y soltura. Incluso llegó a dirigirse a él en una ocasión y a mirarlo en más de una. La actitud de Elizabeth para con el capitán había experimentado un cambio importante, según testimoniaron claramente ciertos hechos posteriores. Después de consumir algunos minutos, cambiaron los presentes los comentarios banales propios de la situación, y a continuación Elizabeth procedió a repartir las invitaciones a Mrs. Musgrove y a los demás presentes.

—Mañana por la tarde nos reuniremos unos cuantos amigos; nada muy formal, por supuesto.

Dijo esto con tono casual, al tiempo que dejaba sobre la mesa las tarjetas, que rezaban: «Miss Elliot recibe en casa», y distribuía amables y significativas sonrisas. Al capitán Wentworth le cupo la suerte de recibir una sonrisa y una tarjeta. Para explicar la modificación de la conducta de Elizabeth, basta recordar que llevaba en Bath suficiente tiempo como para haberse percatado que un hombre de la figura y el aspecto del capitán merecía otra cosa muy distinta de aquel altivo desdén. No había que pensar en el pasado. Y el presente era que aquel apuesto caballero contribuía espléndidamente al decorado de un salón elegante. Un momento después sir Walter y Elizabeth se marcharon.

Fue una visita breve, pero dejó a todos azorados, y al cerrarse la puerta tras ellos, de nuevo volvió la animación a la estancia, con excepción de Anne. No podía ésta dejar de pensar en la invitación de que había sido testigo y en la forma vacilante con que había sido recibida, que dejaba traslucir más sorpresa que agradecimiento, más cortesía que propósito de utilizarla. Ella lo conocía perfectamente; vio el desdén en sus ojos, y no se atrevía a creer que Wentworth la hubiese aceptado como señal de que perdonaba a Elizabeth las pasadas insolencias. Se hallaba extraordinariamente confusa, y al marcharse su padre y su hermana observó que el capitán miraba la tarjeta con aire meditabundo.

—¡Vaya que ha sido generosa Elizabeth con las invitaciones! —murmuró Mary, aunque lo bastante fuerte como para que todos la oyesen—. No me extraña que el capitán Wentworth esté maravillado. Ya ves que no sabe qué hacer con la tarjeta.

Anne observó que a Frederick se le encendían las mejillas y que una expresión de desprecio ensombrecía su semblante por unos segundos; no pudo evitar volver la cabeza, pues lo que veía y oía le resultaba humillante.

La reunión tocaba a su fin. Caballeros y damas iban cada uno a sus asuntos, con lo cual se alejaba la posibilidad de una nueva entrevista. Anne fue invitada con insistencia a comer en el hotel y a pasar en compañía de ellos el resto del día; pero se sentía tan atribulada por las profundas emociones que había sufrido, que no se encontraba con ánimo de ir a ninguna parte más que a su casa, donde podría encerrarse a meditar en la quietud y el silencio de su habitación.

Tras prometer a sus amigos que los acompañaría durante todo el día siguiente, marchó a Camden Place. Allí consumió la tarde casi exclusivamente en oír los apresurados preparativos de Elizabeth y Mrs. Clay para la reunión del día siguiente. A cada paso una u otra repetían la lista de los invitados y a cada momento se les ocurría algún nuevo detalle con que hacer más espectacular la decoración de la casa. Estaban decididas a que la reunión superase en distinción y elegancia a todas las que se hubieran celebrado en Bath. Todo esto sin que Anne lograra verse libre de la preocupación que suscitaba en ella la duda de si el capitán Wentworth asistiría o no. Elizabeth y Mrs. Clay lo contaban como seguro, pero ella distaba mucho de hacerlo, y eso le inquietaba. A primera vista juzgaba que vendría, porque, también a primera vista, pensaba que debía venir; pero no podía resolver la duda dirigiendo sus reflexiones ora por el lado del deber, ora por el de la discreción y la conveniencia, sin provocar al mismo tiempo en su espíritu una vorágine de suposiciones contradictorias.

Despertó de sus fatigosas meditaciones para comentarle a Mrs. Clay que la había visto en compañía de Mr. Elliot tres horas después de aquella en que se suponía que éste había salido de Bath; porque, tras esperar inútilmente que la señora hiciera por sí misma alguna referencia al hecho, decidió plantear la cuestión directamente. Al escucharla, Mrs. Clay la miró con una expresión que podría considerarse de culpabilidad. Pero Anne creyó ver en ella la prueba segura de que a causa de alguna complicada estratagema urdida de común acuerdo, o por obedecer servilmente a una imposición tiránica de Elliot, la viuda se había visto obligada a escuchar —tal vez por espacio de media hora— sus órdenes y prohibiciones concernientes a los proyectos que ella meditaba en relación con sir Walter. Fuera cual fuere el motivo, Mrs. Clay exclamó con una naturalidad bastante bien fingida:

—¡Oh, querida, es verdad! Imagínese lo mucho que me sorprendió topar con Mr. Elliot en Bath Street... En cuanto me vio se acercó a mí y me acompañó hasta Pump Yard. Parece ser que esta mañana le avisaron de que aplazara su viaje a Thornberry, no recuerdo por qué, y es que llevaba tanta prisa que apenas tuve tiempo de escucharlo. Lo único que puedo asegurar es que, a pesar del aplazamiento, no piensa demorar su regreso, e iba a enterarse de la hora más temprana a que podían recibirlo mañana sus amigos de Thornberry. No piensa más que en «mañana»; por supuesto que tampoco yo pienso más que en eso desde que he entrado en casa y me he enterado de la importancia de lo que aquí se prepara. Sólo así se comprende que se me haya olvidado dar a ustedes cuenta de tan inesperado encuentro.

23

Sólo un día había transcurrido desde la charla que Anne había mantenido con Mrs. Smith, y que ya hemos transcrito; pero en estos momentos una preocupación mucho más intensa monopolizaba la atención de la joven. Apenas si le interesaban ya los detalles referentes a la conducta de Mr. Elliot, y si a veces aún pensaba en ella, era sólo por la influencia que pudieran ejercer sobre ciertos aspectos de su vida. De modo pues que a la mañana siguiente decidió, con la mayor naturalidad del mundo, aplazar su visita a Rivers Street. Había ofrecido a los Musgrove acompañarlos desde la hora del desayuno hasta la de comer. Había empeñado su palabra, y el elevado concepto moral de Mr. Elliot, como la cabeza de Scherezade, tenía un día más de vida.

Sin embargo, Anne no pudo acudir a la cita con puntualidad. El tiempo era desapacible, y, lamentándolo mucho por sus amigos y por lo que a ella se refería, fue mucho lo que tuvo que esperar a causa de la lluvia antes de atreverse a salir a la calle. Cuando llegó a White Hart y se dirigió hacia las habitaciones de Mrs. Musgrove, no sólo se enteró de que llegaba tarde, sino también de que no era la primera en llegar. Ya acompañaban a Mrs. Musgrove, Mrs. Croft y los capitanes Harville y Wentworth. Enseguida se le dijo que Mary y

Henrietta, cansadas de esperarla, habían salido aprovechando un momento en que había parado de llover, pero que no tardarían en regresar, y que Mrs. Musgrove debía retenerla hasta que llegasen. De modo pues que Anne se sentó con actitud de aparente indiferencia al tiempo que la invadía una inquietud que sólo en cierta medida había presentido que experimentaría poco antes de que acabase la mañana. No había perdido ni un solo instante. Pronto fue presa de la felicidad de aquella amargura o de la amargura de aquella felicidad. No habían pasado dos minutos desde que tomara asiento cuando oyó al capitán Wentworth decir:

—Vamos a escribir la carta de que hemos hablado, Harville. Haga usted el favor de darme papel, tinta y pluma.

Sobre una mesa que se hallaba algo separada había cuanto el capitán necesitaba, de modo que se acercó a ella, volviendo la espalda a los presentes, y se puso a escribir.

Mrs. Musgrove contaba a Mrs. Croft los pormenores del noviazgo de su hija menor, y aunque pretendía hacerlo en voz baja, todos oían perfectamente lo que decía. Anne comprendía que aquella conversación no iba con ella, pero como el capitán Harville, sumido en sus pensamientos, no parecía dispuesto a entablar conversación, tuvo que resignarse a oír una serie de cosas que no le interesaban en absoluto. Decía, por ejemplo, Mrs. Musgrove: «Mr. Musgrove y mi hermano Hayter hablaron varias veces del asunto; mi hermano Hayter dijo un día esto y Mr. Musgrove propuso al siguiente aquello; a mi hermano Hayter se le ocurrió lo de más allá; los novios deseaban tal cosa; yo al principio no quería acceder, pero al fin me convencí de que no había más remedio que capitular», y otros comentarios por el estilo... Minucias y detalles que aún adornados con la gracia de la amenidad, cualidades de que Mrs. Musgrove carecía, apenas habrían hecho soportables a los interesados en ellas de manera directa y personal. Mrs. Croft escuchaba al parecer muy complacida, y en las raras ocasiones en que podía meter baza, se expresaba con gran discreción. En cuanto a los caballeros, estaban demasiado ocupados para que oyeran nada.

—De modo, señora —decía Mrs. Musgrove en su altisonante cuchicheo—, que aunque nosotras, claro, habríamos deseado otra cosa, no creímos conveniente oponernos. Charles Hayter estaba impaciente, y Henrietta no le iba en zaga, por lo que decidimos que se casaran de una vez y dejar que se las arreglen como puedan. Después de todo, dije yo, más vale eso que un noviazgo prolongado.

—Pues eso es precisamente lo que yo pensaba decir —exclamó Mrs. Croft—. Siempre he creído que es mejor para los jóvenes establecerse, aunque sea con pocos ingresos, y luchar juntos con las dificultades de la vida, que no comprometerse en unas relaciones largas. Nunca he pensado que una mutua...

—¡Oh, señora! —exclamó Mrs. Musgrove sin dejarla acabar—, no hay nada que me horrorice más para los jóvenes que uno de esos noviazgos que parecen eternizarse. Así se lo he dicho siempre a mis hijos. No pongo objeción ninguna a que los jóvenes se pongan en relaciones, siempre que haya probabilidades de casarse al cabo de seis meses o de un año. Pero un noviazgo excesivamente largo...

—Sí, señora —repuso Mrs. Croft—, es un noviazgo inseguro... Empezar sin saber a ciencia cierta que al cabo de un tiempo puedan llegar a disponer de los medios necesarios para casarse, encuentro que es imprudente y peligroso; y esto es lo que muchos padres deberían prevenir siempre que estuviera en su mano el hacerlo.

Anne encontró en aquellas palabras un interés inesperado. Notó que el sentido de lo que expresaban se adaptaba perfectamente a sus propias circunstancias... Y un estremecimiento recorrió todo su cuerpo. Instintivamente dirigió la mirada hacia la mesa lejana, y observó que el capitán Wentworth dejaba la pluma, levantaba lentamente la cabeza, y, volviéndose, fijaba los ojos en ella... Fue sólo un instante, pero su expresión era por demás significativa.

Las dos señoras todavía continuaron hablando para insistir en aquellos principios en los que hacía rato que estaban de acuerdo, documentándolos oportunamente con numerosos ejemplos demostrativos de las funestas consecuencias que habrían acarreado los procedimientos opuestos a los que ellas sustentaban; pero Anne, presa de una gran confusión, sólo percibía el rumor de sus voces.

El capitán Harville, que en realidad no había prestado la menor atención a aquel diálogo, se levantó de la silla y se dirigió hacia la ventana. Anne, que aunque parecía mirarlo no lo veía por estar concentrada en otros pensamientos, poco a poco comprendió que el capitán Harville le suplicaba que se acercase. La miraba con una sonrisa que parecía significar: «Venga usted, que tengo algo que comunicarle», y la espontánea y amable llaneza de aquel gesto propia de una amistad más antigua de la que entre ambos existía, hacía la invitación más grata y apremiante. Anne se puso de pie y se dirigió hacia él. La ventana junto a la que Harville estaba se abría hacia el lado de la estancia opuesto a aquel en que se sentaban las señoras, y aunque no mucho, estaba algo más cerca de la mesa del capitán Wentworth. Al aproximarse Anne a Harville, el rostro de éste recobró la expresión de reflexiva seriedad propia de él.

—Mire usted —dijo al tiempo que desenvolvía un paquete que tenía en la mano y le enseñaba un retrato en miniatura—, ¿lo conoce usted?

—Ya lo creo; es el capitán Benwick.

—Eso es, y también adivinará usted para quién es. Pero —añadió gravemente— no se había hecho para ella: ¿Se acuerda usted, miss Elliot, de nuestro paseo en Lyme, aquél en que tanto lo compadecimos? ¡Qué lejos estaba yo entonces de pensar...!; pero ¡qué se le va a hacer! Esta pintura se hizo en El Cabo. Allí Benwick encontró a un gran artista alemán, y para cumplir una promesa hecha a mi pobre hermana, se hizo retratar, y he aquí el resultado. ¡Pues ahora me han encargado que lo haga preparar para entregárselo a otra! ¡Vaya encargo! Pero ¿a quién iban a pedírselo si no a mí? Sin embargo, no tengo el menor inconveniente en traspasar la responsabilidad a otro. Él se ocupará de ello —dijo mirando al capitán Wentworth—. Ahora justamente está escribiendo sobre este asunto. —Apretó los labios y concluyó—: ¡Pobre Fanny! Ella no lo habría olvidado tan pronto.

—No —convino Anne con tono de ternura—; no lo habría hecho.

—Ella lo adoraba. No era propio de ella cambiar tan pronto de parecer.

—Ni de ninguna mujer que ame de verdad.

El capitán Harville sonrió, al tiempo que decía:

—¿Sale usted en defensa de las de su sexo?

—Sí —respondió ella, también con una sonrisa—. Nosotras no nos olvidamos de ustedes tan pronto como ustedes de nosotras. Pero esto, más que un mérito, tal vez sea un imperativo de nuestro destino. Carecemos de vida propia. Vivimos recluidas en el hogar, y somos excesivamente sentimentales. Ustedes no tienen más remedio que actuar, las obligaciones profesionales, las empresas y negocios de esta u otra clase exigen su presencia en el mundo, y ya es sabido que los cambios y la ocupación amortiguan todas las sensaciones.

—Aunque le dé la razón en eso que el mundo se apodera muy pronto de los hombres, lo cual ya es conceder, no creo que pueda aplicarse en el caso del capitán Benwick. Él jamás ha tenido que ocuparse de nada. La paz lo devolvió muy pronto a la tierra, y desde entonces ha vivido en el seno de nuestra familia.

—Es verdad —concedió Anne—, ya no me acordaba. Pero ¿cómo explicárnoslo entonces? Si la transformación no ha tenido ninguna causa externa, habrá que buscar la causa en el espíritu del hombre, en su condición. Tal vez la propia naturaleza de Benwick haya operado el cambio.

—No, no puede tratarse de la condición del hombre. Me resisto a admitir que sea más propio del hombre que de la mujer olvidar lo que se ama o se ha amado. Por el contrario, creo que existe una correspondencia perfecta entre nuestra alma y nuestra constitución física, y estimo, por lo tanto, que si es más fuerte nuestro cuerpo, también lo son nuestros sentimientos; por eso somos capaces de soportar los mayores infortunios y hacer frente a los más fuertes temporales.

—Es probable que los sentimientos de los hombres sean más fuertes, pero ese mismo criterio de analogía entre el cuerpo y el alma me autoriza a afirmar que los de las mujeres son más tiernos. El hombre es más vigoroso que la mujer, pero no por ello tiene más vida, lo cual explica, a mi entender, la naturaleza de sus afectos. Todavía he de afirmar que de lo contrario la vida sería horrible para ustedes. Bastantes dificultades y peligros a los que enfrentarse tienen ya. El sino de los hombres es el de trabajar y esforzarse, bajo la amenaza de toda clase de riesgos y penalidades. Han de estar siempre dispuestos a dejar familia, la patria, las amistades. Ni el tiempo, ni la salud, ni la vida les pertenecen. Sería verdaderamente cruel —añadió con voz temblorosa— que además de todo esto tuviesen la sensibilidad de las mujeres.

—Nunca nos pondremos de acuerdo en esta cuestión —dijo el capitán Harville, pero en ese momento llamó la atención de ambos un leve ruido procedente de la parte de la habitación en que se encontraba el capitán Wentworth, y que hasta aquel momento había permanecido en silencio. Se le había caído la pluma, eso era todo. Sorprendida, Anne advirtió que estaban más cerca de él de lo que había supuesto, y no dejó de sospechar que la pluma había caído al intentar él escuchar la conversación que mantenían ella y Harville, aunque Anne no creía que hubiera oído gran cosa.

—¿Ha acabado usted su carta? —le preguntó Harville.

—Todavía no; aun faltan unas líneas. Dentro de cinco minutos estará terminada.

—No tengo prisa por oír la orden de zarpar —dijo Harville y miró a Anne con una sonrisa—. Estoy perfectamente acompañado. Bien, miss Elliot, como iba diciendo, nunca nos pondremos de acuerdo en ese punto, ni creo que al respecto lleguen a coincidir jamás un hombre y una mujer. Pero me permitirá que le haga observar que toda la literatura está en contra de lo que usted afirma, tanto en prosa como en verso. Si yo poseyera la memoria de Benwick, presentaría ahora mismo mil citas en apoyo de mis argumentos, y lo que puedo decirle es que no recuerdo haber abierto en mi vida un solo libro en el que no se aluda, de una manera u otra, a la inconstancia de las mujeres. Todas las canciones y todos los proverbios giran en torno a las flaquezas femeninas. Claro que usted me dirá que todo eso ha sido escrito por hombres...

—Tal vez. En cualquier caso, no tome usted ejemplos de los libros. Los hombres siempre han disfrutado de una ventaja, y ésta es la de ser los narradores de su propia historia. Han contado con todos los privilegios de la educación, y, además, han tenido la pluma en sus manos. No, no admito que presente los libros como prueba.

—¿Cómo podremos demostrarlo entonces?

—No podemos. No esperemos demostrar nada acerca de este asunto. Se trata de una discrepancia irreductible. Generalmente empezamos animados por cierto prejuicio de debilidad hacia nuestro propio sexo, y sobre esta base de parcialidad vamos acumulando todas las circunstancias favorables que podemos recoger en el círculo en que vivimos; y muchas de estas circunstancias (tal vez las que más nos han impresionado) no pueden aportarse a la discusión sin traicionar un secreto o expresar en cierto modo lo que debe callarse.

—¡Ah! —exclamó el capitán Harville, hondamente conmovido—. ¡Si pudiera hacerle comprender lo que un hombre sufre cuando mira por última vez a su mujer y a sus hijos y contempla con ansia indefinible la lancha que los devuelve a tierra, hasta que se pierde de vista! ¡Qué dolorosa opresión siente en el pecho al preguntarse cuándo volverá a verlos! ¡Si me fuera posible describirle la dicha extraordinaria que inunda su alma cuando los ve otra vez al cabo de una larga ausencia, cuando, obligado a detenerse en puerto cualquiera, se pone a calcular los días que faltan para reunirse con ellos, y pretendiendo engañarse a sí mismo, se repite: «No pueden estar aquí hasta tal día», pero acariciando la secreta esperanza de verlos acercarse veinticuatro horas antes, y cuando al fin los ve llegar mucho más pronto, cual si el Cielo les hubiese prestado alas! ¡Si fuera posible para mí describirle todo esto, mostrarle lo mucho que un hombre puede hacer y hace por esos tesoros que son lo más importante de su vida! Sólo me refiero, claro está, a los hombres que tienen corazón.

—Sería injusta —exclamó Anne— si dejara de reconocer lo que siente usted y todos los hombres de su condición. ¡Líbreme Dios de menospreciar los nobles sentimientos de mis semejantes! Merecería el más absoluto desprecio si me atreviera a presumir que las mujeres monopolizan la ternura y la constancia. No; considero a los hombres capaces de todo lo grande y lo bueno como maridos y como padres. Los creo propicios a todas las resignaciones domésticas y dispuestos a cualquier empresa siempre que, si se me admite la expresión, vislumbren un objetivo, una finalidad. Mientras que la mujer amada sólo vive para ustedes. El único privilegio que reclamo para las de mi sexo (y no es muy envidiable, por cierto) es el de llevar su cariño más allá de la existencia del ser amado y una vez perdida la esperanza.

Anne no pudo continuar, pues a punto estuvo de quebrársele la voz.

—Tiene usted un alma muy bella —le dijo el capitán Harville al tiempo que posaba afectuosamente una mano sobre su brazo—. No hay modo de luchar con usted. Pero cuando pienso en Benwick, quedo sin palabras.

Mrs. Croft se despedía en ese momento, y tuvieron que dar por terminado el diálogo.

—Creo, Frederick, que aquí nos separamos —dijo Mrs. Croft—. Yo regreso a casa y tú vas a salir con tu amigo. Esta tarde tendremos el gusto de volver a vernos en su casa —añadió dirigiéndose a Anne—. Ayer recibimos las invitaciones; creo que a Frederick también le han invitado, pero no sé si... Tú no tienes ningún compromiso para esta tarde, ¿verdad, Frederick?

El capitán Wentworth cerraba apresuradamente una carta en aquel instante y no pudo o no quiso responder de manera categórica.

—Sí —dijo—, aquí nos separamos. Pero Harville y yo no tardaremos en seguirte, de modo, Harville, que si usted quiere, podemos marcharnos en un par de minutos.

—Veo que desea usted hacerlo cuanto antes.

—Estaré a sus órdenes en unos instantes.

Mrs. Croft se marchó, y Wentworth, después de cerrar la carta precipitadamente, se disponía a abandonar la estancia, con visibles señales de impaciencia. Anne no sabía cómo interpretar aquella actitud. El capitán Harville se despidió afectuosamente, pero de aquél no obtuvo ni una palabra, ni un gesto. Cruzó la habitación sin mirarla siquiera.

Anne no había hecho más que acercarse a la mesa en que Frederick había estado escribiendo, cuando oyó los pasos de alguien que se acercaba; se abrió la puerta y entró el mismísimo Wentworth. Venía a pedir permiso a las señoras para recoger los guantes, que había dejado olvidados. Se dirigió hacia la mesa con este propósito, y, dando la espalda a Mrs. Musgrove, sacó una carta de entre los papeles que se hallaban esparcidos sobre la carpeta, se la tendió a Anne con una expresión de súplica en los ojos y, cogiendo los guantes de inmediato, abandonó la estancia sin que Mrs. Musgrove atinara a darse cuenta de que lo hacía... Todo fue cuestión de un momento.

No es para describir la conmoción que aquel hecho produjo en el ánimo de Anne. La carta, enviada a nombre de «Miss A. E.», era, evidentemente, la que con tanta prisa había cerrado. Mientras lo suponía ocupado en escribir al capitán Benwick, era a ella a quien escribía. En aquellos renglones se resumía todo cuanto la vida le reservaba. Todo era posible; todo debía esperarse, menos la incertidumbre. Mrs. Musgrove estaba ocupada en sus cosas, y Anne aprovechó esta circunstancia para sentarse en el sillón y procedió a leer la misiva, que rezaba:

Me resulta imposible seguir escuchando en silencio, y para dirigirme a usted empleo el único medio de que dispongo. Se me parte el alma y vacilo entre la desolación y la esperanza. No me diga, por

Dios, que ya es tarde y que esos bellísimos sentimientos no anidan ya en su pecho. Nuevamente me
ofrezco a usted, y mi corazón es aún más suyo ahora que cuando me lo destrozó hace ocho años. No
diga que el hombre olvida más pronto que la mujer
ni que en él el amor tiene vida más corta. A nadie he
amado más que a usted. Podré haber sido injusto,
he sido débil, y lo reconozco, pero inconstante, jamás. Sólo por usted he venido a Bath. Sólo en usted
pienso y en usted sólo cifro mis ilusiones y proyectos. ¿No lo ha adivinado ya? ¿Es posible que no
haya adivinado mis intenciones? Créame firmemente que no habría esperado estos días si hubiera
podido leer sus pensamientos del mismo modo que
usted, sin duda, ha leído los míos. ¡Qué difícil se me
hace escribir! A cada instante llegan a mis oídos palabras que me dejan anonadado... Usted baja el tono
de voz, pero yo percibo claramente esos acentos,
aunque se pierdan para los demás. ¡Dulce y admirable mujer! Nos hace usted justicia al reconocer
que también cabe en el hombre el afecto sincero y
persistente.

Crea en el amor ferviente e invariable de

F. W.

P. S.: Tengo que marcharme sin saber qué me depa-
ra el futuro, pero no tardaré en volver o en buscarla
donde se halle. Una palabra, una mirada bastarán
para decidir si he de ir a casa de su padre esta tarde o
nunca.

El efecto de una carta como aquélla no podía ser
pasajero. Para que Anne se tranquilizase habría bastado
media hora de soledad y reflexión, pero los diez minutos que transcurrieron hasta verse de nuevo rodeada
por los demás fueron un lapso demasiado breve y no
bastaron para calmarla, ya que no tuvo más remedio

que aparentar que no era presa de la más profunda turbación. Cada momento le traía un nuevo motivo de inquietud. Se sentía tan feliz que le costaba respirar, y antes de haber logrado sobreponerse a las primeras impresiones, llegaron Charles, Mary y Henrietta.

La imperiosa necesidad de ocultar su inquietud la obligaba a mantener una lucha denodada consigo misma, y al cabo de unos instantes comprendió que había llegado al límite de su resistencia. Empezó a perder la noción de cuanto la rodeaba, a no enterarse de lo que los otros decían, y al fin se vio obligada a retirarse con el pretexto de una indisposición. En ese momento todos advirtieron que presentaba síntomas inequívocos de enfermedad, se alarmaron, y por nada del mundo se separarían de su lado. ¡Aquello era espantoso! Si se hubieran marchado, dejándola a sus anchas en la habitación, el alivio y la calma no se habrían hecho esperar, pero, lejos de ello, se agolpaban en torno a ella y la fatigaban con preguntas importunas, por lo que resolvió regresar a su casa.

—Desde luego, querida —exclamó Mrs. Musgrove—, váyase a casa e intente reponerse para estar bien esta tarde. Lástima que no se encuentre aquí Sarah, pues seguramente le indicaría algún remedio; pero a mí no se me ocurre nada. Charles, encárgate de que traigan un coche.

Pero Anne no deseaba ningún coche. Sería horrible perder la ocasión de cruzar unas palabras con el capitán Wentworth mientras se dirigía tranquilamente a su casa, pues estaba segura de que se lo encontraría en el camino. Era una desdicha insoportable. Rechazó la idea del coche con energía. Mrs. Musgrove, que no comprendía más que una sola causa de enfermedad, y convencida después de muchas preguntas de que no obedecía a ninguna caída ni presentaba señal en la cabeza de haber sufrido golpe alguno, la dejó partir segura de que por la tarde la hallaría completamente restablecida.

Para evitar cualquier malentendido, Anne dijo:

—Me temo, señora, que no lo han interpretado bien. Le ruego que advierta a los caballeros que se han marchado, que ellos también están invitados a la reunión de esta tarde. Tengo miedo de que no lo hayan entendido así y quisiera que advirtiera especialmente a los capitanes Harville y Wentworth que esperamos su presencia.

—¡Oh, querida mía!, lo han entendido perfectamente, y le aseguro que el capitán Harville piensa ir.

—¿Lo cree usted? Pues yo no estoy tan convencida y lo lamentaría muchísimo. ¿Quiere recordárselo cuando los vea? Porque usted seguramente los verá esta misma mañana, ¿verdad? Prométame que les transmitirá mi inquietud.

—Desde luego, si así lo desea. Charles, si te encuentras al capitán Harville, no dejes de transmitirle el encargo de Anne. Aunque, en realidad, no tiene usted motivo para inquietarse. El capitán Harville se ha comprometido a asistir, respondo de ello, y casi me atrevería a afirmar otro tanto del capitán Wentworth.

Aunque Anne tomó todas las precauciones, presentía, sin embargo, que alguna nubecilla vendría a enturbiar el cielo de su felicidad. Sin embargo, confiaba en que no tardaría en despejarse; pues aun suponiendo que Wentworth no asistiese a la reunión, a ella siempre le sería posible enviarle, por medio de Harville, algún mensaje significativo.

De pronto, se presentó una nueva contrariedad: Charles, sinceramente preocupado por su indisposición, y cariñoso y servicial como siempre, quería acompañarla, sin que hubiera manera de impedirlo. Anne era lo último que deseaba, pero aun así no podía por menos de agradecérselo, ya que Charles estaba dispuesto a sacrificar por ella la cita que había concertado con un armero. Salieron ambos, pues, y Anne hizo un esfuerzo por mostrarse complacida.

Subían por Union Street, cuando oyeron a su espalda el ruido de unos pasos, y advirtieron que alguien los seguía de cerca; no tardó en aparecer ante su vista el capitán Wentworth. Comenzó a marchar junto a ellos, pero vacilando entre continuar de esa manera o seguir su camino, permanecía en silencio y sólo se atrevía a mirarla. Anne echó mano de todas sus fuerzas para resistir impasible el brillo de los ojos de Wentworth. Le volvieron los colores al rostro, y sus movimientos torpes se tornaron enérgicos y decididos. El capitán Wentworth optó, finalmente, por marchar a su lado. De pronto, Charles dijo:

—¿Hacia dónde va usted, Wentworth? ¿A Gay Street, o más arriba?

—Pues ni yo mismo lo sé —contestó sorprendido el capitán.

—¿Piensa llegar hasta Belmont? ¿Pasará cerca de Camden Place? Digo esto porque si es así no tengo inconveniente en cederle mi lugar y rogarle que dé el brazo a Anne y la acompañe hasta la casa de su padre. Parece fatigada y es un trayecto bastante largo. Si lo hace, yo podría ir a ver a ese hombre de la plaza del mercado. Me ha prometido enseñarme una escopeta que tiene a la venta, y si no voy ahora mismo temo perder la ocasión de echarle un vistazo. Por la descripción que me ha hecho parece tratarse de una escopeta de dos cañones muy parecida a la mía, ésa que usted usó en Winthrop.

Por supuesto, nadie puso la menor objeción. Todo se redujo a moderar la alegría y a hacer un gesto de amable conformidad, al tiempo que íntimamente Anne y Frederick daban saltos de alegría. No había transcurrido medio minuto cuando Charles doblaba la esquina y dejaba a la pareja proseguir sola su camino. Las primeras palabras que cruzaron fueron para convenir en dirigirse hacia la avenida, donde a esa hora podrían caminar más tranquilos e inmortalizar aquellos momentos como fuente inagotable de recuerdos que llenarían de felicidad su futura existencia. Allí cambiaron aquellas mismas dulces promesas que en otro tiempo parecieron ser garantía de su dicha, pero que habían concluido en tantos años de alejamiento. Recordaron el pasado, al que la reconciliación confería encantos nuevos. Ahora se ofrecía ante sus ojos el porvenir más próspero y venturoso, más cercano y seguro, más firme y asequible, como fundado en el mutuo conocimiento de sus caracteres, en la evidencia de su amor libre de toda sombra, más sentido y cimentado en la realidad. Caminaban lentamente, indiferentes al ir y venir de los grupos de viandantes que se cruzaban con ellos, sin que lograran distraer sus miradas la charla atropellada de los vendedores y sirvientes ni el griterío de las niñeras gobernando sus rebaños de pequeñuelos; nada parecía capaz de turbar su diálogo, nutrido de mil recuerdos radiantes y de la alegría del momento. Los sucesos de la última semana fueron minuciosamente analizados, aunque no menos que los del pasado y el instante gozoso que vivían.

Ella no se había equivocado: los celos que sentía de Mr. Elliot habían torturado a Frederick hasta el punto de hacer que aplazara el llevar a efecto su resolución. Este sentimiento se había apoderado de él la primera vez que la encontró en Bath, y después de una fugacísima tregua había continuado en el concierto. Todos sus actos y palabras, todas sus omisiones y silencios de las últimas veinticuatro horas no reconocían otra causa. Ciertas miradas y frases de ella habían hecho que las esperanzas de Frederick por fin renaciesen, que cobraran nuevo y decisivo aliento gracias a los conceptos que pudo recoger durante la conversación que ella había mantenido con el capitán Harville, lo cual lo había movido a tomar aquel pliego de papel donde acabó por volcar todos sus anhelos y sentimientos.

Suscribía cada palabra que aparecía en aquella carta. Seguía afirmando que jamás había amado a otra mujer. Nadie la había suplantado, ni creyó hallar jamás quien se le pareciese. No obstante, debía reconocer que tanta constancia no había sido premeditada, sino inconsciente y ajena por completo a su voluntad, que se había propuesto olvidarla y llegó a creer que lo había conseguido. Y esta falsa impresión se debía a que hubiese confundido con indiferencia el rencor que lo dominaba. Si había sido injusto al juzgar sus méritos y cualidades, la causa era el dolor que unos y otros le habían producido. Ahora comprendía que el carácter de ella, como la perfección definitiva, era el resultado de un equilibrio prodigioso entre la ternura noble y efusiva y la firmeza consciente y serena. Confesaba, sin embargo, que sólo en Uppercross había empezado a hacerle justicia, y que hasta Lyme no tuvo claro cuáles eran sus verdaderos sentimientos.

Allí había recibido toda clase de lecciones. La tan evidente como súbita admiración hacia Mr. Elliot empezó a inquietarlo, y las escenas del Cobb y de la casa del capitán Harville fueron la prueba de la condición superior de su espíritu.

Los primeros esfuerzos de autosugestión desplegados por Frederick con el propósito de interesarse por Louisa, inspirados en el resentimiento y el despecho, pronto comprendió que eran inútiles. No había amado a Louisa, y hasta aquel infausto día y los no menos tristes que lo sucedieron, no había llegado a apreciar las virtudes de aquella alma sublime que no podía compararse con la de Louisa. Allí había aprendido a distinguir claramente la diferencia profunda que separa a la firmeza de convicciones de la obstinación caprichosa y necia, a la audacia irreflexiva de la resolución y entereza propias de un espíritu sano y discreto. Allí había empezado a estimar debidamente a la mujer cuyo amor había perdido. Y entonces deploró amargamente semejante orgullo insensato, semejante rencor desmedido que le habían hecho desdeñar las ocasiones de intentar reconquistarla.

A partir de aquellos días había padecido lo indecible. Y cuando, desvanecido ya el remordimiento que había despertado en su alma el trágico accidente de Louisa, volvió de nuevo a la vida, pronto se cercioró de que si había ganado la vida, había perdido la libertad.

—Noté —dijo— que el capitán Harville me consideraba ya comprometido, que ni su esposa ni él tenían la menor duda de que nos amábamos. Aquello me asombró sobremanera. Yo podía, en cierto modo, desautorizar de inmediato tales sospechas, pero al reflexionar en que otros podrían haberlo creído (tal vez su propia familia, la misma Louisa), comprendí que ya no era dueño de mi propia voluntad. El honor imponía su voluntad. Había sido un juguete a merced de las circunstancias por no haber pensado seriamente en el asunto. No había reparado en que aquella excesiva intimidad ocultaba un peligro y podía acarrear, por muchas razones, consecuencias desagradables, y en que yo no tenía derecho a que aquellas dos muchachas fuesen víctimas de comentarios malévolos, si no a cosas más graves, por complacer mi capricho egoísta de jugar con sus sentimientos hasta decidirme por una de ellas. Había cometido una imprudencia, y debía hacer frente a las consecuencias.

Demasiado tarde había advertido que se hallaba en un callejón sin salida, y al comprobar con sincera complacencia que no sentía por Louisa la menor inclinación, se encontraba ligado a ella, si interpretaban los Harville con acierto los sentimientos de la muchacha. Resolvió, pues, abandonar Lyme y esperar lejos de allí a que la joven se recuperase. Se proponía desmerecer su imagen a los ojos de Louisa, debilitando, mediante una estrategia noble, la simpatía que pudiera inspirarla. Decidió, en consecuencia, visitar a su hermano, y ya de regreso en Kellynch procedería de acuerdo con las circunstancias.

—Seis semanas estuve al lado de Edward —prosiguió—, y el encontrarlo feliz era la única satisfacción a que podía aspirar, ya que no merecía otra. Mi hermano me preguntó por usted, incluso mostró curiosidad por saber si había cambiado algo físicamente, sin advertir que para mí usted nunca podía cambiar.

Anne se sonrojó levemente y esbozó una sonrisa. Es un motivo de orgullo para cualquier mujer conservar a los veintiocho años todos los encantos de la juventud, pero a ella no la halagaba tanto el cumplido en sí como el compararlo con las palabras pronunciadas en otro tiempo y convencerse de que no era la causa sino el resultado de la pasión ardiente que revivía en el capitán.

Él había permanecido en Shropshire, lamentando la ceguera de su propio orgullo y los errores fatales que había cometido, cuando vino a librarlo del cautiverio que habría significado una vida junto a Louisa el feliz acontecimiento de las relaciones de ésta con Benwick.

—Y aquí terminó el período más triste de mi situación. Porque al fin podía marchar en busca de la felicidad; ya estaba en condiciones de luchar por ella, de hacer algo. Hasta entonces, aquella espera en la inacción, aquella idea del sacrificio, eran espantosas. A los cinco minutos de conocer la noticia pensé: «El miércoles estaré en Bath», y así fue. ¿No estaba justificado mi viaje? ¿No debía abrigar alguna esperanza? Usted permanecía soltera. Era posible que, como yo, aún conservase el recuerdo de nuestro pasado amor y me fuera posible reconquistarlo. No dudaba de que otros la cortejarían, pero sabía que había desdeñado por lo menos a un hombre de condición superior a la mía y no podía por menos de preguntarme si acaso era yo el motivo.

En el primer encuentro en Milton Street cruzaron palabras por demás significativas, pero el concierto había sido aún más propicio. La velada parecía compuesta de momentos emocionantes. Aquel instante en que se había acercado a hablarle en la sala octogonal, aquel otro en que Mr. Elliot vino para llevársela y dos o tres más que hicieron que su espíritu fluctuara entre la esperanza naciente y el más horrible abatimiento, pusieron a prueba su fe y sus energías.

—Verla en medio de todos aquellos enemigos de mi felicidad —prosiguió él—; verla al lado de su primo hablando y sonriendo y ¡pensar al mismo tiempo en las probabilidades y circunstancias que favorecían a aquel rival! ¡Considerar aquel matrimonio alentado por todos los que era presumible que influyeran sobre usted! ¡Meditar en que, aun suponiendo que Mr. Elliot le era indiferente, sus títulos y valedores superaban a los míos! ¿No era todo eso suficiente para que me comportase como un perfecto idiota? ¿Adónde debía dirigir mis ojos sin experimentar una angustia insoportable? ¿No era lógica mi alarma al contemplar a la amiga que se sentaba detrás de usted, al recordar lo ocurrido, al considerar su influencia decisiva y al recordar aquel efecto persuasivo tan poderoso?

—Debería haber advertido la diferencia —replicó Anne—. No tenía usted derecho a desconfiar de mí ahora que mi edad y las circunstancias eran tan distintas. Si entonces procedí mal dejándome convencer, recuerde que lo hice mirando por mi seguridad y previendo un riesgo ciertamente posible. Y al someterme creía cumplir un deber; pero aquí el deber no se veía por ninguna parte, pues uniéndome a un hombre que me era indiferente me lanzaba a todos los peligros y violaba todos los deberes.

—Tal vez debería haber pensado así —repuso Wentworth—; pero no podía. No. Lo que conocía de usted no me permitía tener la menor esperanza. Yo estaba aplastado, sepultado, perdido entre las deducciones y pensamientos que año tras año habían agobiado mi alma. Yo no podía juzgarla más que como a una mujer que había cedido, que me había abandonado y que había sucumbido a una influencia distinta de la mía. Además, en aquellos momentos la veía acompañada de la persona que había guiado sus pasos durante aquel infausto año, y no había razón para suponer que ya no tenía ascendiente sobre usted, pues más bien debía considerar que ya estaba acostumbrada a ello.

—Yo creía —dijo Anne— que el modo de expresarme y de tratarlo le habría ahorrado todas esas suposiciones.

—¡No, no! Lo que usted revelaba era una calma y una desenvoltura que me hacían sospechar que amaba a otro hombre. Por eso me alejé de usted; y, sin embargo..., estaba resuelto a buscarla otra vez. Por la mañana estaba indignado, pero presentía que aún debía permanecer aquí.

Anne llegó por fin a su casa mucho más contenta de lo que ninguno de los suyos habría podido imaginar. Disipadas por la reciente conversación todas las sorpresas, incertidumbres y penosas impresiones sufridas durante la mañana, se sentía tan feliz que llegó a temer que el exceso de alegría le ocasionara algún trastorno. Un rato de seria y grata reflexión sirvió para alejar todo el peligro, y se encerró en su habitación para disfrutar a solas de su nueva situación.

Anocheció, se iluminaron los salones y llegaron los invitados. Era aquélla una reunión en la que se mezclaban dos clases de personas: las que nunca se habían visto y las que se encontraban a cada paso... Como suele ocurrir, era también demasiado numerosa para resultar íntima, y demasiado reducida para que su atractivo residiese en la variedad, pero Anne la encontró excesivamente breve. Resplandeciente de amor y felicidad, más admirada y solicitada de lo que anhelaba su escasa vanidad, derrochó jovialidad y ternura entre todos los que la rodeaban. Allí estaba Mr. Elliot, a quien procuró rehuir y del que se compadeció; los Wallis, que la hicieron reír con sus ocurrencias; Mrs. Dalrymple y miss Carteret, que no tardarían en ser unas primas indiferentes y olvidadas. Ni se preocupó de Mrs. Clay, ni llegó a ruborizarse por el comportamiento de su padre y su hermana. Mantuvo con los Musgrove una charla natural, grata y apacible; se condujo con el capitán Harville con la afectuosidad y confianza de una hermana; sólo cruzó con Mrs. Russell unas cuantas frases que no llegaron a diálogo; con el almirante Croft y su esposa conversó afablemente, llevando su interés y su cordialidad sólo hasta el límite que la prudencia aconsejaba..., y cambiaba a cada paso breves frases con el capitán Wentworth, siempre con la esperanza de un nuevo aparte y encantada de sentir su cercana presencia.

En uno de estos fugaces diálogos, y simulando que observaban unas plantas, Anne tuvo ocasión de decir a Frederick:

—He estado pensando en el pasado y he tratado de juzgar imparcialmente mis errores y mis aciertos, y creo sinceramente que en su momento procedí bien, por mucho que me haya hecho sufrir seguir el consejo de una amiga a la que con el tiempo también usted aprenderá a estimar. Ella ha sido como una madre para mí. Pero, entiéndame bien: no quiero decir que su consejo fuera necesariamente acertado. Se trataba quizá de uno de esos casos en que la indicación sugerida no es buena ni mala en sí, sino que el acierto o el desacierto dependen de los acontecimientos posteriores. En cuanto a mí, le aseguro que en circunstancias similares me guardaría de dar un consejo semejante. Pero al someterme a sus sugerencias procedí mejor que si me hubiera rebelado contra ellas, y estoy segura de que de haber prolongado el noviazgo habría sido mayor mi sufrimiento que al ponerle fin resueltamene como lo hice, porque entonces habría vivido reprochándomelo constantemente, mientras que ahora, y sin olvidar que el alma es extremadamente frágil, no me tortura el menor remordimiento, pues, si no me equivoco, el sentido del deber constituye la mejor salvaguardia de la mujer.

El capitán la miró, luego volvió la cabeza hacia Mrs. Russell y por fin volvió a fijar los ojos en ella.

—Todavía no —dijo con tono deliberadamente severo—. Pero no hay que desesperar de que obtenga el perdón. Confío en que pronto sea capaz de mostrarme caritativo. Pero también yo he pensado en el pasado y no he podido por menos de plantearme la siguiente pregunta: ¿habré tenido algún enemigo más temible que esta señora? Pues sí: yo mismo. Porque, vamos a ver, si cuando regresé a Inglaterra el año ocho, disponiendo ya de más de dos mil libras y al mando del *Laconia*, me hubiera decidido a escribirle, ¿habría contestado usted mi carta? En una palabra, ¿habría accedido a devolverme su cariño?

—Sí —fue toda la respuesta; pero el tono era decisivo.

—¡Dios mío! —exclamó el capitán—. ¡Habría accedido! No es que yo dejara de soñar con ello y de desearlo, como un modo perfecto de coronar mis éxitos. Pero yo era demasiado orgulloso para suplicar de nuevo. Confieso que no la entendía, Anne. Tenía los ojos cerrados y no quería hacerle justicia siquiera. El recuerdo de mi conducta me obliga a perdonar a cualquiera antes que a mí mismo. Habría podido ahorrarme seis años de separación y de dolor insoportables. Pero ahora empiezo a sentir un sinsabor completamente nuevo. Yo estaba habituado a creerme merecedor de toda la felicidad que me salía al paso. Juzgaba todos mis éxitos como recompensas proporcionales a mis esfuerzos.

Y expresándose como otros grandes hombres que han sufrido los reveses de la suerte, añadió con una sonrisa:

—No me queda más remedio que someter mi inteligencia a mi fortuna. Tendré que resignarme a ser más feliz de lo que merezco.

24

¿Quién dejará de adivinar lo que ocurrió después? Cuando a dos jóvenes se les mete en la cabeza casarse, su empeño es estímulo suficiente para salir adelante, por atolondrados y pobres que sean, y aun suponiendo que todo apunte a que estén condenados a ser infelices. Podrá considerarse como mínimo deficiente la moral de esta afirmación, pero no cabe duda acerca de su verdad y certeza. Y si partiendo de bases tan endebles puede darse por seguro el éxito del intento, ¿cómo dudar que el capitán Wentworth y Anne Elliot, en plena madurez de sus facultades intelectuales, conscientes de su indiscutible derecho y favorecidos por la feliz circunstancia de no depender económicamente de nadie, habrían de hallarse en condiciones de vencer cualquier oposición? Habrían vencido, en efecto, obstáculos mucho más formidables de los que se cruzaron en su camino, porque la fortaleza de su ánimo era a prueba de toda zozobra, siempre que no viniese a conmoverla una tormenta desencadenada en el cielo de su puro y acendrado amor.

Sir Walter no creyó necesario oponer la menor objeción, y Elizabeth se limitó a mirar el asunto con indiferencia y frialdad.

El capitán Wentworth, dueño de veinticinco mil libras y ocupando en su profesión el puesto a que lo hacían acreedor su mérito y sus esfuerzos, ya no era un don nadie. Podía aspirar dignamente a la hija de un baronet necio y derrochador que no había tenido juicio ni criterio suficientes para mantenerse en la posición en que la Providencia lo había ubicado, y que sólo podía entregar a su hija una pequeña parte de las diez mil libras que habían de corresponderle más adelante.

Aunque ni el afecto superficial de sir Walter por Anne ni la calidad del yerno, insuficiente para envanecerse de él, no bastase para hacerle considerar el suceso como un fasto glorioso, tampoco consideró que aquella unión fuese humillante o desventajosa. Por el contrario, al conocer mejor al capitán Wentworth, al mirarlo detenidamente a la luz del día, se sintió gratamente sorprendido por su gallardía y reconoció sin ambages que el mérito singular de la figura competía digna y noblemente con el rango elevado de la novia. Y estas impresiones favorables, unidas al nombre sonoro del capitán, lo indujeron a coger la pluma para consignar, con muy buen talante, el matrimonio en el libro de honor.

La única persona cuya opinión adversa inquietaba seriamente a Anne era Mrs. Russell. No podía dudarse de que se mostraría muy contrariada al enterarse de la verdadera personalidad de Mr. Elliot y renunciar a todo proyecto que estuviese relacionado con él, y bien se comprenderá que debía de costarle no poco trabajo llegar a conocer a fondo al capitán Wentworth y tener que hacerle justicia. Pero estaba obligada a ello. Le costaba reconocer que se había equivocado al juzgar a ambos, que se había dejado engañar penosamente por las apariencias, que aunque el capitán Wentworth poseyera un temperamento que a ella no le gustaba, había obrado a la ligera de tacharlo de peligrosamente impetuoso, y que había demostrado escasa cautela dejándose seducir por los modales delicados de Mr. Elliot e interpretándolos como la consecuencia de una moral honrada y un espíritu sano y recto. Lo menos que podía hacer Mrs. Russell era confesar que se había equivocado, cambiar radicalmente de idea e imponer nuevo rumbo a sus ilusiones y esperanzas.

Algunas personas están dotadas de un agudo instinto de percepción, de un certero golpe de vista para distinguir los caracteres, de una penetración intuitiva, en una palabra, que supera en eficacia a la experiencia de que otras se ufanan; y en este punto Mrs. Russell desmerecía considerablemente de su amiga. Pero como ante todo era una buena mujer, nada le importaba más que la felicidad de Anne. Amaba a la joven mucho más de lo que estimaba sus propios recursos de mujer prudente, y una vez traspuesto el primer momento embarazoso no tuvo que vencer gran resistencia para inclinarse con maternal ternura al hombre que parecía garantizar la dicha de su amada hija.

De toda la familia, la que probablemente más satisfecha se mostraba con motivo del feliz acontecimiento era Mary. Tener una hermana casada le convenía en más de un aspecto; la halagaba mucho creerse un instrumento decisivo de aquella unión por haber tenido a Anne en su casa durante el último otoño, y teniendo en cuenta que el parentesco de hermana supone una intimidad mayor que el de cuñada, le complacía enormemente que el capitán Wentworth fuese más rico que Charles Hayter y Benwick. Su alegría se vio empañada en parte cuando al volver a ver a Anne la halló perfectamente instalada en su puesto preeminente de hermana mayor y dueña de una preciosa y elegante *landaulette*, pero al considerar el porvenir se consolaba pronto: Anne no podía ostentar el dominio de Uppercross, no poseía tierras ni le cabía el honor de ser cabeza de una familia; de modo que teniendo buen cuidado de que el capitán Wentworth no se viera favorecido con el título de baronet, la situación de Mary con respecto a la de Anne no experimentaba variación alguna.

Habría sido muy de desear que la hermana mayor hubiera visto con agrado el nuevo estado de cosas, porque no era lógico prever ningún cambio futuro. Pronto sufrió el nuevo desencanto de ver retirarse a Mr. Elliot, y desde entonces no se presentó nadie que pudiera reanimar las esperanzas que se iban con el primo, aunque tuvieran poco fundamento.

La noticia del noviazgo de Anne cayó a Mr. Elliot como una bomba, ya que desbarataba sus planes de bienestar doméstico y echaba por tierra su ilusión de impedir las segundas nupcias de sir Walter, gracias a la estrecha vigilancia que un yerno puede ejercer. Pero no se dejó vencer por el desaliento, y aun puso en juego recursos poderosos en favor de sus intereses y su conveniencia futura. Abandonó de inmediato Bath; poco después lo hizo Mrs. Clay, y pronto comenzó a correr la noticia de que se había instalado en Londres bajo el amparo del caballero, lo cual vino a poner en evidencia el doble juego de Mr. Elliot, al tiempo que lo mostraba resuelto a no dejarse embaucar por una mujer maliciosa e intrigante.

La necesidad de afecto de Mrs. Clay había sido más fuerte que sus intereses, sacrificando por el joven Mr. Elliot sus proyectos acerca de sir Walter. Pero no estaba la determinación exenta de habilidad ni debía confiarse demasiado en la victoria de los afectos sobre los cálculos, porque aún estaba por ver si triunfaría la astucia del caballero o la de la dama, ya que era muy probable que al impedir aquél que ésta se convirtiera en esposa de sir Walter se le ocurriese algún día hacerla esposa de sir William.

Nadie habrá de poner en duda que para sir Walter y Elizabeth la fuga de su amiga supuso un golpe terrible, y sufrieron profundamente con motivo de tan cruel desengaño. Cierto que aún les quedaban sus primas como supremo recurso de consuelo, pero no tardarían en advertir que vivir perpetuamente halagando a otros y sirviéndoles de cortejo, sin recibir de nadie parecido homenaje, constituía un placer muy relativo.

Habiéndose desvanecido muy pronto los recelos que Anne abrigaba acerca de la resistencia de Mrs. Russell a aceptar al capitán Wentworth, contemplaba el despejado horizonte de su felicidad sin percibir en él más que una sombra: no hallar entre sus familiares y allegados una persona que realmente mereciera la estimación sincera y franca de un hombre como Frederick. Llegaba ella al matrimonio convencida plenamente de esta carencia. La desproporción de su fortuna, comparada con la de su marido, no la inquietaba en absoluto, pero el no contar con una familia que lo recibiera dignamente y fuese capaz de apreciarlo como se merecía, no poder ofrecer respetabilidad, reciprocidad de afectos y voluntades a cambio de la espontánea y fervorosa acogida que los hermanos de él le habían apresurado a dispensarle, era el único motivo de disgusto que acertaba a descubrir en la clara perspectiva de su dicha inefable.

Sólo tenía para ofrecerle dos amigas: Mrs. Russell y Mrs. Smith, y el capitán se mostraba sinceramente dispuesto a introducirlas en el círculo de sus más caros afectos. El bondadoso corazón de Mrs. Russell pronto conquistó al capitán, hasta el punto de borrar el encono producido por antiguas ofensas, y aparte de que Frederick nunca podría considerar justa ni acertada la campaña que contra él había emprendido años atrás, estaba decidido a darle la razón en todo lo demás. En cuanto a Mrs. Smith, tenía motivos más que suficientes para estimarla.

Los buenos oficios recientemente prestados a Anne por Mrs. Smith ya eran merecimiento bastante y el matrimonio, en vez de privarla de una amiga, le procuraba la amistad de dos seres. Mrs. Smith fue la primera persona a quien invitaron al nuevo hogar, y el capitán Wentworth, ayudándola a recuperar sus propiedades, escribiendo por ella y contribuyendo con su mediación a resolver las mil dificultades propias del caso, con el celo propio de un hombre audaz y un amigo verdadero, pronto le pagó con creces cuantos servicios hubiera dispensado o pudiera rendir a su mujer.

La portentosa y congénita jovialidad de Mrs. Smith no sufrió menoscabo con el favorable cambio de fortuna ni con el alivio relativo de la salud; la frecuente compañía de sus amigos contribuyó a que conservara su alegría y buen humor, y mientras conservara aquel optimismo a toda prueba, sería capaz de desafiar cualquier problema que se le pusiera por delante. Se trataba de una mujer que siendo rica y sana podía ser feliz. El manantial de su felicidad radicaba en el aliento prodigioso de su espíritu, así como la de Anne se nutría de la calidez de su propio corazón. Anne era la ternura misma, encontraba su mayor anhelo en el amor de su marido. La profesión de éste era lo único que hacía a sus amigos mirar con cierta inquietud aquella ternura extraordinaria, y el temor de una guerra futura, todo lo que pudiera ensombrecer el brillante sol de su existencia. Se ufanaba de ser la esposa de un marino, pero no tardaría en rendir el tributo de alarmas y zozobras inherentes a una profesión más gloriosa, si cabe, por sus virtudes domésticas que por su importancia nacional.